Re:從零開始的異世界生活
Re: Life in a different world from zero
U0141868
4718016021693

「這樣說來，跟你成為命運共同體也沒那麼毛骨悚然了。
——快點了結掉他吧。」

「嗯，就這麼辦。
靠你的眼睛，由我來斬殺。——吾友菜月・昴。」

「為什麼……？」
「——我喜歡妳喔，愛蜜莉雅。」
——那就是昴都這樣遍體鱗傷了
卻還努力活著的唯一意義。

斷章　『菜月・雷姆』
Fragments

Re: Life in a different world from zero

The only ability I got in a different world "Returns by Death"
I die again and again to save her.

CONTENTS

Re:從零開始的異世界生活 9

長月達平

青文文庫

封面・內彩、內文插畫●大塚真一郎

序章　『Re：Start』

——置身在無邊無際的黑暗世界中。

整個人被扔進分不清上下左右的世界裡，彷彿在水中載浮載沉。
身體沒法動，連帶手腳的感覺和眼耳的功能都不能相信。
意識模糊，思考像是溢出腦袋般朦朧不清。
這裡是哪裡，自己是誰，發生什麼事才變成這樣，只剩下無止盡的疑問持續在黑暗中晃蕩。

『——我愛你。』

因為身在這片漆黑中，所以聲音強力地沁透整顆心。
明明沒有耳膜可以震動，沒有可以快速跳動的心臟，連靈魂都沒法確定自身存在。
聲音直接傳達過來，整顆心靈被幾近瘋狂的感情給沖刷、慟哭。
被萬分飄渺、勒緊心靈、化作粉塵的寂寞給充滿填塞。
在幾近炙烤靈魂的憐愛下，整個人變得不對勁。

如果有手指，那想要碰觸出聲者。
如果有嘴巴，那想要呼喚出聲者的名字。
如果有雙手，那想要擁抱出聲者。
如果有雙腳，那想要奔跑到出聲者的身旁。
如果有身體，就絕對不會讓出聲者孤零零一人。

但一切都沒能如願，因為自己沒有手指、嘴巴、雙手、雙腳和身體。
只有不變的心情。不，是超越心情的激情。
因為被給予溫度，使得激增數倍的感情和憐愛，不出多久便轉為罪孽。

——沒能擦拭悲傷淚水的『怠惰』。
——想要互相交融合為一體的『色欲』。
——想要吞食殆盡、奪光一切的『暴食』。
——愛得渴求想要得到全部的『強欲』。
——對不允許自己如此不講理和不合理的『憤怒』。
——輕蔑她以外的所有一切的『傲慢』。

——對包圍心上人的世界的『嫉妒』。

伴隨自覺，被純黑覆蓋的世界逐漸被壓倒性的感情和愛給填滿。

頓時，原本什麼都沒有的空間扭曲、被壓扁——不可逆的時間開始回溯。

僅存理解。理解到一切又要重來。

黑暗盡頭產生光芒，只要朝著那邊走過去，世界就會再度開始。

『——我愛你。』

背對聲音邁步。好想回頭，可是卻沒法轉頭。

——可是，總有一天一定會抓住她的手。

『——我愛你。』

直到最後，憐愛的聲音都持續呼喚。而菜月・昴——再度新生。

第一章　『名為溫暖的福音』

1

「——小哥？」

「啊？」

突然被人叫喚，肩膀還同時被人搖晃的觸感讓昴回過神。

彷彿鏡頭的切換，映照在腦內的世界在瞬間產生變化。情報突然湧入壓迫到大腦造成暈眩，昴因此忍不住眨眼。

——緊接著，貫穿昴全身、名為「理解」的戰慄，其強大無法估量。

「怎麼、會……」

以手扶額，昴被自己的心跳和體內的血流聲給打垮。

原本連貫的意識出現幾秒鐘的空白，那是昴感受到品嚐多次的「死亡」所造成的影響——菜月・昴的存在消失與重生。

死了，死掉了。昴再度「死去」。

還是在跟那個陰險狠毒的「怠惰」戰鬥時殞命。

「────」

跨越那樣的苦難和困境後，最後還是失去性命。

消滅掉白鯨，之後討伐隊團結起來與魔女教作戰，然後回阿拉姆村。

苦鬥的盡頭有著各種悲歡離合，但全都被葬送了────

「────啊姆。」

「嗚哇呀啊啊啊啊啊────!?」

用手掌掩面斷絕與外界聯繫的昴，耳朵被突如其來的感覺侵襲。

溫暖的吐氣和堅硬的觸感夾著耳殼，昴當場嚇到倒地。因這異常嬌媚的感觸而大吃一驚的昴，被嬉戲的黃色雙眸給俯視。

那雙眼眸的主人手指貼唇，搔首弄姿還甜甜一笑。

「誰叫昴啾在發呆，想說欺負一下，就得到這麼開心的反應喵────害得菲莉醬都興奮起來，幾乎要上癮了。」

抖動亞麻色貓耳，輕浮快嘴的樣子令昴愕然失聲，然後吞了一口口水後，呼喚她────他的名字。

「是菲莉絲嗎？」

「不然看起來像誰？看樣子這不是做白日夢而是出現幻覺喲？是吸了太多白鯨的霧嗎……幫你好好診斷一下？」

「……不用，謝了。剛剛已經聽到我想聽到的話了。——沒錯，聽到了。」

昴撇離擔心地看著自己的菲莉絲後，昴先深呼吸然後環視周圍。

菲莉絲站在身邊，他的周圍則是圍繞著其他人——不對，正確來說不是圍繞在菲莉絲身邊。因為他們全都是以昴為中心圍坐成一個圓。

腳下是青青草原，頭上是尚未光明的黎明天空。周圍的人視線都集中在昴身上，左邊還飄來強悍的獸氣。

「……剛剛第一句話，是你說的嗎？」

「——？在講啥咧，小哥。你剛剛眼神整個死掉耶。拜託爭氣一點唄。」

狐疑地皺起臉的，是有著巨大身軀和狗頭的獸人里卡德。

從他的話聽來，他剛剛應該是看到昴在「死亡回歸」發動那瞬間的表情。昴用手指抓抓臉，重新環視大家，點頭說。

「我剛剛想到對心臟很不好的事。——還以為又回到水果店前面了。」

鬆了一口氣後，垂下肩膀的昴用手掌撫摸地面。

冰涼的泥土和野草的觸感，裸露在臀部底下的地面，都說明了這裡不是王都。

這裡是魯法斯街道，還是在結束白鯨之役後正在開全員大會的時候。

也就是說——

「儲存點更新了啊。」

歷經九死一生。這個不好笑的笑話、不幸中的大幸讓昴安心。

2

跟「最惡劣」的字面意思相反，「最惡劣」會有好幾種可能。

驍勇善戰，最後空虛敗北，「死亡回歸」每次的狀況都極其惡劣。但是，最惡劣的——就是「死亡回歸」的重生點始終固定，而回到討伐白鯨之前。跟那最惡劣的狀況相比，這次狀況之惡劣還算好的呢。

至少是成功打敗白鯨，一償「劍鬼」十四年的宿願之後。

「——」

「昴殿下，您沒事吧？您的臉色不太好。」

直盯著昴看的「劍鬼」威爾海姆在擔心他。「我沒事。」但是，昴立刻搖頭這麼說，並繃緊鬆懈的思考和臉頰。

「死亡回歸」所造成的精神衝擊不能成為藉口。因為現在，正是一行人在開「魔女教對策會議」，討論商量重大之事的時候。

「——那麼，趁著掛慮之事消除，來整理狀況吧。」

讓一度中斷的會議再度進行的，是豎起手指的優雅騎士——由里烏斯。他細長的雙眼裡帶著理性警戒和義憤填膺，接續道。

「接下來我們將前往梅札斯領地，對上等在那兒的卑鄙魔女教徒。殲滅他們並打倒統率他們的大罪司教是最理想的結果。只不過，最該優先確保的是無辜民眾的安全。為了避免讓他們被牽連，因此而準備了——」

「逃跑用的交通工具，已經拜託安娜塔西亞小姐他們集合旅行商人，獲得確保。同盟與救援之事，都已在信件中交代清楚，現在使者應該已經把親筆信送到宅邸了。……抱歉，我已經沒事了。」

朝著製造時間讓自己恢復狀態的由里烏斯道謝，昴終於接上話題。

多虧了由里烏斯複述會議內容，昴掌握住在「死亡回歸」前對話進展到哪裡。應該是「連猴子都能懂的獵殺魔女教」概要已經說明完畢，並告訴大家自己事先準備好的「保險」為何。

只不過在前一輪迴，已經確認那個「保險」將會成為「猛毒」：親筆信會變成白紙招惹同盟生隙，招募來的旅行商人裡頭有魔女教徒。

而這方面的問題，全都得盡早擬定對策——

「——怎麼表情像是在擔心什麼的樣子？」

「不要擅自看透別人的臉色啦。你是醫院的醫生嗎？」

「那是希望給正牌的醫生從頭調查到腳的意思嗎？人家是沒差喲～？」

由里烏斯和菲莉絲從兩側包夾深思的昴，你一言我一語地針對他的臉色作文章。這舉動著實讓昂的內心咬牙切齒。

現在出現新的問題和擔憂，可是卻想不到可以說明的好方法。

關於大罪司教的麻煩權能，還有新出現的多個問題，該怎麼和信任自己的同伴解釋呢——

「——不，我錯了。我搞錯了。對呀。我又忘了。」

「嗯嗯—？」

看到昂用力閉上眼睛、抓著自己胸膛，菲莉絲好奇地歪頭，由里烏斯也在沉默中皺眉。這段期間，昂反省自己的愚蠢。

是要重複幾次同樣的過錯，菜月・昂才會進步？

「————」

睜開緊閉的雙眼，環視圍坐成一圈的五十名討伐隊成員。

他們望著昂的視線裡，雖然有緊張卻沒有懷疑，雖然有期待卻沒有畏懼，雖然有希望卻沒有失望。

明明都被講了那麼多次，被人指正提醒多次。

——雖說能像這樣置身在此地，起頭源自於雷姆的支持。

「……已經是沉浸在感傷的時候了？」

察覺到昂的表情和氣氛的變化，由里烏斯佯裝輕佻給予台階下。

真是個機靈又敏銳的人物。不過，只有現在，就老實地跟他道謝吧。

給予在場所有同伴的感謝與信賴，也想給予他。

「抱歉從剛剛就一直有奇怪的言行。其實關於魔女教的說明，有要補充……不對，是剛剛察覺到的幾個地方。針對這點，我想重新和各位討論。」

沒有必要為如何解釋說明傷透腦筋，那只是浪費時間。

用不著隱藏，只需傳達出應傳達的事實，回應他們的信賴即可。

那是即使沒法闡明「死亡回歸」這件事，卻可以帶著結果透過「死亡回歸」回來的昴，和同伴們共享未來的唯一方法。

讓他們接受那荒誕無稽的事實。

——因為他們的理解和信賴，方是菜月・昴最強大的武器。

3

在前一輪迴，與貝特魯吉烏斯對決後，發現了幾樣明朗化的事實。

首先是送到羅茲瓦爾宅邸的「白紙親筆信」，還有混在雇用來讓村民避難的旅行商人中的「魔女教徒」，最後是「貝特魯吉烏斯・羅曼尼康帝」的麻煩權能。

其中問題最大的是最後一項，那是討伐大罪司教「怠惰」時的最大障礙——貝特魯吉烏斯・羅曼尼康帝擁有應該被稱為「附身」的權能之力。

「有誰知道，那個，別人的意識蓋過自己的意識，像是佔據精神的能力？還是有什麼魔法可以辦到這種事？」

——這個世界的魔法，有許多造成的效果超乎昴的想像。

基本上是以四種屬性的魔法為起始，還有碧翠絲的「機遇門」、羅茲瓦爾的飛行魔法以及算是魔法亞種的咒術，甚至還有名為加持的特殊能力。

既然這個世界有這樣的特異能力，那「附身」也是大有可能。

基於這樣的期待而把疑問道出口的昴，得到的答案是——

「別人的精神蓋過自己？那是什麼叫人難以置信的白癡想法喵。」

「……把我的最強武器還來。」

「講啥喵？」

鼓起勇氣打開天窗說亮話卻馬上被恥笑，導致信賴的根基大幅動搖。

看到昴兩邊的嘴角往下拉，含恨地瞪著自己，菲莉絲感到疑惑，不過由里烏斯代替他深思。

「會提出這個話題，代表你認為大罪司教很有可能使用這種異能。……沒錯吧？」

「對，就是這樣。我稱之為『附身』，應該不會有錯。那傢伙靠這能力竊取他人的身體來存活，從處處都可能見到他的名號就能說明了吧？」

「————」

由里烏斯沉默，似乎是在腦內探討昴說明的內容。

不過這不是懷疑，而是鐵錚錚的事實。唯有跟那狂人共有肉體過的昴可以如此斷定。被他的精神竊佔肉體，兩人互相爭奪身體的支配權。貝特魯吉烏斯・羅曼尼康帝毫無疑問就是寄生在他人肉體上的精神體——可怕的邪惡本身。

「——以前，我在古代文獻上看過類似的研究。不過是很荒誕無稽的研究。」

「真的嗎？」

由里烏斯手靠著嘴角這麼說，昴大吃一驚。美男子邊探索記憶邊將古代文獻內容娓娓道來。

「可能是失傳魔法的研究，或是記錄。在四百年前的『大災厄』前後，世界失去眾多事物。失傳的魔法體系也是其中一項。而在殘存記錄上被證實存在的失傳魔法中，有著接近你的說法的技術。」

「別裝模作樣了。你說的那個最接近的失傳魔法是？」

「——靈魂複寫技術。」

面對進一步追問的昴，由里烏斯告知的卻是離魔法相去甚遠的答案。不過昴沒錯過由里烏斯在說出口的瞬間掠過表情的嫌惡。

那是令人忌諱萬分的研究。由里烏斯閉上眼睛繼續說。

「以現象本身來說是非常單純的技術。匯聚術者的記憶、經驗、素質與命運，將之集結成『靈魂』，然後直接烙印在其他人的『靈魂』上。」

「那樣的話，就能製造出一個記憶和意識被複寫的人類……是吧。」

就像電腦裡頭的複製&貼上功能，只不過這邊的檔案和資料夾分別是記憶和肉體，複製後直接貼在名為「他人靈魂」的資料夾中，取代裡頭的檔案。

如此一來，被覆蓋的「靈魂」就會消失，僅留下被貼上的「靈魂」。

「但是，那是非現實的狀況。魔法已失傳，術式在理論上高度複雜到其他類別前所未見，要重現的話必須要有超越常人領域的魔法才能及執著。我不認為大罪司教會擁有這樣的知識和技術。」

「不相信無法構成否定的理由吧，對上魔女教更是如此。」

「昴啾熱血過頭了。由里烏斯說得有道理呀。」

自己最有力的假設被由里烏斯否定，昴因此反咬一口，結果菲莉絲介入打圓場。「請繼續。」他就這樣代替面露尷尬的昴，催促由里烏斯繼續。

「抱歉。做出結論之前的說明很長是我的壞習慣。——不單單是技術，還有術式失傳等諸多障礙。首先，能夠烙印術者靈魂的對象極為有限。這項技術並非可以自由竊佔任何人的肉體。」

「哎喲，當然的啦。記憶也就算了，但要連每個門都覆蓋的話可不容易。沒有血緣關係的話八成行不通吧喵？」

「血親關係是非常合情合理的條件。就如菲莉絲說的，要是和門不親近就難以排擠被複寫的靈魂。而且就算複寫成功，肉體依舊會受到過去的靈魂所留下的影響。因此要經常留意，以免肉體被精神拉扯礙事吧。」

「……怎麼聽起來像是很多缺陷的魔法啊。」

聽了兩人的見解後，可以否定的要素實在太多了。

貝特魯吉烏斯是使用失傳魔法的高明魔法使者——雖然沒有足以否定這個可能性的證據，但他選的肉體並非全都是有血緣關係的人。

畢竟，在他「附身」在昴身上的時候，這個先決條件就被瓦解了。

「不過，要說是完全不同的東西又太早了。」

「到底是哪一種啦！」

「你會這麼激動叫我意外。知道類似的魔法這個前提條件是一貫的。而且，就算沒有這個技術，應該還是有十分值得參考的點。」

「……例如？」

「跟靈魂複寫一樣，『附身』的條件應該也很嚴苛。」

由里烏斯的解釋讓昴微微皺眉，不過立刻理解了他的意思。

既然靈魂複寫的條件是要有血緣關係，那麼「附身」當然也會有條件。

「可以推測即使是魔女教徒……也不是每個都能施展那樣的招術。」

「說不定，指的就是『手指』？」

「事先備好自己的預備肉體，真是噁心的打算。該說真像大罪司教會幹的事嗎。」

菲莉絲的結論得到由里烏斯的肯定，而聽到的昴則是瞠目結舌。

兩人在短時間內就把「附身」的詭計歸納出答案。雖說他們是討伐隊裡頭對魔法知之甚詳的智囊，但這依舊是出乎意料的戰果。

於此同時腦內冒出攻打大罪司教「怠惰」的正確方法，就是——

「將大罪司教的預備機體全數剷除……也就是必須先殲滅『手指』。」

「——讓靈魂失去可以附身的肉體，屆時就能說是大罪司教的死期了吧。」

聽到由里烏斯強而有力的判斷，昴打從心底佩服以及沮喪。

內心有一半深信這種絕望狀況無法解決時，多虧他們看到了希望光明。而且還是跟之前發生的狀況毫無矛盾，更沒得抱怨的解答。

「優先排除潛伏在森林裡的『手指』，再跟『怠惰』一決雌雄。——那就是結論。」

由里烏斯為會議作總結。他的話讓坐著的討伐隊成員面露決心與覺悟。

應盡之事與應為之事一致時，將會成為一股強大的力量。

帶著不輸白鯨戰的戰意，討伐隊再度凝聚為一體，一齊起身。

「——各位，還有一件事我不得不說。」

而昴呼喚出陣氣勢高昂的他們，將目光聚集在自己身上。

承受強烈的眼神，同時忍住歉意十足的心情，昴清晰地表達自己非說不可的事。

那就是——

「抱歉，不只『手指』，我八成也會是大罪司教轉移的對象，這方面該怎麼應對才好？」

「啊？」

那是上一輪會促成「死亡回歸」的最直接原因，也是必須跨越的最後難題。

為此必須共享這件丟臉的事實，好商量對策。

4

結果，在「魔女教對策會議」做出最終結論之前就先出發了。

雖然還想繼續討論戰術，但要是趕不上作戰時間的話就是本末倒置——為了避免發生這件事，昴向由里烏斯提議。

「欸，由里烏斯。你帶來的精靈可以用魔法讓範圍內的人的意識相連結吧。那個能拿來在移動時對話嗎？」

真是好主意！這麼想的昴講的是在前一輪中可以共享意識的魔法「尼庫特」。

面對誤會的拉姆使出的牽制行為，由里烏斯當時使用魔法將討伐隊所有人的意識連接在一起。要是那招可以拿來運用的話就能在移動過程中繼續開會。

面對昴的提議，由里烏斯微吃一驚然後看向菲莉絲。「不是菲莉醬喲喵。」察覺到視線的貓耳騎士揮手這麼說，就走向地龍。

「什麼不是菲莉絲？」

「……沒什麼大不了的。我以為你並不知道我是精靈使者，所以才好奇你是聽誰說的。」

「哦，這樣啊。精靈騎士這詞在這裡是第一次出現啊。」

由里烏斯自稱的精靈騎士頭銜，是在前一回的後期聽到的情報。現階段的昴應該還只知道由里烏斯是一流的劍士。

但是，很少有機會能夠讓由里烏斯驚訝，因此昴得意洋洋地說：

「你比你想得還要有名喔。不過，會察覺到你讓準精靈偷偷附在我身上，跟你的名氣無關就是了。」

「——連這都看穿了嗎。」

這次，由里烏斯的顏面上清晰刻畫出無法隱藏的動搖。看到這反應昴笑了，但馬上就轉動脖子撇過臉。

因為由里烏斯看著昴的眼睛裡，儘管只有一瞬間卻掠過了忍痛的波浪。

「確實如你所言，我讓我其中一朵花蕾跟著你。——依亞，過來。」

但那情感波浪立刻就隱藏在平靜的後方。

由里烏斯一招手，紅光就從昴的頭髮裡頭飛出。比火光微弱，比光芒溫暖的她是由里烏斯帶來的六隻準精靈的其中一隻。

「火之準精靈，依亞。我請她附在你身上。」

「要這樣是沒差，但好歹說一聲吧。要是有什麼萬一她突然出現的話不就嚇人了嗎。」

「用不著擔心。我的花蕾們很優秀。而且應該是沒那樣的機會。」

「放閃的話就免了。既然如此那——」

在未經自己許可下被人施加保險，昴忍不住抱怨，由里烏斯輕聲謝罪。接受謝罪的同時，昴察覺到不對勁。

由里烏斯讓依亞附在昴身上，這點跟上一回一樣。

多虧了這隻準精靈，才能在龍車爆炸事件中撿回一命，這件事記憶猶新。但除此之外，還有跟依亞的存在相關的奇妙記憶。那個感覺是——

「——由里烏斯。什麼情況下，依亞會被強行趕出我身體？」

「……我不懂你這問題的意思。」

「這很重要。視情況而定，可能和攻略大罪司教有直接關係。」

昴直截了當的話，讓由里烏斯在瞬間捨棄困惑，直接回答。

「讓依亞附著在你身上的狀態，可以說是讓你作為精靈使者與她之間訂了暫時契約。而要強制解除的話，除非是暫時契約者的你拒絕她，或是——」

「或是？」

「——訂立了可以蓋過暫時契約的正式契約。」

那簡直就是這瞬間的昴所希望的答案。

是在說出口的期間察覺到了吧，由里烏斯的黃色雙眸也亮起理解的光芒。但是他馬上搖頭說：「怎麼可能……」雖然試圖否定，但——

「不管多麼荒誕無稽、就算覺得不可能發生，只要塗掉事實以外的事項，剩下的結果就是真實。——這是名偵探說的話。」

「這是真理。但假若如此……該怎麼辦？」

「這就是最後的一片拼圖。剩下的我想在路上確認。——怎麼分辨有資格和沒資格的人。」

「明白了。那開會的方法由我負責。」

寡言完後點頭，由里烏斯再度讓依亞附在昴身上後就走向自己的地龍。頭皮感受著準精靈的溫度，昴也跨在漆黑的愛龍——帕特拉修的背上。

「跟上次相比，時間浪費得有點多。加把勁囉，帕特拉修。」

「————」

顏面高尚的地龍，用理所當然的眼神聽取昴的要求。

然後討伐隊再度行軍，從魯法斯街道前往梅札斯領地。

「——『尼庫特』。」

行軍期間，由里烏斯使用共享意識的精靈魔法「尼庫特」，並讓討伐隊所有人都置於其影響下。魔法確實發揮了如昴所願的意圖。

只不過——

「——可惡，都忘了。」

『抱歉。我不認為依恩跟妮絲的調律會出錯。……依亞也很親近你，說不定你跟精靈的親和性很高。』

「這方面的話題現在先免了。等一切收拾完我再慢慢聽你說。」

接受想法波動傳來的謝罪，耳鳴的昴按著太陽穴。

「尼庫特」發動的瞬間，昴這次一樣被所有人蜂擁進來的想法給搞得頭暈腦脹。這一點是忘了副作用的昴的疏失。

不管怎樣，調整也告一段落，現在是邊移動邊專心開會的時候。

『那麼，關於攻略大罪司教一事……該從何做起？』

因為不是靠聲音來傳達想法，所以想法波動嚴格來說無法用聲音區分發言。儘管如此，還是可以知道想法的發送者是誰，原因在於想法會展現出如顏色般的個性。

像現在的想法就是深藍色，但內側卻暗藏鮮紅的熱情。——馬上就能知道那是威爾海姆。

騎著地龍並馳的劍鬼表情嚴厲，朝著尚未見面的狂人高漲敵意。

『若昴殿下和由里烏斯殿下的推測正確，那就必須思索斬殺他的方案。不可視魔手，可以竊佔他人肉體的權能，每樣都是難以突破的障礙。』

「就是說啊……」

要攻略大罪司教「怠惰」，就必須跨越兩種權能：「不可視之手」以及「附身」，不過兩樣的攻略線索都逐漸明朗。

　但問題在於這兩者的攻略方法，會妨礙另一者的攻略。

「貝特魯吉烏斯的『不可視之手』只有我看得到，所以要跟那傢伙正面對決時我非得在場。可是，我偏偏又是他『附身』的對象。我要是在場的話，身體就會被佔據，結果就有可能讓那傢伙跑掉。」

『……昴殿下，其實在下有個腹案。可否聽完考慮看看？』

　汲取到昴沉思的想法，威爾海姆自信滿滿地打岔。他的話讓希望在討伐隊中傳開後，威爾海姆的想法波用力頷首。

『大罪司教的不可視之手，有個簡單的方法可以使之現形。首先，在大罪司教的周圍灑上粉塵沙土。』

『啊，那個感覺沒法做為參考喵。』

　途中菲莉絲來搗亂，不過威爾海姆沒有理睬，繼續說明到最後。其內容是昴也曾看過一次、利用沙塵形成的煙霧來封鎖權能。

　上一次這一招發揮了效果，所以毫無疑問是可以實現的戰術。

　但問題在超乎規格，除了威爾海姆以外無人能辦到。事實上討伐隊成員個個搖頭，連由里烏斯和里卡德都發送出『沒辦法』的想法。

『只要重複鑽研，任誰都可以……』

『好好好，但現在沒時間鑽研五十年喵。證明威廉爺非人哉這件事先不管，要怎麼做？』

撇開沮喪的威爾海姆不管，菲莉絲以會議的進展為優先。論心情昴是很想站在威爾海姆那邊，但就態度而言菲莉絲才是正確的。

「這個嘛。」承受菲莉絲的問話，昴用這三個字當開場白——

「——果然攻略大罪司教和應付魔女教的對策，還有對宅邸和村莊的應對，都先按照一開始提議的方法。那八成是最妥善的。」

『————』

以想法波動傳達的結論，令討伐隊全員各自產生不同反應。

同意，擔心，信賴，憂慮——各色情感全都擠進來，不過總結來說他們都尊重昴的意見。作戰就按照當初的預定來執行。

『——跟你確認一下，這樣子真的好嗎？你不後悔？』

只有由里烏斯，朝著內心還有點猶豫的昴投出做最終確認的想法。真是挫人氣勢的不識趣之舉，但為了徹底斬斷討伐隊的迷惘，這是必要的儀式。

而那不推諉、主動承擔的姿態，正是使他成為騎士的信念。

「囉唆耶。提案和定案的人都是我，我怎麼可能說出『還是算了』這種話咧。……那樣會被愛蜜莉雅罵的吧。」

昴閉上眼睛，在眼皮底下描繪楚楚可憐的銀髮少女。

只能凝望的單相思，而另一方面幾個小時前其實兩人才重逢過，只不過自己被扔出那個世界。即使如此，她的側臉、凜然的姿態、動人的聲音，都沒有變稀薄。

正因為可以鮮明憶起，昴才能下這個決定。

「我很高興大家擔心我，雖然討厭我卻還是給予我撒嬌的機會，但真的不用了。因為我那看起來像是擠出來的勇氣，全都是借來的。」

會被反覆質問覺悟，是因為昴的意志左右了作戰的成敗。——才不是因為那麼薄情的理由。正因為知道這點，才能點頭。

「而且，要說事情到最後都會順利照著走，未免太過樂觀。只要想成抵達終點的路看起來有點危險，這麼想就能輕易取勝吧？」

『……能誇下海口輕易取勝的昴啾，其實是大人物喵？』

「講啥蠢話，我有自覺是小人物啦。就算我樂觀以對，但為了最後能讓我跟愛蜜莉雅醬來個熱情擁抱，大家的力量可是不可或缺的喲？你們才是該要有扮演好我們兩人的丘比特的自覺，好好幫忙啦！」

『是不懂你講的那什麼的自覺啦——不過，覺悟我們收到了。』

為了抹去沉重的氣氛，所以昴要起嘴皮子，而眾人以由里烏斯為首點頭以對。就這樣，會議做出結論。昴凝視道路——地平線的盡頭。

那兒是草原的終點，已經可以看見薄薄的森林綠意。只要脫離平原走過幾條林徑，就到了梅札斯領地。

內心躁動不安，甚至產生被擠壓的痛楚，即使如此昴還是看著前方。

「————」

「哦？怎麼啦，在擔心嗎？可愛的傢伙。」

共享意識的魔法解除，大家自會議中被解放。這時擔心昴的，是邊跑邊抬頭看過來的帕特拉修。昴撫摸牠的脖子，嘆氣。

然後探索身後掛在地龍鞍上的行李，確認目標物的觸感。

手指在裡頭摸到的，是這次作戰的關鍵道具。一想起那道具交給自己的經緯，即使現在胸口都還是會疼痛。

昴認為正因為有這痛楚，自己才能推開恐懼和不安前進。

「好，這次會好好照著計畫進行吧。」

「當然，大家都是這個打算。放心，都這麼細心沙盤推演了，用不著去思考失敗後的事。我們準備萬全，還有等事情結束後，我想跟你一同舉杯慶祝。」

「不要在這種時候給我一口氣把死亡禁句全說出來啦——!!」

身旁的由里烏斯不懂死亡禁句的概念所以才有此發言，卻惹來昴的怒吼。

聲音高亢響亮到彷彿傳到遠方梅札斯領地上空去。

5

——日光照在睡眠不足的眼皮上，伴隨著細微的痛楚，愛蜜莉雅醒了過來。

「已經早上啦……」

在床上撐起上半身，眨眼數次。把垂在額頭前面的銀髮撥到耳後，泅游在半夢半醒中好一陣子，再搭上浮現的意識輕吐一口氣。

這幾天都很淺眠。

昨晚也是在過了凌晨十二點幾個小時後才入睡——因為進入夜晚的森林，重新調整防範魔獸入侵的結界，所以真的有入睡的時間應該只有兩個小時左右吧。

腦袋沉重，思考像陷入泥濘般緩慢不已。

原本愛蜜莉雅就是容易賴床的人，更何況想到這幾天來困擾她的許多問題，精神被疲勞和苦惱給削弱也是無可奈何之事。

——王選候補者聚集到王城，公開表明信念是在一個禮拜前。

之後就回到宅邸，作為形式上的陣營代表窩在屋子裡五天。

短短五天內所品嚐到的壓抑，已經十分足以把愛蜜莉雅擊垮。

「我以為我明白……結果只是我自以為是而已。」

自己的不中用讓愛蜜莉雅用力握緊床單。

回想這個禮拜的事，過往在瞬間掠過腦海。

被叫到王都，與候補人選面對面，在眾目睽睽下表明信念，然後——

「——昴。」

道出被留在王都的少年的名字，愛蜜莉雅閉上眼睛忍住痛楚。

那個開朗卻又容易受傷、不知為何總是為了別人拚死拚活、思想有點偏激的少年，不知現在怎麼樣了。

在王城大吵一架離開時，他那像是被拋棄的稚子表情還烙印在眼底，不斷地苛責愛蜜莉雅的良心。

他會露出那種表情，會說出那種話，會聽到不想聽到的話，全都是自己害的。

「……不過，那樣很好。」

彼此的內心互相撞擊，最後導致兩人分開。

可是，愛蜜莉雅不認為那場感情爆發是應該避開的。不如說，兩人在那邊分道揚鑣才是正確的。昴不應該和自己在一起。

——因為，愛蜜莉雅是人人避之唯恐不及的半妖精。

只要在一起，只要在身旁，就會讓某人有相同的討厭回憶。

這點就算是那內心溫柔的少年也不例外。就是因為他在自己身旁，才會在與由里烏斯的決鬥中搞得身心重創。

不想要有那種心情，不想讓他有那種心情。

爭論的結果，昴一定也會放棄自己。

最後的最後脫口說出的話，那句才是自己的真心話和遺憾。

以為如果是昴，就不會在乎自己是半妖精，可以像對待普通女生一樣對待自己。原本對他懷有這樣的期待。

——淡淡的、渺茫的、順其自然又任性的期待。

「昴只能把我視為特別的存在。……他這麼說。」

為了疏遠他而傷害他，即便如此還是祈求救贖，忍不住對自己的任性感到失望。

無視自己身為半妖精一事，卻不被允許的膚淺。

「——莉雅，眉頭都皺起來囉。糟蹋妳這張可愛的臉蛋了。」

愛蜜莉雅抱著膝蓋坐在床上時，突然有道聲音對她這麼說。抬起視線，一身灰色毛皮的小貓精靈映入眼簾。愛蜜莉雅淺淺一笑。

「早安，帕克。今天很早起呢。」

「早安，莉雅。今天早上……嗯，有點擔心呢。」

「——？怎麼了嗎？」

「嗯—擔心妳早睡早起……騙妳的。其實我真的很擔心妳。畢竟麻煩事接二連三發生，特別是昨天。」

帕克說起話來莫名含糊，聽到的愛蜜莉雅低垂眼簾。

昨天發生的事——是讓愛蜜莉雅睡眠不足和操心的最大原因。朝宅邸附近的村民伸手和好言勸說卻被拒絕的痛苦記憶開始復甦。

村民並沒有給予害怕或否定等殘酷的話語，但光憑視線就足以劃傷愛蜜莉雅的心。

「……我早就知道會這樣了。」

「就算知道會跌倒，跌倒了還是會痛會流血。理解結果和實際品嚐是兩回事，我是這麼想的。」

愛蜜莉雅那宛如孩童的逞強，被帕克毫不留情地堵住去路。

不過，帕克並非使壞。他只是用自己的方式在擔心愛蜜莉雅，而且不會隱瞞事實和真心話，僅此而已。

「帕克你……」

「嗯—？」

「帕克你覺得怎麼做才好？我……不對，不單是我，我想把大家的事做得更好。我想做好……」

「——隨妳高興怎麼做就好啦。不管妳要做什麼，我都會站在妳這邊，妨礙妳的人就是我的敵人。」

雖是強大有力到超越任何人的同伴宣言，但卻沒法安慰現在的愛蜜莉雅。

那是預料之中的回答。帕克絕對站在愛蜜莉雅這邊，但不會給予她問題的答案。他從頭到尾都將判斷交由愛蜜莉雅定奪。

帕克的價值觀是以愛蜜莉雅為中心，除此之外的一切全都是次要的。

「就算妳問我意見，妳也沒法捨棄那個村子吧？粉紅色頭髮的女孩今天早上又去村子了，要等她報告嗎？」

「……拉姆去村子了？她也一直都沒休息呀。」

「那孩子做事比莉雅周到，找到工作空檔就會休息。她很懂得管理自己的身體狀況。」

聽到帕克冷靜分析拉姆，言外之意還責備自己沒能做好身體管理，愛蜜莉雅感覺更加消沉。

就實際狀況而言，現在的愛蜜莉雅完全是仰賴拉姆。

——這幾天，愛蜜莉雅留在宅邸代替羅茲瓦爾執行一部份的業務，因此必須以領主之姿負起宅邸和阿拉姆村相關的責任。

說是要和附近的有力人士交涉談判，羅茲瓦爾對愛蜜莉雅說會有幾天不在然後就出發了。肩負重責大任讓人緊張不安，但想到往後的王選，若不能完成這幾天的職責，那自己還拚什麼王位。

這麼想的愛蜜莉雅接受了職責，也為了擺脫把昴留在王都的罪惡感，她比平常還要認真地面對每一天——但前天，狀況大幅改變。

「森林裡有可疑的動靜……？」

「是的。是連拉姆的千里眼都捕捉不到、叫人不快之徒。」

報告就跟平常一樣平淡，但拉姆卻為那不安穩的預感皺眉。

她的千里眼是能和其他人的視覺同步偷看他人眼中所見的異能。可是，即使有著重索敵和偵察的千里眼，卻沒能掌握在森林裡營造出不穩氣息的真面目。

「跟魔獸無關嗎？」

「結界重新張設過，應該是沒有關係……要怎麼處置？」

「什麼怎麼處置……不能放著不管。既然我這邊沒法主動出擊，那至少要避免讓村民遭遇危險。」

「確保村民安全……那要讓村民避難嗎？」

「那樣不錯。——這屋子可以容納所有村民。」

面對在森林裡蔓延開來的不安穩，愛蜜莉雅和拉姆討論之後做出這樣的結論。

拉姆沒有反對，對愛蜜莉雅來說是記不大卻很有用的強心針。自己代理羅茲瓦爾的職務，要是說了愚蠢的意見的話，拉姆應該會毫不留情地針砭。

因此愛蜜莉雅懷著一定程度的期待，前往附近的村莊——阿拉姆村。

說服村民到宅邸避難，以免遇到危險。但是——

『我們聽說王選的事了。——也知道妳的身份是半妖精。我們不會聽妳的話的。這是全村的人的意見。』

村莊代表是位老婆婆，她這麼說，拒絕了愛蜜莉雅的提議。

話中的否定和拒絕堅固不已。愛蜜莉雅為這答案受傷，受傷的自己也叫她驚訝。

被他人拒絕，對愛蜜莉雅來說是天經地義的事，以前就品嚐過無數次這種挫折。儘管如此，卻還是發現自己還會心痛，同時察覺到。

——自己期待變化。

縱身躍進名為王選的洪流之中，朝改變自己的生存方式踏出一步，期待這樣的舉動會讓周圍的反應自然產生改變。

這兩個月和村民的交流，也讓自己增添了期待。

但是，愛蜜莉雅一直都仰賴可以妨礙他人記住自己面貌的魔法來跟村民互動。面對從未顯露真面目的人，有誰會打從心底信任呢。

誤以為和村民的感情變好，但其實他們的笑容不是對著自己，而是對著牽著自己的手，把自己帶到村莊的少年。

愛蜜莉雅沒有靠自己爭取到什麼，可是卻還是誤以為大家對自己的態度變好。

「……結果我到底是在幹嘛呀。」

提議被否決，之後的訴求也不被聽從，再三請託也被頑固拒絕。對此失望不已的隔天，來自王都的變故又緊接著折磨愛蜜莉雅。

『這是我主人庫珥修・卡爾斯騰公爵大人囑我送上的親筆信。』

登門拜訪，態度正經八百的使者遞出信函，上頭印有象徵卡爾斯騰公爵家的獅子家紋封蠟。

但收下書信後的內容，卻讓愛蜜莉雅忍不住胡思亂想。

庫珥修是其中一名王選候補者，也是自己把留在王都的昴寄託照顧的對象。該不會是昴出了什麼事，愛蜜莉雅連忙拆封讀信——

「——信紙是一片空白。被人宣戰，也難怪粉紅髮女孩這麼生氣了。」

那封信就放在房內的桌上。順著愛蜜莉雅的視線察覺到她在想什麼的帕克提起那封信——其實是白紙的事實，然後歪起小腦袋。

如他所言，寄來的親筆信是白紙。不管是正面還反面都沒寫字。

白紙書信意味著寄信人對收信人沒什麼好說的意思。可是，這封信的內容和寄送經緯，實在不像庫珥修會做的事。

懷疑是不是哪個環節出錯的愛蜜莉雅詢問使者真正的意圖，但使者堅持自己只是被命令以最快的速度將信送達，所以沒能得到想要的答覆。

「把使者關在屋子裡吧。有什麼萬一，就能拿他當交易的籌碼。」

姑且不論拉姆這偏激的主張，總之先讓使者安穩地留宿宅邸。

儘管如此，森林不安穩再加上白紙親筆信，讓愛蜜莉雅的煩憂更加嚴重。

結果，昨晚沒法安然入睡，就去巡視周圍的結界看有沒有出什麼問題，畢竟嚴密防範魔獸入侵是愛蜜莉雅辦得到的工作。

忙到黎明才回房間，之後就是反覆睡睡醒醒，直到剛剛。

留下睡著的愛蜜莉雅在屋子裡，拉姆前往村莊是為了說服村民嗎？就立場而言，愛蜜莉雅本來應該一同前往，起頭告訴大家避難才是——

「可是，沒有我比較好吧……」

把事情交給別人這種不負責任的心態，以及義務感催促愛蜜莉雅振奮。

但是內心裡頭被排斥的感受以及使狀況惡化的不安，勢力也同樣龐大。

其實，要是愛蜜莉雅跟著去，村民八成會畏懼而拒絕提案吧。

這是事實，更是現實，是愛蜜莉雅一直以來感受到的歧視之牆。

不過，為了對抗這面牆，自己應該要到森林去——

「——哎喲，莉雅。好像有人回來囉。」

「……是拉姆吧。得去問問村子怎麼樣了。」

帕克的呼喚中斷愛蜜莉雅的思考，她迅速更衣後步出房間。

平常對愛蜜莉雅的儀容很囉唆的帕克，這幾天都沒那麼著重細節。這是他的貼心，因為現在就連打理行頭都成了讓愛蜜莉雅厭惡自己的事情。

「啊，我去看一下貝蒂。有什麼事就叫我喲。」

「咦，嗯，知道了。幫我跟碧翠絲打招呼喔。」

出了走廊，帕克立刻這麼說，然後離開愛蜜莉雅。話題的主角是雖然同住一個屋簷下，但卻完全不打算露臉、外表年幼的少女。

回想起來回到宅邸之後，就從未見過她。

「碧翠絲也在氣我拋下昴吧。」

昴和碧翠絲感情很好，所以才會生氣也說不定。

負面想法無止盡地泉湧。愛蜜莉雅嘆氣，快步走向玄關大廳。

現在先不管碧翠絲，自己和回來的拉姆還有很多話要說。

「——愛蜜莉雅大人。」

愛蜜莉雅一到大廳，宅邸的大門剛好從外頭往內推開。從門板後頭看到拉姆的身影，愛蜜莉雅輕聲吐氣。

「拉姆，抱歉事情都交給妳處理。接下來我馬上……」

「不，愛蜜莉雅大人。在那之前，請您先接見客人。」

搖頭的拉姆打斷開口的愛蜜莉雅，並從門前讓出路來。「咦？」她的話和舉動讓愛蜜莉雅驚訝，旋即一道人影穿過大門現身。

「愛蜜莉雅大人，請原諒在下突如其來的造訪。」

說完向愛蜜莉雅行禮的人，是體格健壯的年邁男性。眼熟的修長身段令愛蜜莉雅瞇起眼睛，不過馬上就從記憶中找到適合人選。

「呃，我記得……你是跟菲莉絲一道來的駕駛，對吧？」

「正是。在下忝列卡爾斯騰公爵家家臣末席，名為威爾海姆・托利亞斯。此次代替主人登門造訪。」

報上名號的老人──威爾海姆嚴肅地說完，當場跪地行最敬禮。他那樣子讓愛蜜莉雅過意不去，連忙下樓想扶起威爾海姆，但卻立刻察覺到異樣。

老人身上都是血和泥巴，不像是平常的使者應有的姿態。

「怎麼會這樣……發生什麼事了？」

「請原諒在下有失體面。在前往梅札斯領地途中，拜遭遇無趣的野獸之賜，成了這副模樣。非常抱歉髒了您的眼睛。」

「我不介意，但得先治療傷勢……好像都痊癒了。」

「無需擔心。現下最重要的，是正確傳達吾主的旨意。」

威爾海姆督促盡快進入主題，於是愛蜜莉雅點頭。

自稱是代替庫珥修前來的老人，讓愛蜜莉雅想起昨晚收到的親筆信。

「關於這件事，昨天已收到庫珥修大人的信件。不過，信封裡是一張白紙……我很不安，心想是不是哪裡搞錯了。」

「白紙是嗎？──原來如此，果不其然。」

「果不其然……？」

聽到親筆信的內容，威爾海姆瞇起藍色雙眼。對這舉動感到莫名畏懼的愛蜜莉雅不安地反問。不過，他立刻搖頭說：

「沒什麼。說來羞愧，寄出的親筆信與吾主原本想傳達的內容有所齟齬。在下帶來的方是主人真正的旨意，因此還請儘管放心。」

「真正的內容……這樣啊，是搞錯了嗎？太好了，本來以為惹人厭了。」

由相關人士正面否定自己被敵視的狀態，愛蜜莉雅安心撫摸胸口。

被村裡的居民給敵視後緊接著就接到來意不善的信。雖然覺得不像庫珥修之舉，卻又不安到忍不住去想會不會是蔑視半妖精的心態化為行動。

內心的不安會引來不必要的懷疑與軟弱，就像現在的愛蜜莉雅。

「讓您感到混亂，為此在下深深表達歉意。吾主庫珥修大人絕不會做出如此輕率之舉，也絕不會沒來由地輕視愛蜜莉雅大人。若沒能光明磊落、竭誠以待，吾主將會顏面盡失。」

「謝、謝謝。……那麼，那個，親筆信真正想說的是？」

格外戮力的激勵，讓愛蜜莉雅吃驚，但也有點高興。

氣氛稍微好轉。威爾海姆依舊維持最敬禮的姿勢，對愛蜜莉雅說：

「愛蜜莉雅大人，以及拉姆殿下。懇請留在宅邸的居民與村民集合起來，離開這一帶前往避難。——這是庫珥修大人的旨意。」

他的宣告，讓愛蜜莉雅的微笑凍結。

6

——在愛蜜莉雅跨越一開始的震驚後，威爾海姆接著說明。

「最近，王國裡的知名犯罪集團潛伏在梅札斯領地。得到這情報後，吾主以討伐他們為目的編列軍隊，以在下為代表參戰。」

「那些人躲在這一帶的森林裡……是這個意思嗎？」

連拉姆的千里眼都無法看見造成不安穩的真面目，現在由威爾海姆曝光，愛蜜莉雅驚訝得瞠目結舌。

威爾海姆肅穆點頭，拉姆也跟著點頭如搗蒜，接著輕輕撫摸自己的粉紅色頭髮，說：

「使者大人帶來的討伐隊，為了抗敵已經在村子裡佈好陣。不過，若是惡名昭彰的強盜王真的開戰的話，這一帶很難倖免於難。」

「強盜王……！所以說，才要大家避難？因此才會連龍車都準備好了。」

為了把所有人都帶離，預備讓村民和宅邸居民搭乘逃跑的龍車早已進入村中。這點拉姆也已確認過並掛保證。

「在下可以承諾：只要各位順利避難，討伐隊就會迅速殲滅敵人。一旦危險被掃除，各位就能恢復到安全的生活。」

以上是威爾海姆的說明，以及為了愛蜜莉雅他們而準備的避難計畫。

整個計劃妥善得無懈可擊。佩服的同時，愛蜜莉雅卻沒法直接點頭。當然事情擺在眼前，沒什麼好懷疑的。但是，卻還是有疑問。

「不過，為什麼庫珥修大人要幫助這塊領地呢？」

這裡是梅札斯領地，而且愛蜜莉雅和庫珥修還是互相爭奪王位的政敵。出於善意而出手相助──應該沒那麼好，不會這麼簡單。

對愛蜜莉雅的疑問，威爾海姆壓低聲音解釋。

「只能在這兒說，其實與那個犯罪集團……強盜王有著不能置身事外的孽緣。」

「孽緣……跟威爾海姆先生？」

「不單是我，也有年輕人特別熱血沸騰。還有──」

威爾海姆嘴角微微上揚，但笑容馬上消失，繼續說下去。

「邊境伯主動向吾主要求在此次王選締結同盟，條件為讓出艾利歐爾大森林的部分魔石採礦權……您知道嗎？」

「──呃。……這樣啊，森林的採礦權。有這回事啊。」

這番話讓愛蜜莉雅微微動搖，同時接受說法。

就在自己一個人煩惱的時候，暗中活躍的羅茲瓦爾已經準備了最佳方案。不是覺得自己不被信任，但還是受到打擊。

尤其條件中的艾利歐爾大森林——是愛蜜莉雅的故鄉，就更不用說了。

「……不過，就算要避難也不是用說的就行了吧。要逃到哪？」

「這點也想到了。——延續方才的話題，愛蜜莉雅大人請前往王都。庫珥修大人要求在王都召開同盟決議會談。」

「這個……嗯，沒問題。可是，能讓所有人都到王都避難嗎？」

搭龍車的話到王都大概要半天，對村中的年長者和孩童而言會是條艱辛之路。討伐犯罪集團所需的時間不明，還要確定有地方可以收容村民，太多不確定要素叫人不安。

與其要留下這些不安離開宅邸，倒不如——

「驅趕藏匿在森林的強盜王一事，我也幫忙，這樣或許可以更快解決。」

「……萬分感謝愛蜜莉雅大人的考量。但是，這點……」

「別看我這樣子，我對自己的戰鬥能力還算有點自信。我有很強大的精靈幫我，不會礙到你們的。」

不惜把不在場的帕克都拿來當保證，愛蜜莉雅堅持要一同作戰。對此拉姆閉上眼睛，威爾海姆沉思片刻。

明明是不錯的提議，為何兩人的反應卻如此糟糕。

「有什麼問題嗎？」

「其實……沒錯，其實邊境伯有下令要愛蜜莉雅大人儘速與庫珥修大人會談，因此要是沒能辦到，就是我失職。」

「羅茲瓦爾有這樣叮嚀!?」

擠出來的理由讓愛蜜莉雅大吃一驚，然後看向拉姆徵求答案，卻見淺紅色的雙眸正瞪著威爾海姆的側臉，而且瞪得很用力。

「——。——。——。是的，羅茲瓦爾大人有吩咐。」

「沒想到會這樣，羅茲瓦爾……！」

向羅茲瓦爾宣誓忠誠的拉姆，不可能撒下與主人相關的謊言。

明知愛蜜莉雅不會違抗，還認真起來封鎖她的行動。避難和同盟，一定都在羅茲瓦爾的掌握中。

見愛蜜莉雅悔恨握拳，威爾海姆嘆氣，低垂視線說。

「跟愛蜜莉雅大人方才很不安一樣，確實要讓全村的人到王都避難很困難。就現狀而言，能去王都的人數只有一半。」

「那剩下的人呢？」

「另一半就由拉姆帶路，前往『聖域』避難。羅茲瓦爾大人已先至該處，那兒不但有空間可以容納村民，安全上也很有保障。」

「這、這樣子啊。看來早就已經商量好了……」

愛蜜莉雅列舉的不安與擔憂，都已經被討論過做出結論。

俐落打碎接二連三的疑問，整個計劃根本就沒有愛蜜莉雅可以插嘴反駁的餘地。

這樣當然很好，但卻讓愛蜜莉雅飽受無力感折磨。

所有的疑問都備好答案，覺得不安的要素都被擊潰，他們準備妥當到自己乖乖照著他們說的去做——

「那個，果然還是哪裡怪怪的吧？怎麼可能那麼剛好……」

「——打擾了!!」

就在愛蜜莉雅又想發出疑問，聲音卻被門被粗魯打開的聲響蓋過。驚訝地朝那看去，幾乎是踹開大門滾進來的是一名少年。

頭上戴著帽兜，白袍覆蓋全身。他穿過瞪大眼珠的愛蜜莉雅面前，以乾淨俐落的動作向威爾海姆行禮。

「躲藏在森林裡的犯罪集團做出了詭異的動向，恐怕是要行動的前兆！現在已刻不容緩！要是那些渴求殺戮之輩出動了，這一帶將會化為血海地獄——！」

「嗯，這樣啊……比我們預料得還早行動。畢竟有這麼多人進入村莊，被他們察覺也只是時間上的問題。」

「請下達命令，隊長……不，『劍鬼』威爾海姆殿下……！」

「——愛蜜莉雅大人。」

少年用誇張的舉動報告狀況，而聽了報告的威爾海姆嚴厲地凝視愛蜜莉雅。宛如刀刃的眼神，讓愛蜜莉雅理解到危險已迫在眉睫。

事態已經有所變化，在這兒爭論只是浪費時間。

——從剛剛到現在的話中，可以感受到幾個疑問。

但是，拉姆察覺森林裡有可疑氣息是事實，親筆信那件事和威爾海姆的稟性都有庫珥修做保證。

最重要的，是羅茲瓦爾不在的現下，能夠決定宅邸與村莊安然與否的人是愛蜜莉雅。

自己的決定左右了許多人命，而且還必須是自己做出的決定。

那是愛蜜莉雅現在的職責，是最優先要執行的使命。

「明白了。那就蒙受卡爾斯騰公爵的好意。要跟村民說明……」

「已經跟村民說明過了，愛蜜莉雅大人。」

拉姆親口並清晰傳達，最大椿懸而未決的事項已解決。

對此感到驚訝的同時，愛蜜莉雅接著看向屋子裡頭。留在宅邸的最後居民碧翠絲叫人掛意。要避難的話當然也要找她一起——

「——貝蒂說她要留下來。她說她會先用『機遇門』藏起禁書庫，之後要避難就隨便我們。」

「帕克!?」

突然回來的帕克傳達相當於自己妹妹的意思。可是看著停靠到肩膀的小貓，愛蜜莉雅搖頭不願相信。

「為什麼你答應了？都說這裡很危險……」

「貝蒂她在禁書庫反而比較安全。而且那孩子因為契約的問題所以不能離開宅邸。──懂了嗎？」

「……拿那當藉口，有夠狡猾。」

帕克用洗臉回應愛蜜莉雅的不滿。契約，對愛蜜莉雅和帕克還有碧翠絲來說，意義都很沉重。

高舉契約為大旗，愛蜜莉雅也就找不到可以反駁的話。

「就是這樣，我可愛的妹妹會留在宅邸。你們最好別打宅邸的主意比較好喔。貝蒂雖然是溫柔愛撒嬌的女孩……但卻很不留情。」

「明白了，大精靈大人。」

威爾海姆接受帕克的忠告，肅穆一鞠躬。滿意地看他行禮後，帕克就鑽進愛蜜莉雅的秀髮裡，然後用只有愛蜜莉雅聽得見的音量說：

「妳就做妳想做的事吧。我會支持妳的。」

「──全員避難。我不想讓村民遭遇危險。」

精靈的話推了最後一把，愛蜜莉雅臉上的猶豫消失，做出避難的決定。

聽到她的指示，拉姆拎著裙擺行禮，威爾海姆也用力頷首。

只有進來報告的少年背對愛蜜莉雅——

「——這才是妳嘛。」

他小聲地這麼說，但愛蜜莉雅沒有察覺。

7

——在宅邸的愛蜜莉雅等人一到村莊，就看到居民已經做好避難準備。

村人都老實地跟著討伐隊走，沒人吵鬧也沒人面露不安，搭車的作業進行得十分順利。

「威爾海姆先生你們好厲害。」

跟自己的手法相比，第一次見面卻還能夠得到村民信賴的他們，讓愛蜜莉雅大吃一驚。

不過，最嚇到愛蜜莉雅的，是聽到乘車成員的分配名單時。就在她被帶到避難用的龍車，準備坐進去的時候——

「——請多多指教，大姊姊。」

頂著一頭泛紅咖啡色頭髮的少女點頭這麼說，令愛蜜莉雅困惑不已停止入內。

眼前的少女，是在這村莊看過好幾次的面孔。跟昂很親近的孩子裡頭又最黏著他的少女，記得叫做佩特拉。

除了佩特拉以外，周圍全都是眼熟的孩童。

而且還被告知他們都是要跟自己同一車的人。

「那個，這個安排是不是哪裡搞錯了呢？太奇怪了。」

「不，這是嚴肅討論後的結果。考量龍車和人數，能和愛蜜莉雅大人一同搭乘的除了這些孩子沒有其他人了。這是無可奈何的措施。」

身旁的拉姆如此回覆愛蜜莉雅被掀起的不安，但她的答案和愛蜜莉雅的推測不同，只是讓不安越來越嚴重。

——要在龍車這密室裡頭，和孩童們一同度過數小時。

先不論愛蜜莉雅的不安，這樣的搭配根本欠缺對同車的孩子們及其家人的顧慮，只會讓彼此覺得厭惡吧。

「能不能讓我搭其他龍車呢？這些小孩就搭這輛……」

「——是在怕有人討厭跟自己共乘嗎？」

「——」

被看穿內心的愛蜜莉雅屏息。那句近似謾罵的話，出自跟愛蜜莉雅一行人前往村莊，並帶她到龍車的帽兜少年。

有點激動、聲音高亢的少年，逼近吃驚的愛蜜莉雅。

「妳有問過這些孩子嗎？搞不好只是妳自己以為被討厭而已吧？」

「那種事……不用問也知道。而且這也是為了彼此好。」

「六個小孩，一輛龍車……在這邊就栽跟頭，那要如何實現妳的心願？」

「你是——」

氣勢洶洶地說完，少年視線撇離愛蜜莉雅，單膝跪在佩特拉前面，讓視線配合她的高度，然後沉穩地問。

「怎麼樣，佩特拉。妳討厭跟那位大姊姊坐同一輛車嗎？」

「——唔。」

聽到殘酷的問題，愛蜜莉雅胸口生疼，面頰緊繃。

答案早已揭曉卻還這麼問，根本是在挖人傷口。儘管知道人類會傷人，但總是沒法習慣被傷害的痛楚。

就跟帕克說的一樣，不管在什麼情況下受傷，新的傷口就是會帶來新的痛楚。話雖如此，這名少年為什麼——

「不會呀。我不覺得跟大姊姊一起坐車很討厭。」

「……咦？」

以為是幻聽，愛蜜莉雅驚愕失聲。

但是，佩特拉走向渾身僵硬的愛蜜莉雅，牽起無力下垂的手。是熱熱的手指觸感。面對難掩驚愕的她，佩特拉害臊地微笑。

「大姊姊是蓋蕃薯章都會來的大姊姊吧？每次早上都跟昴一起來，然後看我們做廣播體操。」

「那是……」

「雖然都看不到臉，可是我也知道大姊姊很高興喔？我看到昴每次都很開心地跟大姊姊聊天。昴很喜歡大姊姊……所以說，我也不怕大姊姊喔？」

「……啊。」

聽著佩特拉的話，愛蜜莉雅感覺鼻腔內生疼，忍不住輕叫出聲。

眼睛深處有灼熱感上湧，喉嚨突然就哽咽，臉頰紅通通的，耳朵熱到像燒起來。

「大姊姊，一起上車吧？大家都說讓大姊姊一個人就好，不過，我會牽著妳的手。」

「——嗯、嗯。」

「妳用不著覺得寂寞囉？」

「嗯……！」

天真無邪、與不講理的惡意無緣的純真眼神，救了愛蜜莉雅。

對愛蜜莉雅來說理所當然的疏遠、必然會有的迫害、以及天經地義的歧視，在佩特拉的聲音、眼神和溫暖中都感受不到。光這樣，就覺得胸口很難受。

「我也是——！」「我要跟大姊姊一起坐——！」「快點上車啦——！」

其他孩童跟著附和，還在愛蜜莉雅身旁跑來跑去。結果那些吵鬧的小孩馬上就被拉姆推上車，佩特拉看到忍不住嘻嘻笑。

「大姊姊，走吧？雖然他們可能會很吵。」

「……不會，沒關係。這兩個月來我已經習慣身旁有人吵了。」

愛蜜莉雅搖搖頭，知道自己自然地流露微笑。

被佩特拉牽手、拉手，就能確切感受到他人之手的溫度就近在身旁。

「拉姆，『聖域』那邊的人就拜託了，請務必保護好村民。」

「明白。愛蜜莉雅大人路上也請小心。」

拉姆拎起裙擺恭敬行禮，愛蜜莉雅維持微笑，點頭。

最後，愛蜜莉雅尋找促成這段互動的功臣。

「也得跟你道謝……咦？」

尋找激勵自己、做了這種安排的少年。可是卻怎麼也找不到白袍少年，讓愛蜜莉雅好生困惑。

「跑哪去了？」

愛蜜莉雅講得像是自己被扔下，只有拉姆不耐煩地聳肩。

8

——撥開樹枝，踩踏草地，混在森林的綠意裡壓低姿勢。

藏身在青翠茂密的草木叢裡，「他」壓抑呼吸和氣息，與黑暗同化。

距離森林約一百公尺，有個小規模村莊，有人現在正把那兒的村民帶走，讓他們避難。為了讓他們逃離試煉。

這是不被允許的。怎麼可以發生這種不應該的事。為了不讓事情變成這樣，自己多麼小心提防，還派了眼線觀察他們的動向。

「他」壓抑焦躁，繼續藏身，這時有細微的腳步聲和複數的黑影聚集到「他」底下。

加上自己總共四人，雖不足以發動試煉，但夠絆住他們的腳步了。雖然預定提前，但這一切全都是遵從尊貴的旨意。

將手伸進懷裡，「他」拿出一個手掌就能捧起的小手鏡。只不過這個鏡子的用處和婦女的化妝鏡子不同，是拿來「跟別的鏡子交流」。

——為了和遠方的成對鏡子對話的「流星」，對話鏡。

這在少見的「流星」中是數量多、比較容易取得的道具，但可以持有的也只有極少數信徒。除了要確認過信仰的虔誠度，還要是司教大人的心腹——只有被選為「手指」的人才有的榮譽。

「——」

「他」默默地把魔力灌入對話鏡，啟動「流星」。

每隔幾個小時，就要重複這樣的行為。詳細告知試煉的供品的情報，好為即將到來的試煉做準備。——事態緊急，因此非聯絡不可。

把情報告訴同伴，以及告知供品的行動大幅偏離預想。

他們察覺到「他」的同伴們的動向，很沒規矩地就想逃跑——

「——原來如此。想說就只有聯絡同伴的手法還不明，『流星』還真是方便的東西呢。不過，不覺得看著對方的臉講話溝通也很重要嗎？」

「——呃!?」

蹲在身旁的同伴看著對話鏡，丟了落落長的話過來。

「他」連忙轉頭，緊接著被十分異樣的感覺侵襲。對方就在身旁，可是自己卻掌握不住他的臉部特徵，簡直就像腦子在拒絕理解。

「不是靠臉，而是靠體質區分。這種情況，我對你們來說就像噴了同樣香水的女子會同伴呢。噁心死了，混帳東西。」

「白袍同伴」邊說邊站起來，嫌棄地這麼說。

然後，在驚訝地僵直的「他」——魔女教徒凱地面前脫下帽兜，裸露罕見的黑髮和眼神兇惡的三白眼。

「妨礙我和愛蜜莉雅的感動重逢的罪可是很重的喔，你們覺悟吧。」

再度胡說八道的黑髮少年，露出挑釁的無畏笑容。

下一秒，包圍少年的神奇術式解開。凱地眼中的少年容貌清晰成形，這才發現他的真面目。

是主導這個討伐隊對抗自己的背叛者——

「——」

最不能原諒的敵人現身，凱地像彈起似地站起。不需要朝身旁的兩名同伴使眼色，大家會一齊攻向眼前的叛教者。可是——

「——太慢了。」

拔出腰部後方的十字劍的那瞬間，低沉的聲音掠過耳際。

緊接著，銀閃劃過視野角落，左右兩邊的同伴邊噴血邊倒下。脖子遭到致命一擊，很明顯已經死亡。而凱地本身也——

「奉勸你不要抵抗。因為我不想給予無意義的痛苦。」

脖子後頭抵著冰冷的利器，自己已失去先機。

站在自己背後的是身形修長的騎士，砍死兩名同伴的是老年劍士。再加上站在他們背後的貓耳亞人，還有把他們帶來的黑髮叛教者——

「菜月・昴……！」

「哦哦，雖然是理所當然，不過魔女教徒也會說話呢。幫了大忙。」

手被綁在後頭，整個人被按倒在地的凱地瞪著叛教者——菜月・昴。

承受視線的少年額冒冷汗，看向三名同伴。

「按照計劃進行是再好不過。多謝你們的協助。」

「不否認我原本半信半疑，但判讀敵方行動到這種地步，我也不得不認同了。——要是他們按照你的期待起舞，那是再好不過了。」

「這根本不會搞錯吧喵？村民避難的時間點比預定還要早開始的當下，間諜一定會慌張地想要聯絡同伴。」

騎士和亞人贊同少年的話，凱地的腦子卻因充斥憎恨和無法理解而一片混亂。

不懂他們對話的意義。這簡直就像一切都被——

「不要一臉聽不懂的表情嘛。不過，不怪你啦。這次是我奔波得太高明。也要謝謝你幫忙擾亂情報。——雖說你沒有雙重間諜的自覺。」

「——？」

「很簡單，你是間諜的事早曝光了。發現的方法是商業機密。總之，我特地弄了個陷阱讓負責聯絡魔女教的你跳進去。」

透露片段情報給訝異到瞪大眼睛的凱地聽，然後菜月・昴閉上一隻眼。

接著告知。

「——兩個小時，你跟同伴報告的是晚了兩個小時的行程。」

豎起兩隻手指頭朝左右搖擺，然後對著驚愕到眼睛瞪得更大的凱地說。

「這段期間，愛蜜莉雅他們會逃到外頭，而且分散各處的『手指』會被打倒，同時我們會做好打敗你們司教大人的準備。」

講到最後，少年菜月・昴坦然一笑。

然後做出宣戰宣言。

「——徹底品嚐一切都被人搶先還被打得落花流水的恐怖吧。」

第二章 『準備好的舞台後』

1

——時間回到討伐隊透過「尼庫特」在開移動會議的時候。

「難得都知道有間諜潛進來了，如果讓他散佈假情報反將他們一軍的話，就能爭取到讓愛蜜莉雅他們安全逃跑的時間。不覺得嗎？」

『————』

前往梅札斯領地的路上，昴在公布一連串的情報後這麼說。

用魔法共享意識的討伐隊之間，對這意見有了激烈的爭論。面對這些想法波動，昴邊點頭邊舉起手，說：

「先聽我說。就跟我們商量的一樣，要剷除大罪司教就必須將『手指』全滅。可是，要打倒『手指』並不如字面那麼簡單，這方面也要花功夫。」

『利用你的體質，把每根「手指」引誘出來再打倒就好啦？』

「這個戰術可行。可是，每個環節間諜都在，我方的動向會被摸透。就算率先解決間諜，要是他沒有定期聯絡而被懷疑的話也一樣。既然如此，就反過來利用間諜把情報送出去吧，當然是送假情報。」

昴邊回應由里烏斯，邊回想上一回最後村子被襲擊的光景。

那時，森林裡頭剩下的敵人同時朝村子發動攻擊。從來襲的人數來看不會有錯。而且貝特魯吉烏斯還附身在混進旅行商人的「手指」身上。

——也就是說，潛伏在我方陣營的魔女教徒是名叫凱地的旅行商人。

他透過某種方法和「手指」互相聯絡。恐怕他的任務有別於跟貝特魯吉烏斯一塊的魔女教徒，是負責打探收集附近的情報吧。

「所以說，就反過來利用。只要能騙過間諜，就等於騙過所有魔女教徒。」

『所以才會對去接旅行商人的拉吉安他們下達晚點會合的指令啊。』

昴事先作的準備讓里卡德產生疑問，現在因這番發言而得到冰釋。

為了去接協助避難的旅行商人，討伐隊就跟上次一樣送出幾名「鐵之牙」的隊員。

只不過，昴刻意在集合時間和人選上動了小手腳。在魔女教的間諜與討伐隊會合之前，要先解決的問題堆積如山，所以是在和時間搶勝負。

順帶一提，人選方面昴選了在上一輪壯烈犧牲的狐人，盡可能地讓他遠離戰場。

『那個哪能說是提案，根本只是事後報告喵。昴啾性格真惡劣。』

『簡直就像大小姐會搞的伎倆……會不得好死唄你。』

「菲莉絲就算了，里卡德你對雇主的評價是怎樣？」

明明是服侍的對象，可是里卡德對安娜塔西亞的評價總是辛辣至極。緊接著大笑的想法就傳了過來，於是就先視作單純是他在耍嘴皮子。

不管怎樣，間諜擾亂作戰已經開始。認定這點後——

『對付間諜的對策我了解了。想問一下，情報的出處是……』

「我對魔女教的嗅覺……怎樣，不行嗎？」

『——雖然欠缺根據，但想成是同類就能接受。這是我的回答。』

面對詞窮的昴，由里烏斯以內心簡單易懂的想法回應。可能因為是他施的魔法吧，透過「尼庫特」傳來的他的想法，跟其他人相比十分不透明。

但是，他協助的念頭裡沒有謊言，這點毋庸置疑。既然如此，現在這樣就好。

『那樣是很好，不過親筆信的事要怎麼辦？要是任其呈現白紙一張狀態的話就麻煩了。』

『咦—為什麼？整張白白的話什麼都能寫，很方便不是嗎？寫吧！』

『姊姊請不要說話。』

下一個介入想法對話的，是「鐵之牙」的幼貓姊弟。連在意念裡頭都還延續奔放閒散，但大家都和藹地接受。

另一方面，弟弟堤比則是認真關注戰術。感受幼貓姊弟的互動後昴縮起下顎，思考該如何處理白紙親筆信這個問題。

畢竟多虧這個問題，討伐隊會被拉姆奇襲，進而失去寶貴的時間。

既然作戰是在與時間賽跑，那就絕對要避免這狀況發生。

『所以，要怎麼做？』

希望聽到應對方針的堤比，投出神經質的灰色想法。除了他以外的人，也全都專心傾聽昂的回答。

居於思考中心的昂雙手環胸，將對應白紙親筆信的方法道出口。

方法就是——

2

世界剛開始清醒的清晨，拉姆察覺到難以理解的氣息而抬起頭。

她正在戶外，走在從宅邸通往阿拉姆村的路上。把被村民排斥的愛蜜莉雅留在宅邸裡，她正準備前往村莊說服和督促村民避難。

「——」

森林的微小騷動，讓拉姆皺起漂亮的眉毛，思考了一下。

拉姆是失去角的鬼族。原本鬼族就對深山和森林的變化很敏感。有別於五官感覺的第六感，通報她街道那兒傳來變化。

鼻子輕輕抽動，拉姆確認附近沒有危險氣息後，當場單膝跪地將意識集中在額頭，發動異能「千里眼」。

所謂的「千里眼」，是能與其他生物的視覺同步，盜用其視覺的鬼族秘術。

原本能使用的人在鬼族中就只有一小部分，現在更只剩下拉姆。發動期間無法顧及自身周圍是其缺點，不過用在索敵上卻是難能可貴的能力。

讓拉姆奉獻忠誠的主人樹敵頗多，也因此這份異能十分有用。

「────」

跟這種感慨無緣，拉姆集中發動異能，介入第三者的視覺。

可以介入的對象不只人類，只要是有視覺的生物都能毫無障礙地盜用其視力。只不過，僅限於波長相合的對象，因此這幾天幾乎沒能掌握森林內的動向。

可是這次不同。拉姆察覺到村莊遠方有許多波長相合的對象正從街道那兒過來。於是她介入其中一個對象，觀察其視野。

「────」

看到的是介入的人物所騎乘的大型騎獸──被稱為萊卡的大狗。乘坐者個頭嬌小，忙不迭地環顧周圍，但並非警戒也不是緊張。

偷看他人視覺的能力，要是對方頻頻做出違背拉姆意圖的動作的話，甚至會引發頭暈。於是拉姆立刻切換到其他的視覺──移動到隔壁適合的視覺裡，重新觀察狀況。

很幸運的，這次的視覺是盯著筆直的道路看。視線高度跟前一個適合者差不多，也都騎著大狗。但好像有什麼差別。

「……怎麼會這麼多。」

不過，映入眼簾的大量人影打消了方才產生的疑問。

人數約四、五十人，全員都全副武裝。在街道上行軍，大約再移動個時幾分鐘就會到村莊。而且許多男性身上的鎧甲都刻著顯露獠牙的獅子的家紋。

那是卡爾斯騰公爵家的家紋，昨晚用白紙親筆信做出宣戰布告的陣營的圖騰。

也就是說，這是王選敵對陣營發起的攻擊行為——

「竟然趁羅茲瓦爾大人不在的時候……！」

必須當機立斷的急迫狀況，強迫拉姆理解到事態非比尋常。

敵方的目的若是加害愛蜜莉雅陣營，那就會連阿拉姆村都一同佔領吧。必須在那之前先動手。將所有的手段全都使出來。

咬牙切齒的拉姆切換千里眼的視覺，準備跑向村子時——

「……啥？」

頓時目瞪口呆，發出不解之聲。

準備開跑的腳步也停下，透過千里眼的拉姆用力皺起臉。

因為看到的光景令她難以理解。

「——毛？」

跑在武裝團體前面，坐在地龍上的黑髮少年高舉招牌不停地轉向，好讓不管是前後左右的任何方位都能看見。

而招牌上用很大的字體寫著：

——『信件有問題，是我不好。』

3

高舉跟白旗沒兩樣的文句，昴率領的討伐隊平安無事地抵達阿拉姆村。

只不過，現身迎接他們的是表情不悅至極的拉姆，昴尷尬地縮著身子站到她面前。一停下，拉姆就鼻子噴氣，道：

「哼！才想說昨天送來白紙親筆信，今天就出動武裝團體？足見各位不夠理解這裡是哪位大人的領地。」

「不過，妳沒有先發制人。……代表還有商量的餘地吧？」

「招牌上的話是對拉姆說的吧。用那種方法還可以知道的人就只有拉姆了。」

盯著昴放在旁邊的木頭招牌看，拉姆厭煩嘆氣。

招牌特地用雪白的顏料拼出I文字的謝罪文。在行軍途中昴準備用以對抗白紙親筆信的秘招，可說是相當誠實的應對。

「字醜得要死差點看不懂，還是砍掉重練吧。」

「那是妳教我寫的耶！應該看習慣了吧!?」

「很遺憾，那種事就跟某人忘恩負義一樣早就忘了。」

「唔唔唔……！」

拉姆的話還是一樣辛辣至極，讓昴無法回嘴只能口拙。看到他這樣的反應，拉姆雙手抱胸，追問。

「所以？就拉姆所聽到的，毛因為惹毛了愛蜜莉雅大人而被扔在王都……怎麼現在還有臉回來？」

「妳講話真的很不留情耶！雖然沒法反駁但我就是厚顏無恥地回來了啦！只不過不是空手而歸！」

用手比向身後列隊的討伐隊，展示從王都帶回來的戰果。

聽了昴的話，拉姆瞇起眼睛，眺望討伐隊後說：

「要自豪是沒差，但目的不明只會嚇得村民小心警戒。拉姆也很怕接下來會被怎樣，小鳥般的心臟都快裂開來了。」

「妳的意思是妳心臟有長羽毛嗎？這樣說來心臟很強嘛？」

「再耍嘴皮子的話就割掉毛的鼻子喔。」

「隔了幾天再見面心情應該要……鼻子!?」

簡直就像野蠻人才會有的發言令昴按住鼻子後退，然後視線掃向拉姆背後的村莊。

一行人浩浩蕩蕩，村民當然也注意到討伐隊，不安地看著在廣場列隊的戰士們。只不過——

「——喂，站在前頭的人，不是昴大人嗎？」

「真的耶。跟拉姆大人在說話的是昴大人。他回來啦。」

「啊—是昴耶—！他回來了—！」

注意到站在軍隊前頭的昴之後，村民的警戒也就稍微減緩了。託此之福，原本對他們而言是陌生的軍隊，升格為「熟人率領的神秘軍隊」。

「好啦，之後還得把軍隊升格為『熟人帶來的可靠援軍』。」

「沒那麼簡單啦。畢竟連拉姆都還不能接受。——謹慎地上了封蠟寄來的信件內容有誤，這點拉姆可沒法爽快點頭。」

「那也是敵人的陷阱。……妳有注意到有人躲在森林裡頭了吧？」

「——————」

昴壓低聲音問，拉姆立刻老實地閉上嘴巴。

搭配上白紙親筆信這件事，拉姆在警戒躲藏在森林裡的魔女教一事從上一輪就很明顯。雖然有點不公平，不過昴乘著拉姆的擔憂繼續推進對話。

「菲莉絲、威爾海姆先生，請到這邊來！拉姆也認識這兩位吧？」

兩人順從呼喚來到昴身旁。「嗯。」凝視並肩而站的菲莉絲和威爾海姆後，拉姆表情一變，端正姿勢。

看到拉姆正襟危坐的態度，庫珥修陣營的兩人也恭敬行禮。

「在下代表庫珥修大人前來，名叫威爾海姆．托利亞斯。」

「人家是庫珥修大人的第一騎士菲莉絲。後面的人的團長是威廉爺，菲莉醬的任務是萬綠叢中一點紅喵。」

嚴肅的威爾海姆，和自始自終態度都很輕佻的菲莉絲是完美的對比。面對這兩極化的招呼，拉姆是禮貌地拎起裙擺鞠躬。

「如此客氣禮貌的寒暄令小女子不勝惶恐。小女子名喚拉姆，於羅茲瓦爾．L．梅札斯邊境伯的宅邸擔任侍從長。」

自稱為侍從長的拉姆厚顏無恥到讓昴都皺起眉頭，不過姑且忍住沒有吐嘈。雷姆不在的期間，管理宅邸確實成了拉姆的職務。就昴個人來說是希望她頭銜要改成代理侍從長，或是像一日署長那樣講自己是一週侍從長。

「總之，他們兩位和身後的人都是我們與庫珥修小姐陣營成為同盟的證據，這也是羅茲瓦爾的期望。沒得抱怨吧？」

「既然是羅茲瓦爾大人的想法，那拉姆只能遵從。——只要想成毛完成了留在王都的目的就行了。收到白紙親筆信的時候，還以為接下來會收到毛的頭顱呢。」

「欸，可不可以不要有那麼駭人的想法？為什麼妳的思考都這麼野蠻？」

說著簡直就像是戰國時代的人才會講的話，但拉姆完全無視抗議，而是重新面向兩名援軍代表。

「被迫和本宅的實習佣人一同行動，兩位的心情拉姆感同身受。」

「除卻言行與感情表達法比較古怪引人注目外，昴殿下是前程似錦。雖然年輕，卻從他身上學會很多。」

「菲莉醬不像威廉爺束縛很多喵，就老實接受拉姆醬的話囉。唉喲，不過不否認是變得有點能用啦喵。」

聽到威爾海姆和菲莉絲的評論，拉姆就著越發無可奈何的表情嘆氣。

對話聽起來叫人頗不自在，但昴邊抓臉邊敷衍內心。然後立刻拍手，重新向拉姆詳細解釋狀況。

「總而言之，擊潰森林敵人的事就交給討伐隊。我想麻煩妳幫忙其他事，可以聽聽嗎？」

「看內容是什麼再說。拉姆可不想輕易答應，導致遭受毛下流的毒牙攻擊。」

「我從來沒有用下流的目光看向妳吧!?」

「不能說完全沒有才叫男人喵。」

拉姆的毒舌和菲莉絲的搗蛋惹來昴嚴厲的目光，然後咳嗽清嗓。

然後趁著這絕佳時機說明自己的計劃和事態的表裡。

「我想拜託妳選擇避難地點和帶領村民避難。在跟森林的敵人開戰期間，我不希望牽連到村民。」

「知道毛想說什麼了。可是，就算要逃也沒有交通工具。」

「這方面我們有準備。再過一下子，從各地找來的有龍車的旅行商人就會來到村子裡，大家就上他們的車，逃到外頭去。」

「從各地找來……？怎麼辦到的？」

「——用錢。來源就不用我說了。」

昴的「保險」需要大筆金錢支撐，來源當然就是羅茲瓦爾的錢包，順帶一提這並沒有經過當事人的同意。從昴的口氣察覺到這點後，拉姆嘆氣。

「……明白了。拉姆也會說明的。畢竟事態非比尋常。」

「真的!?得救了！本來想說最壞的情況是等我出人頭地的時候再還咧！」

「那一招僅限未來會出人頭地的人才能使用。——不過，事情並非只有得到拉姆諒解就能解決這麼簡單。」

嚴格審視昴的將來性之後，拉姆用前所未有的嚴厲目光看向背後。用不著跟著看過去，昴也能知道拉姆想說什麼。

——拉姆的背後，是還不瞭解狀況而十分不安的阿拉姆村村民。

要讓事態進展到誘導他們避難，最大的障礙就是說服他們。

在前一輪也曾發生過的事，而當時的結果如今回想起來也難受至極。在記憶中體驗過的感情，可以用恐怖來形容。

——被迫體會到否定和歧視愛蜜莉雅的表層行徑。

「————」

時間有限。這可是用假情報擾亂魔女教而爭取到的寶貴時間。

儘管如此，一開始的第一句話該說什麼才好呢？畢竟曾因說錯話而栽跟頭。

「如果昂啾不講，那人家……」

「——菲莉絲。」

顧慮昂的威爾海姆，呼喚想要代替他說明的菲莉絲。劍鬼用眼神制止菲莉絲的貼心，然後看向昂。

「這是昂殿下應為之事。——懂嗎？」

威爾海姆低聲發問，昂閉上眼睛，然後用力點頭。

向關心自己的菲莉絲行注目禮，然後昂就通過拉姆身旁，站到廣場正中央。面前是一臉不安的村民，討伐隊的同伴們的緊張則是刺向背後。

第一句話，最關鍵的第一聲。

還沒決定要說什麼。不過要抹去村民的不安與恐懼，就要說出最恰當的話。

「大家……」

「——昴大人。就別兜圈子說話了。村人全都知道。」

可是，昴尚未打定主意的開頭就被挫了銳氣。

打斷昴的話的人站在村民的中間——白髮小個子老人。雖然被村民叫作「村長伯」，但卻跟村長一職毫無關係。平常的作為讓人懷疑已經有失智症的老人家，現在的眼神和聲音卻清晰有力。

目光甚至壓倒昴，老人摸著鬍鬚繼續說下去。

「會帶著這麼誇張的陣容來，想必是有要事。我們早就聽拉姆大人提起。——說是森林裡有可疑的氣息。」

「不，這個……」

「請不要蒙混過去！我們也早就知道了。」

接續村長伯的追逼，發出沉痛之聲的是隸屬青年團的年輕人。在上一回以他的訴求為契機，讓村民將不安與恐懼表露出來。而這次也一樣。

「果然在森林裡的是……！」

「領主大人應該要想到事情會變成這樣才對！」

「為什麼領主大人要支持半妖精……說出支持半魔這種話呢……」

以年輕者的悲嘆為起頭，村民紛紛面面相覷，互相交換不安與恐懼。那是昴最害怕的反應，也是最想避免的。

即使用「死亡回歸」回到過去，為了應對各種問題而奮鬥努力，卻還是抵達了不知該怎麼做才能防止的最惡劣光景──

「──────」

根深蒂固的歧視想法，沒法在這瞬間完全除去。上一次也這麼想，要是他們能夠又妥協的話就輕鬆了。

一想到魔女教逼近而來的威脅，將現場的問題延後解決方是正確選擇。

首先讓他們不情不願地接受，然後以避難為優先──

「──我所認識的那位女孩，為人逞強固執又牛脾氣，可是卻很怕寂寞而且讓人擔心到沒人看著就不行。」

「──────」

昴說出口的話，卻跟方才內心所想完全相反。

村民很困惑，不懂他在說什麼。討伐隊的人也有相似的反應。不過他們的表情很快就失去驚訝，轉而傾聽。

他們仔細諦聽昴接下去講的話。

「看到別人有難就無法袖手旁觀的她總是損己利人，明明容易受傷，卻淨是選擇會害自己受傷的方法。以為她很溫柔具有包容力，卻又像小孩一樣對小事很堅持，還因為不敢吃圓椒而淚眼汪汪，不過笑起來的臉卻很可愛……」

「到底在講什麼……」

「——住在宅邸裡的半妖精，愛蜜莉雅啊。」

有人想要打斷，昴則是平靜回應。

那答案叫村民吃驚，而昴嘴角露出的微笑又更讓他們驚訝。那個反應跟迫在眉睫的狀況，以及議論紛紛的話語完全搭不上線。

「我明白大家很不安。也知道原因出在領主羅茲瓦爾……大人在王都支持半妖精的女孩為王選候補者。」

「————」

「那女孩的名字叫愛蜜莉雅。我想大家應該早就知道了，也知道她這幾個月來都跟大家一起生活。」

昴的話讓村民彼此交換視線。那了然於心的反應，代表他們都還記得。即使一直沒有露出樣貌和身份，但她跟昴一同出現在村子很多次，也一同度過不短的時間。

「我明白大家會害怕和不安。也知道像這種時候，亂糟糟的心情會想跟著最簡單的認知走。」

把內心的感情宣洩向最近的事物，是為了保護自身內心的必要本能。昴不能責備這種反應，昴比任何人都沒有資格去責備人。

即便如此，自覺和理解卻會像責備一樣折磨心靈。

就像昴這樣子。就像現在村民的臉上有著壓抑痛苦的色彩那樣。

「不過，我想大家應該都懂。為了自己的不安找個代罪羔羊，根本就不可能真的輕鬆。」

「————」

「那個女孩，跟大家一起歡笑的女孩。她是個想要笑開懷的女孩。她應該有提醒過大家。我希望大家不要無視她的叮嚀，傷害到她。」

自己的聲音裡頭八成有著不安與悲嘆。

有夠不要臉，這種話竟然講得出口，連自己都想揍自己一頓。最傷透愛蜜莉雅，無視、踐踏她心情最力的人就是昴了。

當時的後悔，延續至今貫穿昴的胸口。

所以說，讓人露出那種表情而後悔，以及可能害人有那種表情的悔恨，這些感情昴都不希望其他人感受到。

「拜託了。——求求你們。」

昴低頭懇求村民。

那是跟正事毫不相干的請託，完全是在浪費重要的時間。

明明應該講避難的事，但昴說的卻是別件事。重複傳達愛蜜莉雅是什麼樣的人，只會再度確認自己有多過份而已。

「——」

村民對昴剛剛的話不知該如何回應而傷透腦筋。就算他們也將這件事攤開來講，觀點和結論也只會正面互相撞擊。

彼此都出現困惑和不知所措。——可是，出現的還不只如此。

「——佩特拉？」

聽見輕盈的腳步聲，昴呼喚跑向自己的少女。

略帶紅色的咖啡色頭髮少女——佩特拉，是和昴很熟稔的村民。點頭回應呼喚的少女站在昴旁邊，轉過身，簡直就像和村人對立。

而接下來她說的話，證明了她不是「簡直就像」，而是真的站在昴這邊。

「為什麼大家都不聽昴的話？」

這話極為正直又毫無掩飾，正因如此成了錐心刺肺的譴責。

「昴明明這麼傷腦筋，都快哭出來了，為什麼都不幫他？」

「這是……」

「不只我，大家傷腦筋的時候，昴都會想辦法幫忙吧？像今天也是，他不是跑來要幫我們嗎？可是為什麼大家都這樣？」

佩特拉重複訴說的，是內心已經有障礙的成人辦不到、只有小孩才能辦到、名為純潔的攻擊。她悲傷地望著沉默的大人，然後握住昴的手。

「住在宅邸的大姊姊，就是每次都穿白色衣服的大姊姊吧？我們在做廣播體操時，她都會拿印章過來。」

「……嗯，對呀。就是那個印章姊姊。她很想跟大家玩在一起，可是卻不敢講出口。那個大姊姊就是這樣的人。」

回顧和平日子的過往，昴微笑回答佩特拉的話。

每天早上，昴都會帶著愛蜜莉雅來村莊，和村民做完廣播體操後，就會拿自己刻的蕃薯章在大家的紙上蓋章。愛蜜莉雅也總是在旁邊看著這一切。

——在日常光景中和村民構築羈絆，其中確實有著愛蜜莉雅的身影。

這樣的事實讓大人的臉上露出理解和猶豫。但是大人吞吞吐吐不想回應的問題，小孩們都搶著回答。其他小孩紛紛舉手衝到昴身旁。

「我也覺得大姊姊很好！」「既然佩特拉說不怕那我也不怕！」「怎麼可以只讓哥哥耍帥！」「昴快哭了所以我要幫他！」「就—這麼辦—！」

孩子們一吵起來，之前的氣氛就被他們的聒噪給趕跑了。被並肩站在昴那兒的小孩瞪視，原本互訴不安的大人們面面相覷。

還得推他們最後一把。看他們猶豫的樣子，昴往前跨出一步，不過雙手都跟孩子們牽在一起，所以樣子看起來跟帥氣沾不上邊。

「我不會要大家馬上接受她。不過，我希望你們給她個機會。不要什麼都先否定，嘗試接納她看看。」

「機會……」

「她是能跟大家和睦相處的女孩，請給彼此互相了解的機會。」

不擅長用話語表達的昴，鬆開跟孩子們牽著的手，為了顯示自己有超越低頭懇求的覺悟，在眾目睽睽下跪下。

「──────」

喧嚷傳播開來，拉姆也目瞪口呆。

不過，只有站在昴後方的威爾海姆、菲莉絲以及討伐隊的成員默默地看著昴懇求。

這樣夠了。沒有什麼好丟臉的，更沒有讓自己猶豫的理由。

「──我知道各位有很多抱怨，但現在請先忍著。除此之外，還請讓我們守護得以創造出這個機會的時間。」

「──────」

「求求你們。──我就是為此才回來的。」

說不出話的村民固守沉默。

這也難怪──等同他們恩人的昴，竟然跪地磕頭拜託他們。「讓我們保護你們」，他這麼懇求。

這樣立場根本顛倒了。但是，這就是他們所認識的昴──

「——啊啊，昂大人真是難搞的人呢。」

說完還粗魯抓頭的人是誰呢？是一開始喊出不安的青年團成員。他一臉尷尬地走到昂面前，伸出手。

昂傻傻地看著那隻手，焦急的青年乾脆抓住他肩膀，拉他站起來。

然後，對著還沒說話的昂說：

「被您那麼拚命地說要保護我們……真拿您沒辦法呢。」

年輕人傷透腦筋的發言，就像一開始的不安一樣傳染開來。

以他的話為扳機，村民們聲音顫抖，說：

「年紀大了就是這麼討厭，淚腺變得脆弱了……」

「真是傷腦筋的人。那是什麼威脅法嘛，實在是。」

他們的話聽起來像抱怨，裡頭卻有著安心和溫暖，讓昂訝異得瞪大雙眼。佩特拉指著額頭還沾著泥土的昂，說：

「昂臉黑黑的。」

佩特拉的話，讓無法壓抑的發笑衝動傳遍全村。

他們雖然覺得勉強，好像被迫上了賊船，但卻還是聽進昂的請求。

看著他們的笑臉，昂嘆氣。

這跟之前度過的日子是同樣的光景。

「……謝謝大家。」

「——那是我們要說的話，昴大人。」

代為表達村民全體意見的村長伯這麼說，這次昴真的差點哭出來了。

4

——要是就這樣結束的話就成了佳話一則，但當然沒那麼好的事。

「覺得都沒講到關鍵，是拉姆的錯覺嗎？」

「啊、啊——哦！」

為了掩飾自己快哭來而回到討伐隊這邊的昴，被冷眼旁觀狀況的拉姆這麼指責。聽她這麼說，回顧剛剛的話，還真的漏了說明關鍵要事。

話題始終都跟愛蜜莉雅有關，昴完全忘記讓村民去避難的計畫。

「糟糕，我搞什麼……」

「才想說變得有點能幹了，但毛終究只是毛。」

在拉姆失望的眼神中，沒法辯駁的昴立刻折回村民那試圖說明，但是拉姆卻朝他搖頭。

「有夠沒用。避難和相關補償的說明就由拉姆代勞。毛就奸詐地回去吧。」

「咦，可以嗎？是說沒問題嗎？」

「有問題的是毛吧。剛剛把氣氛搞成那樣，你有可能立刻切換到現實層面解釋給村民聽嗎？你的個性應該沒那麼機靈吧。」

「說的是呢！雖然難為情，不過就拜託大姊了！」

「——？」

見昴朝自己又是敬禮又是奉承，拉姆雖然感覺奇怪，卻還是走向村民。不愧是理解能力和洞察力都高到破表的拉姆，接下來的說明交給她就沒事了吧。

這樣一來，接下來的問題是——

「——昴，狀況差不多有所發展了，想跟你聊聊。」

正在切換意識時，由里烏斯就跟昴這麼說。昴點頭，回到討伐隊的行列。為了讓事情前進到下一個階段。

「昴啾，剛剛的演說很棒喲～。菲莉醬也被感動了。」

「別再提了！還有不准說謊！再來還是別再提了！很丟臉耶！」

「害臊啊。雖說方才的話很有你的風格，不過正因如此才能打動村民的心……」

「就說別再提了！給我埋起來封印起來！快點討論下一個計劃啦！」

朝著惡意的化身菲莉絲和沒有惡意的由里烏斯怒吼後，話題回到一開始。

接下來的發展就跟行軍時所商量的一樣。說服完村民，就和去迎接旅行商人的別動隊會合然後避難。這中間要應對的就是擾亂魔女教的情報和——

「用花言巧語騙過愛蜜莉雅大人，把她跟村民一起趕得遠遠的……對吧喵。」

「那什麼說法！就算內容一樣但很難聽耶！」

「因為人家不能理解咩──。為什麼非得讓愛蜜莉雅大人離得遠遠的？讓愛蜜莉雅大人作戰不但師出有名還增加戰力。……沒錯吧？」

菲莉絲提出另一種作戰方針，但其中有一點和昴的意見相左。兩人爭論的焦點，就在於愛蜜莉雅在這場戰役中置身的位置。

昴不希望讓愛蜜莉雅被捲入戰鬥，可是菲莉絲反對這個想法。

回想上一次在村莊的最終戰鬥，說服愛蜜莉雅參戰的人就是菲莉絲。據說拉姆也有加入說服的行列，但菲莉絲準確地評論出愛蜜莉雅的實力。

愛蜜莉雅，有著能夠和貝特魯吉烏斯交鋒的能力──

「──就算如此，我也不想讓愛蜜莉雅和魔女教作戰。」

「唉─沒有交集……」

雖然對不起厭煩而垂肩的菲莉絲，但昴沒有撤回自己的意見。

只有這件事他不會讓步。歸根究底，不讓愛蜜莉雅跟魔女教扯上關係是昴的任性──原因出在盤踞在胸口的討厭預感。

那個預感一定是以在上一輪的最後打倒貝特魯吉烏斯的愛蜜莉雅側臉為理由。面對狂人死去，流下自己都無法理解的淚水的她──

「——菲莉絲，昂殿下有他自己的想法。就像你期待庫珥修大人該有何種樣貌，昂殿下也對愛蜜莉雅大人有同樣的期許。」

「威廉爺……」

「你也被期望過吧。應該可以理解那真摯的感情。」

插嘴的人是默默看著他們討論的威爾海姆。老劍士的話讓菲莉絲面頰一僵，下意識地觸碰佩在腰間的短劍。

「就像你欽慕庫珥修大人那樣，昂殿下也希望愛蜜莉雅大人身心健全。——祈願喜歡的女性平穩度日，對男人來說是再自然不過。」

「被講到這麼白，我該說害臊還是不好意思呢……」

手指搔臉的昂對威爾海姆的幫助一臉過意不去，不過沒有否定。因為他說的是對的。而且，菲莉絲雖然一臉鬧彆扭，卻也沒有再多做反駁。周圍的騎士們也用溫和的目光看著昂。

「總而言之！接下來的流程就按照計劃！說服愛蜜莉雅的劇本已經做好了，為了增加說服力，要麻煩菲莉絲和威爾海姆幫忙！」

「明白。」「了～解。」

再次得到負責說明的兩人的承諾後，昂為現場的談話劃下句點。只要拉姆成功說服村民，那剩下的問題就不多了。昂回頭，說：

「對了，由里烏斯。之前的請託，要怎樣……」

「——是在說我嗎？那我就洗耳恭聽囉。」

「————」

對話到最後突然有第三者的聲音介入現場，全員忍不住倒抽一口氣。只有昴發現出聲者的身份，很自然地抬頭往上看，然後——

「喲，好久不見啦，帕克。過得可好？」

朝著飄在空中搖晃長尾巴的小貓——帕克笑。

突然出現的大精靈，讓討伐隊湧現極度驚訝和緊張。斜視這樣的反應，接受昴寒暄的帕克摸摸自己的鬍子，說：

「嗯，我狀況很好。現在的話，可以輕鬆讓貼近我愛女的害蟲消失。」

「冒昧請教，你說的害蟲是……」

「不問就不知道？」

眼睛依舊圓溜溜的帕克，全身散發出壓倒性的寒氣。

劍拔弩張的氣氛，不只有昴，整個討伐隊的人都緊張起來。馬上把手按在劍柄上，以對戰意敏感的騎士來說是理所當然的反應。

沐浴在警戒的視線中，帕克氣魄絲毫不減，繼續說下去。

「昴，我有幾件事想對你說。你知道是什麼嗎？」

「……我打破與愛蜜莉雅的約定。不僅如此，還違背她的叮嚀回來這裡。這是我犯下的罪，我不會辯駁。」

「————」

昴的回答，讓帕克臉頰抽搐。能夠說中精靈丟出的問題答案——是因為昴曾經接觸過帕克的憤怒。

那時候，面對氣憤不已的帕克，昴什麼都說不出口。自己因為亂來的行徑傷害到愛蜜莉雅的心靈，最後還害死她。所以——

「你會為這件事氣我是正常的。要是不給我懲罰你就沒法氣消的話，我願意老實接受處罰。……但不是現在。」

打破約定，踐踏請求，昴重複跟當時一樣的罪回到這裡。可是，最後的過錯——唯有害死愛蜜莉雅這點，絕對不會讓它再發生。

為此，昴擁抱之前犯下的所有錯誤，回來這塊土地。

「危險正逼近愛蜜莉雅。我說什麼都要阻止。我要讓意圖讓她遇到慘劇的命運翻轉，讓慘劇煙消雲散。所以說，幫我吧。」

「……還真會譁眾取寵呢。」

「對啊。我本來就很會譁眾取寵呀。你不知道嗎？」

帕克嗓音變低，昴則是閉上一隻眼睛這麼回應。聽到他這麼說，帕克將短短的雙手抱在胸前。然後小貓小聲沉吟，說：

「該怎麼說呢……你好像變了，卻又沒變呢，昴。」

「因為人類的天性不是那麼容易就會變的。」

「是啊。做法姑且不論，你重視莉雅這點似乎也沒變。」

說完，方才支配這一帶的強大壓力消失。

從差點把人凍結的威壓感中解脫，昴吐出長長一口氣。不只他，討伐隊成員、由里烏斯和威爾海姆也一樣。特別是菲莉絲，誇張地撫摸胸膛說：

「已、已經沒事了？不會突然被殺吧喵？」

「放心啦。我們都有貓耳不是嗎。還是我看起來是那麼恐怖的精靈？」

俏皮地回應菲莉絲的憂慮後，帕克鼓起臉頰。可是一想到剛剛的態度，那個笑話就很難笑，不過精靈的怒意確實軟化了。

「哎喲，打從一開始我就沒那麼生氣啦。剛剛你對村民說的話我也都偷聽到了。」

「你從那時候就在了!?那你不是就知道我的目的嗎！」

「嗯，說得很棒喔。連我都忍不住要掉淚呢。」

「別再提了！給我認真討論！我們是在為了愛蜜莉雅在討論吧！」

雖然互動恢復平常叫人開心，但難為情的昴快速帶過，然後轉頭看身旁的由里烏斯，愁眉苦臉道：

「你也是，既然成功叫來帕克的話就跟我說一聲嘛。害我被嚇到了。」

「我並不是刻意要嚇你的。是因為大精靈大人出現，和我的花蕾們回來是同時發生。……還好對話穩妥結束，叫人暫時放心。」

「這點……我也深有同感。」

與由里烏斯同享安心的昴也感嘆聳肩。

——把帕克請到村莊，是昴拜託由里烏斯的工作之一。派出準精靈當使者，在不讓愛蜜莉雅知道的情況下把帕克帶出來。

其目的在於為了讓愛蜜莉雅答應避難，所以要先請求帕克幫忙。

「先是拉姆再來是村民，然後連帕克都拉攏過來的話……」

「莉雅會覺得奇怪，但不會反對吧。不過話說回來，準備得可真周密。」

昴的縝密計畫讓帕克苦笑，不過昴朝著小貓搖頭。

「對手可是魔女教。既然以他們為敵，那不管準備多少都不嫌多。」

「魔女教……」

這單字讓帕克稍稍望向遠方，這反應看起來就知道裡頭有內情。其實在上一輪帕克就彰顯出自己極度厭惡魔女教的態度。除了他們會加害愛蜜莉雅，應該還有更深沉的源由。

「——總之，就是要欺騙莉雅把她帶離這裡。具體的做法是？」

「你的說法！要是連你都這樣講的話也只好認了！」

不過，在觸及源由之前，恢復成平常態度的帕克就轉移話題。

想知道計劃詳細內容的帕克態度正經八百。疑問留待之後再想，現在要優先執行讓愛蜜莉雅他們避難的計劃。

「既然你也豎起耳朵的話，就代表你不知道計劃吧。接下來……就是秘密武器登場。」

「秘密武器？」

朝著歪頭的帕克裝模作樣的昴揭露王牌。

那是原本被塞在行李裡的白袍。昴俐落穿上身的袍子，為了原本的持有者而做得比較大件，因此昴就算穿上也沒問題。

「而且，這些許的甜香可以增加我的幹勁……！」

「那不能說是秘密效果，不過這好像是用奇怪的術式織成的袍子。」

「它確實不單單是為擁有愛蜜莉雅酶缺乏症的我有所貢獻的袍子。」

這件白袍的原本持有者，不是別人，就是愛蜜莉雅。順帶一提，所謂的「愛蜜莉雅酶」是昴所發現、只有愛蜜莉雅才有的酵素。可以透過與愛蜜莉雅對話、接觸、嗅聞遺香來攝取，一旦缺乏就會產生情緒不穩的症狀。

不過愛蜜莉雅酶是講好玩的，但袍子本身的能力就不是玩笑或演戲了。

「這件袍子是羅茲瓦爾親手做的方便道具，是用『阻礙辨識』的術式編織成的。原本是愛蜜莉雅的東西……我沒偷喔？」

獲得袍子的經過昴根本就不想去回憶。那是自己跟愛蜜莉雅在王城內起口角時，她扔過來的東西。

之後昴一直帶在身邊，最後放進行李裡，結果現在就派上用場。

「來源遲早會追究，所以那是要……啊啊，原來是這樣啊。」

「說明是很輕鬆，但你那了然於心的表情看了就叫人火大。」

「天性真是麻煩的東西。雖然我覺得你的天性也很複雜。」

由里烏斯那段彷彿看透的話，讓昴誇張地鼻子噴氣表達不滿，最後視線移到帕克身上。

「就是這樣，接下來要在愛蜜莉雅面前演戲。那演戲和一切都收拾完的說明或補充，就要麻煩你了。」

「演戲姑且不論，和好要靠你自己努力。那是昴的任務。」

「呃唔唔……」

在最後的最後被放冷箭，昴痛苦呻吟。跟愛蜜莉雅和好一事，本來就不能期待帕克幫忙，必須靠自己才能達成。

既然如此，其他事都能拜託帕克協助。也就是——

「除了這個，還有一件事要拜託帕克。」

「嗯—什麼事？」

「那還用說。——幫忙說服留在宅邸的家裡蹲啦。」

說完，為了處理剩下的最後問題，昴朝帕克眨眼。

5

「——那沒出息的臉，沒想到還有機會見到。」

一踏進房間，書庫的主人就用殺氣騰騰的聲音迎接。耳熟能詳的毒辣招呼語，讓昴差點就笑了出來。

這裡是個神奇空間。有著無數書架和塞滿書架的書本，不存在於世上任何一處的書庫——由圖書館員碧翠絲所看守的羅茲瓦爾宅邸禁書庫。

透過被稱為「機遇門」的轉移魔法，宅邸內的某扇門會隨機跟禁書庫相連。原本昴是這麼認為，但這次卻出乎意料——

「沒想到還能連到村子裡的門。妳其實是很厲害的魔法使者？」

「……如果只是想說這些，聽從葛格要求還真是錯誤的決定。」

「剛剛只是在進入主題前給點話題。實在是很沒耐性的傢伙耶……」

得到超乎以往的辛辣回答後，昴有點傷腦筋地歪頭。而和昴面對面、疲倦嘆氣的，是身穿華麗禮服的少女。奶油色的頭髮燙成長捲髮，坐在木製梯凳上一臉不高興。

碧翠絲——那是守護這個禁書庫的圖書館員的名字。不過對昴而言，比較像是在宅邸跟自己一同炒熱氣氛的室友。

所以說昴覺得不能讓她留在宅邸裡。

——這是請帕克讓禁書庫和村子的門連在一起的狀況。正確來說，是在帕克的呼喚下，碧翠絲使用「機遇門」的結果。

至少，她肯回應對話。對這點感到安心的昴開門見山地問。

「外頭的事妳知道多少？是說，有在聽嗎？」

「貝蒂本來就不會去聽別人或其他事。原本跟屋子裡的人關係沒有好到會聊天。……不過還是知道個大概。」

「大概是指……」

「——魔女教。」

碧翠絲代替挑選字眼的昴道出那單字，而且是打從心底憤恨不已。

「貝蒂知道那些可惡的傢伙在屋子附近打轉，也知道你和葛格為了藏起那個半吊子小姑娘而鬼鬼祟祟地在做些什麼。」

「這樣啊。……不對，既然連這都知道的話那就好說了。不如說幫了大忙。」

事態發展比預料得還要順利叫人吃驚，不過可以省去大量說明是件好事。特別是魔女教的威脅，需不需要說明可是差很多的。

因為魔女教在這世界是惡意的象徵，足以比擬天災——

「總而言之，狀況就如妳所說。瞞著愛蜜莉雅鬼鬼祟祟地做事這點我也不否認。我已經跟拉姆和帕克說過了，再來就是帶妳一起……」

「貝蒂不去。」

「啊？」

本來想叫碧翠絲快點收拾行李，卻沒想到她一口否決。聽到這話昴瞪大雙眼，碧翠絲則是瞇起眼睛。

然後，就著無法窺視情感的眼神，說：

「剛剛說了，貝蒂不去。貝蒂沒打算離開這個禁書庫，更沒打算離開屋子。記住這點後，就快點滾出去。」

「等一下！講那什麼話……妳是沒看到狀況嗎！我從頭跟妳說明好了！」

「用不著說明。貝蒂要留在這裡，也不打算跟你爭辯。」

嚴肅地說完後，碧翠絲就繼續看著放在腿上的書。專心盯著那本大得出奇的書的模樣就跟平常一樣，她是真的沒有要去避難。

「所以要我撒手不管嗎？還有不要擅自結束話題。」

「貝蒂的話說完了，是你自己想要繼續，就算繼續貝蒂也不會改變心意。你應該也不能浪費時間了。」

「唔……既然都知道這麼多了就幫個忙啊。老老實實地讓我把妳帶走。」

「貝蒂拒絕。不管是誰來——沒錯，不管誰來，貝蒂都不會讓對方進入禁書庫。」

看都不看昴一眼就這麼告知的碧翠絲，散發出冰冷氣勢流向昴。昴知道有人在撫摸後背的感覺，來自於少女溢出的魔法力造成的餘波。

「──────」

碧翠絲是力量強大的魔法使者。不只「機遇門」，她很有可能隱藏著不輸魔女教的實力。從剛剛的餘波就能察覺到這點。

「──哼。就算如此，我還是要帶妳走。」

「還說這種話……」

「這跟妳強不強一點關係都沒有！妳是女孩子，個頭又嬌小，這樣就夠了！我不想把妳留在危險的地方，除此之外用不著什麼理由！」

踩踏書庫的地板，在壓迫感侵襲之下，昴怒吼。

走向前還越說越激動的樣子讓碧翠絲訝異到瞪大眼睛。然後少女用宛如忍痛的表情，閉上眼睛說：

「……貝蒂不跟你走。麻煩不要再擾亂貝蒂。」

「我沒錯，是妳錯了。──我的答案就用這做結。」

「固執。──就是這一點討人厭。」

昴大步走向這麼悠悠低語的碧翠絲，抓住她纖細的手臂。不管是能力多高強的魔法使者，不就是個瘦弱的女孩嘛。

自己沒法讓她一個人留在這兒，不想這麼做也不該這麼做。

「———」

強拉手臂，默默不語的碧翠絲的雙腳從梯凳移動到地板。只要就這樣穿越禁書庫的門回到村莊的話，想必碧翠絲也沒得抱怨。

「不管這裡有多重要，都不值得妳拿命來賭。」

「——唔。」

「碧翠絲？」

門就在眼前，碧翠絲卻突然停下腳步。對這反應昴詫異地回過頭——看到少女膽怯的表情，忍不住屏息。

碧翠絲輪流看著禁書庫的門和昴。

「……還是不行。」

「什麼不行……」

「因為契約啦。貝蒂是這個房間、禁書庫的守衛。這點沒法通融……」

「又是契約……」

「契約」這個詞，已經堵在昴面前好幾次。不只愛蜜莉雅，還束縛著碧翠絲，阻礙昴的行動。

「給我差不多一點，煩死了。給我臨機應變啊。不要這麼執著契約！」

「——哼！你根本就不懂契約的重量！對貝蒂和葛格來說，契約是多麼重要……！哪像你這個人類！」

「人類人類的，講什麼……喂，等一下，碧翠絲！」

碧翠絲用快哭出來的表情揮開昴的手，然後舉起另一隻手朝向他。那個舉動，跟她之前嫌昴很吵而把人轟出房間的時候一樣。

如果是平常，當她比出這動作時下一秒就會釋出魔力。可是這次——

「——嗚呃。」

她猶豫了一下子。所以昴抓緊時機，再度握住碧翠絲的手臂。

「抓到……」

「啊——」

頓時，兩人的視線對上。然後昴看到碧翠絲的眼中凝縮著強烈恐懼和拒絕，本來抓住她的手指不禁放掉少女的袖子。

被衝擊吞噬，腳離開禁書庫的地板是在一秒後。

「碧翠——」

「——再見。」

連呼喊名字都來不及，視野就扭曲。肉體被扭曲的空間吞食，整個人通過應該不存在的門，與禁書庫的連結被強制中斷。

「————」

昴大叫，但聲音傳不出去。只有光芒籠罩整個視野，什麼都看不見。

不管是禁書庫的門還是碧翠絲的哭臉，都看不見——

「——親。」

看著眼前的門關上，少年的身影離開視線後，少女抱住顫抖的手臂，喃喃道。

「——母親。」

小小的、泫然欲泣的聲音只道出這兩個字。

雙眼好乾，淚水早已消逝。儘管如此，臉上的悲傷依舊。

「貝蒂到底……還要這樣幾次……」

步伐搖搖欲墜，碧翠絲倒向放在房間正中央的梯凳，然後伸長手，朝梯凳的另一邊——放在後方腳踏板上的書，抱緊在胸口。

「母親。……母親，母親……！」

像是依賴，又像是迷路的稚子，胸口抱著厚重的書，碧翠絲用像啜泣的聲音持續呼喚。

被抱在懷中的黑色封面之書，始終沒有回答她——

6

——視野扭曲，衝擊來臨。背後撞上堅硬物體，昴喘不過氣。

吐出短短一口氣，讓衝擊離開。成大字形仰躺的昴看到的是藍天，背後則是大地的觸感。——突然，有人遮住藍天。

「——呼哈。」

「你每次都讓人訝異，不過剛剛的在我的經驗中程度特別大。」

「是嗎，那我們扯平了。我每次也被你裝模作樣的回答給氣到火冒三丈。」

反過來映入眼簾的由里烏斯，讓昴火大不起身還口出惡言。

地點在阿拉姆村的一角，被彈離禁書庫後——被碧翠絲拒絕，透過「機遇門」轉移後又再度回到村子裡。

理解到這事實，昴用力擺動腳支起上半身，然後搖搖頭。

「不知道是誰固執喔，那個不懂事的蘿莉小鬼。……擺那種臉，還說什麼不能一起來，可惡。這樣子，只好來硬的……」

「最好不要喔。」

分離之際看到的悲痛表情，如今還在腦子裡打轉。朝著戰意高昂的昴潑冷水的，是從由里烏斯身後出現的帕克。

小貓精靈邊摸自己的鬍鬚邊凝視渾身泥土和落葉的昴。

「全身都土。似乎被貝蒂轟出來了。」

「還差一點，氣憤的我要先這樣聲明。不過，要說跟預期的一樣那結果也一樣啦。果然還是你去說……」

「那不行。我無法說服貝蒂。她沒提到契約嗎？」

「那是我近期最不想聽到的單字排行榜第一名。」

帕克天真無邪的臉蛋，讓昴皺起整張臉這麼回答。

碧翠絲要留下是因為契約，帕克不說服她也是因為契約，昴和愛蜜莉雅鬧翻的契機也是契約。契約、契約、契約、契約——

「你講，碧翠絲聽。即使明白卻還是不行？」

「嗯，不行。而且就算我講了，貝蒂也不會聽的。一開始我把你送進禁書庫之前就說過了吧？——我救不了貝蒂。」

「————」

微微垂下眼簾的帕克這麼回答，聽了之後昴說不出話來。

說服留在禁書庫的碧翠絲。昴一開始是想將這任務交給帕克。從平常小貓和少女的互動來看，他最適合執行這個任務。

但是明講之後，帕克不肯答應這項提議，反而是把昴送過去。然後不出所料，說服失敗了。

即便如此，帕克看著昴繼續說。

「——如果昴不行，那其他人都沒辦法。那就是貝蒂的回答。」

「你想說什麼，我聽不懂啦……」

圓眼珠裡的感情，昴無法完全判讀。小貓精靈維持不讓人看穿感情的姿態，聳聳他小小的肩膀。

「算啦，貝蒂留在禁書庫也不會壞到哪去。我不覺得有人能破除貝蒂的『機遇門』，而且宅邸裡頭也是有自衛手段。就放心相信吧。」

「你這麼講，想把她帶走就是我的任性囉。」

「任性，是能夠將之實現的獨當一面之人才能說出口的希望。昴你呢？覺得自己已經獨當一面了？」

「——大精靈大人。」

帕克毫不留情的發言讓昴面頰僵硬。看不過去的由里烏斯插嘴。聽到呼喚，帕克抱緊自己的長尾巴，說：

「對不起。我沒打算使壞的。你想救莉雅和貝蒂的心意，我很感謝。我說真的。」

「大精靈大人的話雖刻薄，卻是真理。——所以，怎麼樣？」

眼神撇離道歉的帕克，昴為由里烏斯的話皺眉。

「什麼怎麼樣？」

「拉吉安他們率領的旅行商人差不多要到村子裡跟我們會合了。要是你的判斷正確，那裡頭會有魔女教的間諜。能用的時間恐怕已經所剩無幾。」

放出假情報給魔女教，讓愛蜜莉雅他們安全避難的計劃——精密到從跟魔女教的間諜會合開始，就不容許出絲毫差錯。

碧翠絲叫人放心不下，可是現在又沒時間去帶她出來——

「可恨的碧翠子。老老實實出來不就……」

「後悔應該留待之後。縱使結果不理想，你只要時間允許就會抵抗。——但是，我判斷這裡是分水嶺。」

在由里烏斯的針砭下，昴咬唇抱頭跺腳。「啊——！」然後大叫一聲，撇頭向睜大眼睛的由里烏斯和帕克。

「……就執行計劃吧。和旅行商人們會合，讓村民避難。演給愛蜜莉雅看的情節就照之前說的。帕克，也拜託你了。」

「——這樣好嗎？」

「不好。一點都不好。……可是沒辦法呀。」

氣憤得咬牙切齒，昴望向宅邸的方位——想著現在還留在裡頭的碧翠絲。

頑固又不懂事還很任性，但過去曾拯救昴的心靈的少女。

「讓愛蜜莉雅他們逃到外頭，不過，也不讓敵人碰到宅邸一片瓦。要完全封殺魔女教，然後我要扯那個蘿莉的電鑽頭來抱怨。」

那是現在的昴辦得到的事。除了救出所有人外，還要報復碧翠絲。

暗自在心底發誓，昴有如要甩開躊躇般抬頭看向帕克。

「帕克！愛蜜莉雅沒注意到這一小時外頭發生的事吧？」

「放心，她睡得……不能說很熟，但她正在睡。我擔心她這麼勞心勞力，所以就稍微吸多一點瑪那好讓她躺下睡覺。想想看，要是莉雅看到回來的昴被我變成冰雕的話一定會大受打擊，這樣很可憐吧？」

「可以不要突然講出對心臟不好的話嗎!?」

接受帕克那分不出是玩笑話還是真心話的昴，轉身面對由里烏斯。美男子看到昴充滿覺悟的表情，也主動收斂俊俏的臉龐。

「菲莉絲和威爾海姆大人，以及村民都做好了心理準備。再來就只等你發號施令。當然，我也一樣。」

昴用力點頭，望向村莊中央。那邊是已經聽完拉姆說明，開始準備按照避難計劃逃離的村民，以及從旁協助的討伐隊。

在那景象的一旁，各有任務在身的菲莉絲、威爾海姆和拉姆正在等昴。等著昴帶他們前往宅邸，欺騙愛蜜莉雅——

「這全都是為了妳，我不會這麼說。因為這完全是我的任性。」

「我說過了吧。能夠實現的任性，就不再是任性而是希望了。」

聽到昴的喃喃自語，坐在他肩膀上的帕克這麼說。小貓用肉球戳昴的臉頰。懷念的觸感讓昴微微一笑。

等著自己的是欺騙心愛少女的艱難作業，還有在那之前的短暫悠哉時光。

「那麼，就開始吧。為了執行名為希望的奸計。」

——為了送走愛蜜莉雅、開心地迎接魔女教，一行人開始著手準備。

第三章　『自稱騎士和最優秀騎士』

1

「——願精靈賜福給你們。」

坐進避難用龍車後，即將離開阿拉姆村的愛蜜莉雅向留下來的討伐隊祈福，對昴來說就是被授與等同加持之力的祝福。

——時間切換到為了愛蜜莉雅而做好準備，用誇張戲碼欺騙她，把她跟村民一同送出阿拉姆村後。

此時混在旅行商人裡頭的魔女教徒——「手指」凱地已被捆住，是昴充分發揮「死亡回歸」效果之後的事。

目送一輛接一輛離去的龍車，昴瞥向加入撤離隊伍的騎士們。

為了護衛避難龍車而跟著離開的，是從討伐隊裡挑選出的十幾名騎士。雖然被魔女教發現他們在避難的可能性很低，但以防萬一還是做足準備。

龍車的目的地分為王都和「聖域」兩處，後者是昴只聽過名字的土地，但有拉姆掛保證安全無虞，那就應該沒問題。避難人員的安全，應該是比即將與魔女教一戰的昴他們還要妥當吧。

畢竟，愛蜜莉雅他們的護衛中有討伐隊的最強戰力。

「——昴殿下，祝您武運昌隆。」

「威爾海姆先生才是，拜託你了。」

跟在隊伍最後面的威爾海姆，跨在地龍上朝昴出聲。

接下來的戰鬥，缺了威爾海姆可說是一種賭注。不過如果僅看即將到來的與貝特魯吉烏斯的決戰，那劍鬼的存在並沒有滿足打倒狂人的要素。為此，在他明白這道理下請他擔任愛蜜莉雅他們的護衛，而他也爽快應允。

「佩特拉他們也都接納了愛蜜莉雅。」

如昴期望，孩子們都很開心和愛蜜莉雅共乘龍車。

被小孩拉手的愛蜜莉雅，為自己沒被拒絕一事感到安心。憶起那光景，昴的胸口就充滿溫暖的感慨，同時湧上罪惡感。

「讓她開心到沒察覺到我的企圖，順勢讓她逃走。……我也變成很會玩弄人心的壞蛋了呢。以前被講不懂人心看不懂氣氛的時候簡直就像騙人的。」

自嘲地扭曲臉頰，昴粗魯地搔亂自己的頭髮。

用「希望愛蜜莉雅平安無事」做藉口是很簡單，不過利用她內心的安寧是事實。而且，拜託孩子們跟她共乘，其實背地卻有著盤算。

「假如謊言被拆穿，要說誰可以制止愛蜜莉雅的話……」

如果是打從心底擔心的某人的手，溫柔的愛蜜莉雅一定不會揮開。

所以昴就撥著如意算盤，製作出讓愛蜜莉雅和孩子們綁在一起的狀況。

「要是之後被他們知道的話感覺我會被瞧不起，所以這輩子都要保密……」

帕克也認為這是個好方法。與其說他是幫忙演戲的演員，不如說是共犯的精靈也不會離開愛蜜莉雅的。

愛蜜莉雅的安全，比以前更有強大的保障。——昴想這麼相信。

「——村裡的人和半魔姑娘好像都走了咧。進行得很順利捏。」

追憶的昴，身後傳來粗魯的卡拉拉基腔。回過頭，扛著大砍刀的里卡德正走過來。昴瞪著獸人的狗臉說：

「不准叫我可愛的愛蜜莉雅醬半魔，你這半狗。」

「哦哦！被叫做半狗意外地很受辱咧！上了一課呢！」

用大笑轟飛諷刺的豪邁，令昴傻眼，只能苦笑。不過，昴立刻繃緊臉頰，跟里卡德並肩而站望向森林。

「那，怎樣了？委託你的工作做完了？」

「你是說奇襲那些位置曝光，沒想到會被攻擊的傢伙？要是這樣都還失敗的話那偶可以退休了。萬事都粉順利。多虧了地圖捏！」

展示大砍刀上的模糊血肉，里卡德用手掌拍打插在腰際的地圖。

「這麼說來，地圖上的記號就是他們的據點無誤囉。」

「這麼有計畫又一絲不苟卻讓他們出亂子。你這是大功一件喲，小哥。」

里卡德露齒稱讚。他腰上的地圖本來是魔女教徒凱地所有。被昴盯上最後被縛的凱地，身上帶著聯絡同伴的對話鏡和地圖。地圖把梅札斯領地畫得很詳細，而且還標註了十個記號。

恐怕記號代表的就是魔女教的據點──這麼猜想而差遣里卡德前往最近的一處去確認，結果跟自己想的一樣。

像要證明里卡德的報告，跨坐在萊卡上的「鐵之牙」成員接二連三地從森林裡衝出來。朝氣十足地順著村內廣場繞圈的他們，似乎都沒有傷者。

「呀呵──！全都殺掉了──！」

「我們有抓到俘虜！姊姊別說讓人誤會的話。」

姊弟的對話雖然逗趣卻很血腥，昴放心地撫摸胸膛。

不只勝利，還為沒有少任何一人感到開心。不管勝算再怎麼高，把人送去戰鬥的這一方始終都會不安。不過多虧了取得地圖，減輕了大部分的不安。

「而且啊小哥，風水輪流轉咧。」

「──？這話怎麼說？」

「這玩意就掉在隨便選的據點咧。」

里卡德從腰際取出某個東西，扔向感到疑惑的昂。昂馬上接下，輕盈的觸感讓他目瞪口呆。

那是手鏡——就在剛剛自己才看過一模一樣的東西。

「對話鏡……而且還跟凱地拿的是一對的！」

「被抓到的魔女教徒就是用鏡子傳達偶們的情報。方才收拾掉的傢伙就接到了情報，準備要傳給其他魔女教徒。……就這方面而言，剛好破壞掉他們的聯絡網咧。幸運也要有個程度唄！」

對這喜出望外的結果，昂驚訝不已，里卡德則是咧開大嘴大笑。

假如他的對策為真，那就是局勢平手的情況下搶先在魔女教手中拿下一分。只不過，這個進展順利的感覺，在上一輪也曾品味過——

「————」

「怎麼著，小哥。一副無精打采的樣子咧。」

「……擊潰據點時，有讓人逃跑嗎？只要跑掉一個優勢就不在了。」

「也不想想為瞎米是鼻子靈的偶們去滅敵，當然沒放走人咧。只不過……」

用力拍胸的里卡德突然尷尬地降低音調。

「雖然沒有輸，但其實除了鏡子還有個問題咧。」

「我就知道！是什麼！發生了什麼事!?是很致命……嚴重到會顛覆這次作戰的衝擊性問題吧!?可惡！我就知道太順利了!!」

「啊你那個被害妄想是怎樣咧！頭頭這麼不安可不行滴！而且不要隨便就往壞的方面想咧！」

面對臉色蒼白死咬不放的昴，里卡德反省自己說過頭。接著犬人抓住昴的頭，想著要怎麼說才能緩解昴那不會消失的疑心。

「聽好咧？不是壞事。雖然直到抄了魔女教之前都還算好……啊──與其用說的，你自己看比較快。誰去把剛剛那傢伙帶來！」

被抓著頭的昴皺眉，里卡德指揮同伴帶了某個東西過來。一看到被搬運的東西，昴的表情從不安轉化為懷疑。

──那是被萊卡馱在背上、全身被繩子綁得緊緊的人類。

「～～呃！」

那個人注意到昴和里卡德後，就發出不成聲的呻吟。像是在抗議自己遭受的不合理對待，又像是在乞求饒命──

「在魔女教的巢穴裡頭發現滴。八成只是運氣差被他們抓到而已，不過……幹嘛，怎麼咧？」

說明到一半里卡德感到驚訝，原因是昴的眼睛整個牢牢釘在被捆成肉粽的人身上。不過，也難怪他會有這種反應。

要說為什麼，是因為被五花大綁的人是──

「噗！」

昴忍不住噗嗤笑了出來。

他指著手腳被綁、連身體都被繩子纏繞的青年，捧腹大笑。

「才想說你怎麼沒來，原來是被抓了呀，奧托！」

昴叫出倒楣到之前都沒出場，到了最後才登場的人物名字。

2

——在痛快大笑後，昴鬆開奧托身上的繩子。

「非常謝謝您救了我……但我不是很想這麼說。」

「喂——對救命恩團講那什麼話。要是傳出難聽的謠言，我們可很傷腦筋喔？」

「這個大壞蛋！你還算是人嗎！啊啊夠了，我對您感激涕零五體投地！多虧各位我才能撿回一命！我覺得自己根本到了鬼門關前一趟，可惡！」

清楚了解事情始末的昴故意威脅奧托，使他表達出自暴自棄的感謝。

奧托被發現的地方，就是里卡德他們襲擊的魔女教據點。他被綁在山區洞窟深處內，即將被當作供品，結果在千鈞一髮之際被救出。

「不過，因為不排除他也是魔女教徒的可能性，所以就綁著帶回來咧。」

「慎重是好事，但那種狀況下，這傢伙身上哪來的魔女教要素？在緊急時候可以方便拿來當供品！所以被好好愛護？」

「對第一次見面的人那是什麼態度！我是哪裡惹到你嗎!?」

旋轉被綑綁紅腫的手腳後，聽到昴過份的發言，奧托大喊。不過，昴輕鬆帶過他的怒意。

「那個先不提。你是在什麼情況下被抓的？有什麼原因就講出來。」

「這是，那個……是我個人很難講的問題。」

「不想講就算了。——換個話題，現在集中到這塊領地的旅行商人，大半都是為了小錢小利而聚集到梅札斯邊境伯宅邸。」

「話題哪有變啊!?根本就是明知故問吧!?對啦，就是那樣啦！想說可以賺一票而跑來，卻因為想先大家一步拔得頭籌所以走路況差的路，沒想到就倒楣地被那些傢伙抓到的人就是我啦！好啦，要笑就笑吧！」

「這樣啊……還好你平安無事。呿！害我都哭了……」

「那個廉價的淚水是怎樣！不是覺得我很可疑無法釋懷嗎!!」

昴憐憫虛張聲勢自白的奧托，溫和地看著他感嘆自己的不走運。

看樣子他的商人本性和有點亂來的行動力是與生俱來的。跟以前相遇時一樣的印象，讓昴暫時放心。

面對昴壞心眼的態度，奧托直接沮喪嘆氣。

「真是的……只是想跟救命恩人老實道謝，卻沒想到是這種人……」

「什麼嘛──我毫無疑問是你的救命恩人，但不會擺架子的。你欠我一個人情！」

「總覺得我好像欠了你很大的人情，但老實說根本沒那種感覺！」

聽到昴豎起食指宣告自己欠人情債的宣言，奧托不開心至極地皺起整張臉。

「欠下人情債啊……」奧托勉為其難接受，而朝他笑的昴──同時也在審慎觀察他有沒有可疑的舉動。

「──────」

在旁邊望著兩人對話的里卡德，也在做同樣的警戒。

光是從敵人據點被帶出這點，奧托的立場就很不利。有鑑於旅行商人的頭頭凱地是內賊，所以在之前的輪迴中與凱地有過接觸的奧托也必須以嚴格的目光審視。

「……我也成了討人厭的傢伙呢。」

要是一個不留神相信人而被背叛的話，至今的努力就全都會化為泡影──

「你說什麼？」

「我說幸好你平安無事。吶，咪咪，太好了對吧！」

「嗯──？哦──那個喔！哭得唏哩嘩啦的哥──哥，有精神很棒喔！」

「不是講好差點哭出來的事要保密嗎!?」

隨便把話題扔向咪咪，卻沒想到暴露了奧托被救出時的狀況。「有──嗎？」說出事實的咪咪歪頭，奧托當場跪地。

「啊──不能怪你啦。放心吧，我不會跟別人說的。就只有我跟你，咪咪和里卡德還有『鐵之牙』以及討伐隊的人知道……」

「那不就是公開的秘密嗎……？」

「總而言之，待在這個村莊的話就不用擔心被魔女教攻擊，所以你先在這邊等。還有，除了哭得唏哩嘩啦的事要請你節哀外，賺一票的事也請節哀。」

「節哀……該不會!?」

奧托的表情像是世界末日到來，愕然地環視村莊。

「該不會，大家都已經……」

「被魔女教抓到還能活下來，真是蒙老天恩寵……不，被魔女教逮到的時候你就已經被老天放生了。所以說，堅強地活下去吧。」

「既然要安慰人，就不能照料我到最後嗎!?」

奧托跪在地上淚眼汪汪，昴拍拍他的肩膀，朝里卡德使眼色。

犬人鼻子皺起，然後點頭。看樣子在身經百戰的傭兵眼中，奧托的悲傷證明他是安全人物，真是不幸中的大幸。

「對了，這裡現在是對抗魔女教的最前線。要做的事很多……不過想不到有什麼可以給你做的。可以對照其他旅行商人留下的商品目錄整理一下貨物嗎？」

「請問酬勞多少!?」

「比我想的還要有幹勁，叫我大吃一驚。會出，會出啦。哪個人帶奧托過去。」

給予嫌疑被洗清的奧托工作後，就先把他的事擺在後頭。取而代之，昴走向結束編隊和整隊的討伐隊，以及隔開他們的由里烏斯。

「遇到熟人了吧？重溫舊情夠了嗎？」

在出聲前，先注意到昴接近的由里烏斯回過頭來。聽到他的話昴皺眉，視線投向在他後方前往貨物區的奧托。

「大笑之後講些蠢話，然後懷疑他背地有沒有什麼企圖。我變得性格更惡劣討人厭了。」

「多虧你的性格惡劣，我們現在才能毫無損傷。你可以為性格惡劣一事感到驕傲。——雖然我覺得不要跟別人說比較好。」

「你的性格也沒好到哪去喔，這我敢保證。」

「好啦好啦，那邊性格惡劣的兩個人，可以讓人插嘴嗎——？」

昴和由里烏斯互嗆時，菲莉絲歪頭湊過來，賊笑道。

被歸在同一類而感到不爽，昴嘴角誇張下垂。

「幹嘛，性格惡劣的貓耳男。」

「唉喲——講那什麼話。菲莉醬可是為了大家而拚命努力竭盡心力的喵——」

「大家經常被你的拚命拯救。所以，知道了什麼？」

「嗯─關於被抓的魔女教徒，可以分得出誰才是『手指』。」

由里烏斯一催促，菲莉絲的笑容消失，指向被討伐隊接管的小屋。裡頭有被俘虜的魔女教徒凱地，菲莉絲應該已經直接調查過他全身了。

在上一輪，菲莉絲無法阻止魔女教徒自殺，所以只能重複悔恨。為此，讓他檢查凱地的肉體，昴本來是很不安的──

「首先，教徒身上都有嵌入會化為猛毒的魔石以用來自殺。不過，只有『手指』的待遇很特別……在身上埋下爆裂術式來代替毒素。是用來自殺和牽連他人用的喵。」

「那與其說是為了封口，比較像是為了大罪司教的『附身』。假如要替換身體必須以前一肉體的死亡為前提，那在暈厥和被抓的情況下，就必須要自殺。」

「自殺用的……但是，八成也有由外部發動術式的方法吧。那種情況呢？」

「因為那樣很可怕，所以人家就將術式整個剝下來，這樣就沒效了～」

由里烏斯的擔憂，菲莉絲回答得輕鬆簡單。看由里烏斯瞠目結舌的反應，想必是不容易辦到的事吧。接著菲莉絲又繼續說下去。

「再來是昴啾很在意的『手指』的特徵。該說門那邊有沉澱物嗎，總之就是有奇怪的瑪那塊。有沒有那個，八成就是『手指』和普通教徒之間的差異。人家認為大罪司教只能轉移到有被植入那個的人身上。」

「就是一般會員和付費會員的差別，『附身』的條件就是這個嘛。那個瑪那塊你怎麼處理？」

「溶解掉攪拌後讓它排出囉。所以說，他已經不能叫做『手指』了喵。」

「還可以讓身份失效啊！幹得好！」

聽了菲莉絲的報告，昴心情大好，抓住他的手用力上下揮舞。這麼短的時間內就能調查到這種地步，只能咋舌了。

「喵喵！討厭，菲莉醬做事當然可以放心喵？不過，多虧了昴啾事先看穿魔女教徒會自殺，還有僅限於『手指』的特徵。」

「不，這全部都是你的功勞。要是失敗的話，你會超懊悔的。」

「那算什麼。菲莉醬才不會為這些人感到懊悔咧——」

菲莉絲吐舌，揮開昴的手。他那態度令昴苦笑，同時內心暗自慶幸菲莉絲沒發生像上一輪的狀況。

而且多虧了菲莉絲的奮鬥，假設幾乎都成了實證。

「既然可以讓『附身』的條件失效，那，那個俘虜也不會死囉？」

「就算上面的嘴巴說不要，體內的門卻很老實……直接把他押回王都，當作寶貴的情報來源吧。現在他因為術式被剝掉所以痛到暈過去了～」

菲莉絲閉上一隻眼，只說凱地沒有生命危險。說起來，術式被剝除的痛楚昴根本就無從想

像。然後──

「──已經抓到一個沒法再亂來的俘虜，沒必要再冒險了。懂意思嗎？」

「事到如今，還覺得把重要的人跟他們放在天平上衡量的我會迷惘嗎。」

菲莉絲的眼神在質問昴的覺悟，昴則是毫不猶豫地點頭。

為了徹底打敗大罪司教「怠惰」，就必須把包含「手指」在內的魔女教徒全滅。而且是照字面意思，執行徹底的殲滅戰。

而這場不是由其他人，而是由菜月・昴發號施令才會開始的戰鬥。

「……呼嗯。昴啾真的變能用了喵。」

盯著握拳的昴的側臉看，菲莉絲瞇起眼睛低語。聽到的昴苦笑，聳肩道：

「喂喂，能用的說法太過份了。一點都沒被稱讚的感覺。」

「又不是稱讚喵。抱歉人家說的只是你變正常而已，少自戀了。」

即使臉蛋可愛，菲莉絲對昴的毒舌從未放水過。

他恐怕是昴在王都遇到的人之中最嚴厲看待昴的人了。而那一定是對欠缺戰鬥力的同伴而有的同類排斥。

雖然嚴厲，卻又很正確地指出和厭惡昴的軟弱。

「之前很討厭喵。現在才比較正常。懂嗎？」

「正常嗎，了解。不過，蠻高興的。」

「——因為那是讓人去做不想做的事，甚至扭曲自身的信念。昴啾絕對不可以迷惘和猶豫，所以說，這份覺悟不可以動搖。」

對昴的俏皮話沒有答腔，反而強硬地這麼叮嚀。這番話刺進昴有點鬆懈的心態，在名為覺悟的大海中投下叫做自覺的錨。

沒錯，不需要菲莉絲提醒。自己必須要有自覺往前進。

「準備十二萬分周全。——昴，隨時都可以出發。」

為昴製造契機，命討伐隊整齊列隊的由里烏斯說。不只是他，蓄勢待發的討伐隊和「鐵之牙」，全都在等昴下令。

即將面臨決戰，大家士氣高昂，戰意開始以村子廣場為中心膨脹。

「——————」

碰觸到這股戰意，昴微微抬頭，仰望天空。

雖然沒法完全斬除不安要素，但已經讓愛蜜莉雅他們逃走，還有威爾海姆護衛，又多虧了菲莉絲掌握了「手指」的身份，現在由里烏斯只等命令。

已經盡了人事，接下來就只能微笑著聽天由命了。

「——上吧，各位。按照計劃開始。」

視線從天空下移，昴朝正前方列隊的討伐隊，說。

聽到後，戰士們默默地跨上騎獸，以行動回應昴的話。

「───」

「哦，謝謝啦，帕特拉修。」

不知何時期盼出場的漆黑地龍靠到昴的身旁。手掌撫摸牠堅硬的肌膚，昴也跨上帕特拉修。左右兩旁是由里烏斯和里卡德的騎獸。一個人留在地面的菲莉絲目送他們，昴點頭回應，站到隊伍前頭。

然後，下達最後的開戰號令。

「好，這次是決戰了。──給『怠惰』和命運女神好看吧。」

3

──對於貝特魯吉烏斯的「附身」，昴建立幾個推測。

第一，貝特魯吉烏斯的「附身」是可以移轉並奪取他人肉體的能力。

第二，貝特魯吉烏斯轉移的對象是被他稱為「手指」的心腹，要打倒貝特魯吉烏斯就必須打倒所有的「手指」。

第三，在失去所有「手指」的情況下，貝特魯吉烏斯就會轉移到可以充當「手指」的肉體上，而絕佳候補就是昴的身體。

能寄生在精神上的力量十分強大，要獨自抗衡幾乎是不可能。──就是這樣。

「重新把條目寫下，這已經不是故意讓玩家第一次碰到就必死無疑的初見殺等級了。再加上還有『不可視之手』，兇惡程度破表，叫人笑都笑不出來。」

大罪司教的兩個權能——在完全不知道的情況下挑戰，昴有自信挑戰一百次就被殺一百次。

如果不是因為自己帶著記憶重回過去，持續尋找打開僵局的方法的話，根本就難以見到光明。魔女教這四百年來勢力會廣布整個世界也不是不能理解。

強化初見殺等級到這種地步的狂人貝特魯吉烏斯・羅曼尼康帝——

「——正因如此，才會有我。」

面對專門強化初見殺的敵人，就只能帶著多次挑戰過的經驗再度挑戰。

會「死亡回歸」的菜月・昴，就是貝特魯吉烏斯・羅曼尼康帝的天敵。

走在翠綠茂密的森林裡，昴前往去過多次的岩壁。

四周全都被綠意給覆蓋，連方向感都變得不可靠。可是昴的腳步卻沒有猶豫。感覺、雙腳，以及刻劃在記憶中的經驗，帶領著昴往前走。

「——要開始了。」

心臟加快跳動，昴邊苦笑邊喃喃自語，然後輕拍胸膛兩次。接著繼續往前，然後就看到了目的地。

——之前昴從未抱著戰鬥的覺悟前往這個地方。

在上一輪，自己只是爭取時間的誘餌，再之前的話分別是沉溺在殺意和自殺的願望中。

但是，這次不同。只有這一次，跟之前不同。

昴是帶著主動開戰的決心才來到這裡的。

為了替綿長的孽緣，以及反覆持續的戰鬥劃下句點。

「——你終於來了，寵愛的信徒啊。」

森林突然變開闊，歡喜狂顫的歡迎話語迎接現身的昴。

脫離森林後，眼前是高聳的整片斷崖，而站在岩壁前方的是攤開雙手站得直挺挺的消瘦男子。他的目光炯炯有神，歡迎昴的到來。

這樣的相會，已經是第四次了吧。

只要打過照面多次，不管對象是怎樣的人，內心多少都會變得寬容。就像對待由里烏斯那樣。——可是，只有面前這個男人，得不到這樣的待遇。

「我是魔女教大罪司教，掌管『怠惰』的——」

用因自殘而染血的手指向昴，狂人道出既定的開場白。眼神帶著瘋狂的男子後仰吐舌，瞪大雙眼——

「貝特魯吉烏斯・羅曼尼康帝!!」

黑色法衣迎風飄揚，大聲報上名號的狂人拍打滿是鮮血的雙手。貝特魯吉烏斯就這樣踩踏地面，當場小跳步同時快樂大笑。

「多好的日子，多麼美好的日子！沒想到會在試煉之日迎接新的愛之寵兒！感動、感激、喜極而泣，快把我的胸口漲破了!!」

口沫橫飛的狂人抱緊自己只剩骨頭和皮的身體。那怪樣讓昴覺得嫌惡，不過他早已習慣在這人的面前修飾表情。

不僅如此，昴毅然進行事前決定好的戰術。那就是——

「——初次拜見尊容，大罪司教大人！」

說完，昴奔向貝特魯吉烏斯，跪在他腳下。接著左手貼著胸口，高舉右手並低下頭，做出最敬禮。

「在即將進行試煉前才會合，實在丟臉之至！但是，請務必讓此身、此魂！加入教徒，成為司教大人的『手指』！」

昴雄赳赳氣昂昂地誇張大喊。高聲說完準備好的台詞，於檯面上表達出最大限度的敬意，然後等待狂人的反應。

「——————」

面對昴的懇求，貝特魯吉烏斯沒有反應。他沒說話，也沒有動。沉默帶來不安穩，昴吞了一口口水，提高警戒注意狂人的下一步動作。

沉默就這樣持續約十秒，接著突然被打破——

「——哦哦、哦哦哦！多麼、多麼純真熱情的信仰啊！」

聲音顫抖，全身戰慄，感激涕零的貝特魯吉烏斯雙手舉向天空，仰天叫喊。

「用如此清澈的雙眼高呼愛的信徒！未曾如此咒罵己身之怠惰！你！像你這種的虔誠的愛之寵兒！至今都看漏你的我太不道德！還請原諒我這份怠惰——！」

昴面前的貝特魯吉烏斯像飛撲一樣，四肢朝地面撞擊。

毫不猶豫就在岩石地面上五體投地外，狂人還不停地磕頭。毫不留情的自我懲罰導致額頭流血，但異於常軌的自殘行為對他來說只是家常便飯。

現在知道那副身體是別人的，對這行為的厭惡程度便更勝以往。

不過要是他自殘過頭而死掉，那就麻煩了。戰術是在檯面下進行中——要是在這邊身體被強迫交換的話，那一切就告吹了。

「請住手，司教大人！您這樣子，魔女大人也不會高興的！」

「啊啊，可是！可是可是可是可是是是是！我太怠惰了！犯下大罪！沒能回報愛的虛偽！沒有其他方法可以償還！」

「沒那回事！比起心愛的信徒受傷的樣子，魔女大人應該更喜歡看到信徒為了回報寵愛而拚命，以及執行試煉的意志才對！」

昴信口阻止磕頭如搗蒜的貝特魯吉烏斯。

但是，聽到這話，貝特魯吉烏斯忽然停止動作，瞪大雙眼盯著昴看。他那乾渴的雙眸，促使昴用力點頭。

頓時，貝特魯吉烏斯就像附身之物脫離般，臉上流下一道清淚。

「──全都如你說的。」

「──呃!?」

在他異常平穩地述說後，昴突然就被他用力抱住。

生理上強烈的嫌惡感堵住喉嚨，但狂人對這反應毫不介意。貝特魯吉烏斯流淚，也不擦拭額頭上的血，就只是淒厲大笑。

「啊啊，我搞錯了，錯得離譜！沒錯！試煉！現在的我被要求的不是自責不是自裁不是自殘，是試煉！忘了這點而沉溺在自傷愉悅中的怠惰！是你的話讓我清醒！感謝！感謝你！」

用力晃動抱住的昴，單方面表達謝意的貝特魯吉烏斯往上看。

他用袖子擦去額頭上的傷，把右手手指插入述說自傷是愚蠢行徑的嘴巴中，依序咬爛拇指、食指、中指。

「怠惰的我毫無價值！勤勉方是這世界上最尊貴的德行，怠惰是這世界上最該被唾棄的不道德！既然如此，我要用勤勉，來跟自己的宿業怠惰做訣別！啊啊，啊啊，啊啊，為了回報愛！」

他的言行舉止已經欠缺一貫性，理論已經不是支離破碎，而是毀滅狀態。

反省自傷行為卻又咬爛手指，恥於自身的輕舉妄動後他笑出來。

充滿瘋狂的人性面，讓昴難以忍受而早早探手入懷，但可惜掌中沒有得到期望的反應。要執行戰術，還需要些時間。

「司教大人。——能跟您談談試煉嗎？」

深呼吸好隱藏內心，唯恐尷尬的沉默出現，昴單刀直入地問。

話題中的試煉——在上一回，沒能從貝特魯吉烏斯口中探聽出詳細的內容。因為叫做試煉，肯定是要測試什麼。所以要打探出魔女教為遵從教義，要測試愛蜜莉雅的什麼。

想找出到底是什麼。畢竟愛蜜莉雅與魔女教的孽緣，在未來也會持續——

「跟司教大人會合時，就說什麼也想聽聞這次的試煉。」

「試煉……」

靜靜這麼說的貝特魯吉烏斯，表情忽然失去感情。

方才的狂躁消失無蹤，用空虛的眼神看著昴的狂人，已經將染血的右手剩下的無名指和小指同時放進口中咬爛。然後——

「試煉，沒錯！試煉！就是試煉！執行試煉，必須測試！必須測試這次的半魔是否適合當容器，能否讓魔女降生！」

強迫昴正面承受他破音的嗓子和血腥的口臭，貝特魯吉烏斯當場跳起舞來。聽到狂人的話，昴嚥下驚愕和嫌惡，皺起臉。

「讓魔女降生的…容器……？」

「適合的話就擁戴！不適合就排除！以半魔之姿降生於世，就是容器！是否適合魔女，能否分封魔女之愛！要以試煉！加以！測試！」

昴帶著疑問的聲音，由狂人高舉雙手以瘋言狂語回應。聽到這番話，昴彷彿接受天啟。但理解之後是戰慄。

容器，魔女，降生——這些詞彙如果如同自己所解釋的話。

「假如試煉的結果，半魔適合當容器，就讓魔女降生在那肉體上……」

「在有朝一日必定來臨的命運之日，魔女會再度——誕生於世！為了親眼目睹那瞬間！為此我與『手指』準備萬全……那就是我的愛！」

感動落淚的貝特魯吉烏斯，度過在這世界上最幸福的時刻。面前這個狂人的樣子，讓昴打從心底想嘔吐。

剛剛的話已表明一切。他們做出殘虐至極的行為，大量虐殺人類，把昴的心逼到粉碎的地步——

「——沒從愛蜜莉雅身上看到任何價值嗎。」

對他們而言，愛蜜莉雅只不過是容納魔女靈魂的器皿罷了。

復活魔女——在這麼龐大的目的面前，裝魔女靈魂的容器有什麼志向、是多溫柔的人、多麼努力拚命，都毫無意義。

那是對叫做愛蜜莉雅的少女無極限的侮辱，對因為她而心跳加速的菜月・昴來說是難以忍受的屈辱。

「——你這怪物。」

昴在一瞬間透露一句真心話，但貝特魯吉烏斯沒有聽到。

假如是為了實現那個惡毒的目的，那過程中燒掉一個村莊也沒什麼。被他們親手了結的性命都有各自的故事、夢想和明天，但那些都被踐踏。

所以魔女教和貝特魯吉烏斯，是菜月・昴的敵人。

「……司教大人，我已聽聞您的高見。魔女教的理念，超越語言的覺悟，都讓我佩服至極。這次的試煉，一定要成功。」

「哦哦哦哦！你果然很優秀！沒錯！我們要化為一體，專心一志地投入於實現夙願！打從接受寵愛那一天，名為『我』的存在就只是全心全意回報愛的草芥……啊啊，莎緹拉！我是妳的！」

昴表面上的贊同，貝特魯吉烏斯別說懷疑，還歡喜接受。

「你才是應被尊敬的理想信徒！你那芳醇的寵愛氣息，假如你有想加入『手指』的意思，那讓我想立刻分給你因子。」

「既然如此，請務必讓我成為您的『手指』！」

「這要求真是讓我喜出望外！可是，可是……我的手指已經滿十根了。比你更適合的……對了！」

貝特魯吉烏斯原本數著染血手指，卻突然想起什麼而把手探進法衣。然後從懷中掏出一本黑書──福音書。

狂人憐愛地撫摸書皮，目光在內容中奔走然後喘氣。

「福音書中記載的文字，述說愛的一切，都引導我走向未來！因此這是一切……我應有的作為全都在這裡！」

他邊翻書嘴角邊起沫，大笑說。

曾經搶走那本福音書的昴，知道黑書裡頭是根本無法閱讀的奇怪文字。但是，持有者貝特魯吉烏斯卻看得懂，就像在看故事一樣。而他就照著書中的記述來行動。

既然如此，真正的敵人就是製造出福音書記述的人——

「——揭示福音。」

用力闔上福音書的貝特魯吉烏斯說了這麼一句。狂人扭曲脖子九十度，腰部也往同個方向扭，毫無感情的雙眼正凝視著昴。

那是最要警戒的貝特魯吉烏斯發言。從以前的經驗來看，就算對話勉強成立，這句話也會斬斷所有對話可能。

既然身為魔女教徒，每個人都會有一本福音書。出處和獲取方法不明的黑書，簡直就像魔女教徒才有的身份證。

因此貝特魯吉烏斯才會向昴索求身份證明。

在這邊的回答，會大幅變動狀況——

「——怎麼了嗎？」

看昴沉默，貝特魯吉烏斯歪著脖子，垂淌長長的舌頭。

只要拿福音書出來就行了，卻連這樣都沒法做到，使得貝特魯吉烏斯開始散發不安穩的氣息。在寒冷徹骨的氣息中，昴慢慢伸手入懷。

然後將拿出的東西遞到貝特魯吉烏斯眼前。可是——

「——這是？」

「如您所見，是『流星』，司教大人。」

貝特魯吉烏斯瞪大眼睛仔細看著眼前的手鏡——對話鏡。那一定是狂人曾看過的道具。畢竟這個應該是由狂人親手交給一名「手指」的東西，但現在卻在昴的手中。這使得狂人困惑不已。

但是，驚訝還沒到此結束。鏡面在他眼前開始淡淡發光——

『啊—出現了出現了。哇，臉長得比聽說的還要恐怖！』

透過鏡子聽到的，是跟狀況完全不搭的可愛聲音。從昴的角度看不到鏡面，但貝特魯吉烏斯應該有看到聲音的主人，貓耳騎士才對。

像惡作劇又像戲弄人的狀況——不過，這可是作戰信號。

「你到底……不對！你做了什麼!!」

『那麼，咳嗯。——老虎老虎老虎！』

「——啊!?」

貝特魯吉烏斯因為不瞭解發生什麼事而生氣時，鏡子裡的人——菲莉絲突然講了這樣的話。

狂人根本不懂他在講什麼，因此就由昴解釋。

「就是我們奇襲成功的意思——（註1）」

昴指著手鏡，朝著瞪大眼珠的貝特魯吉烏斯笑。

那不是方才裝出來的笑容，而是昴本來的——像壞小孩才會有的笑容。

「啥，啊？」

「一臉不懂我在講什麼的樣子呢。哦，放心就對了。」

面對動搖的貝特魯吉烏斯，昴仍舊笑容滿面，然後把手舉到頭上。

然後——

「——因為你說的話，對我來說也完全適用！」

「你說——!?」

昴將戰意化為語言，彈響高舉的手指。察覺到敵意的貝特魯吉烏斯立刻進入戰鬥狀態。但是，從旁邊飛奔過來的影子動得比較快。

影子毫不猶豫地用力撞飛狂人的瘦軀。

「嘎、哈啊——」

慘叫飛出去的狂人，身子翻轉後用力撞上岩石。

※註1：源自於日本成功偷襲美國珍珠港後發派的電報暗號。

「────」

看著人飛出去還嘶吼，像在說等到不耐煩的，是把狂人撞飛的漆黑地龍。

無意義的對話結束了。做出這個結論的龍之咆哮在森林的空中迴響。

4

重新收進懷裡的對話鏡傳來熱度。作戰轉移到第二階段。

對這件事重懷覺悟的昴，朝著翻白眼的狂人比中指。

「我們剛剛講的，我全都取消和拒絕，請多死掉啦。」

「你、你、你……」

「還不懂的話我就講得簡單一點。──經過我們審慎考慮，您與敝社的風氣要命地合不來。因此，雖然很自私，但還是決定辭退您的內定資格。期望您往後的活躍與進步。就是這樣。」

刻意懇切又禮貌地轉換成更難懂的話。昴以此表明雙方談話破局，然後帥氣地跨上靠在旁邊的帕特拉修，握住韁繩後俯瞰狂人。

帶著混亂仰望他的貝特魯吉烏斯，慢了一點才想通狀況，接著怒上心頭大吼大叫。

「你知道自己在做什麼嗎!?我是大罪司教！得到魔女恩寵的大罪司教！你也得到相同寵愛……」

「抱歉，你的話我已經聽膩了。叫魔女啥的去吃屎啦，貝特魯吉烏斯。」

「為什麼！為什麼！為什麼拒絕愛！你明明有魔女的寵愛！拒絕恩寵的理由是什麼！這一切都很合理！我不能理解你為什麼這麼做!!」

他抓頭，激動地口沫橫飛重複追問。那拚命的呼喚，該不會是想要說服昴吧。

若真是如此，那與貝特魯吉烏斯對話也就毫無意義了。

「一看到你，就會聯想到自己。不過，只有一句話我敢說。」

對狂人的妄言充耳不聞的昴，想起曾發生在心中的錯綜雜亂與失控。

主張自己才是正確的，將錯都推給周圍的人，然後像小孩一樣發脾氣鬼吼鬼叫。

原來如此，真的是不堪入目。負面教材在這邊發揮到極致。

「瘋的是你，現在我是對的。——到此結束了，貝特魯吉烏斯！」

這不能說是「訣別」。

昴跟貝特魯吉烏斯之間，打從一開始就沒有任何聯繫或羈絆。狂人也立刻理解到一切都只是騙人的演技。緊接著他做出偏激又殘虐的判斷——

「蠻橫暴行、狂妄之語！你的報應，就是被扯斷四肢，靈魂奉獻給魔女——去死!!」

感嘆只有一剎那，貝特魯吉烏斯的影子爆發性擴張，膨脹的漆黑層層交疊後化為手臂。然後以壓倒性的密度和數量像瀑布般倒向昴。

為了如他宣告的扯斷昴的四肢，扭斷他的脖子，凌辱他的靈魂。但是——

「為什麼——!?」

「鬼請到這來，朝拍手的方向來——我在兩個月前就已經跟魔獸鬥過啦！」

接受昴拙劣的操作技術，帕特拉修自行察覺推斷然後行動。聰明的地龍完美地避開迫近的魔手，飛也似地逃離被害範圍。

敵我距離拉開。第一招就被整個閃過的事實，讓貝特魯吉烏斯無法掩飾驚愕。他瞠目結舌，張開像被撕開的大嘴，大叫道：

「剛剛的！動作是!?你看得見我！被給予的寵愛!?不可理喻，不可能有這種事！為什麼我的權能會被看見!?」

「誰知道？去問在我身上留下遺香的魔女吧。對喔，你跟我又不一樣，沒有拿到可以自由跟魔女見面的許可證呢？」

「——！那是什麼……竟然犯下親近魔女、親近莎緹拉的不敬之罪！」

「我跟她感情好到心臟被她捏呢，就跟字面上的意思完全一樣喔。」

昴在眨眼裡灌注最大程度的嘲弄，挑釁貝特魯吉烏斯。

頓時，狂人的忍耐度立刻到達極限，憤慨到臉紅脖子粗的貝特魯吉烏斯連自己的指頭根部都咬爛。指甲、骨頭、肌肉碎爛，牙齒斷折的悶聲響徹周圍。

呼應他的激情，包圍狂人的影子密度變濃，總數增加。對看得見不可視魔手的昴來說就是難易度往上翻。

可是，對魔手數量增加一事最感訝異的不是別人，而是貝特魯吉烏斯。

「我給『手指』的因子回來了……!?為什麼？手指怎麼了!?」

「原來給予『手指』的魔女因子回來，你能用的手就會增加啊。那，答案不就很明顯了？吶，動動腦啊司教大人！你真是怠惰呢！」

「──哼！──哼!!」

貝特魯吉烏斯已經被混亂跟激情給翻攪，昴還一直挑釁和煽風點火。

要論激怒惹惱別人，沒有人比菜月・昴更精通了。更何況對方還是個對挑釁完全沒有耐性的人，根本就是被昴玩弄在掌上。

跟計劃一樣，臉氣成赭紅色、激動不已的貝特魯吉烏斯，差遣殺意之掌伸向昴，用力敲擊地面意圖取他性命。

「帕特拉修──！」

「不可視之手」宛如爆炸的攻勢，被汲取昴的想法的地龍以驚人的準確度持續閃避。太過可靠了，真的是對牠抬不起頭。

就這樣熬過第一波攻勢後，昴做出決定。

「進入作戰第三階段！」

「不管你搞什麼小花招！在我的勤勉之前一切都……啊!?」

為反擊做好準備的貝特魯吉烏斯，因昴接下來的舉動愕然失聲。

「竟然背對我……是打算愚弄我到什麼地步才甘願！」

「抱歉啦！不過你的呼吸臭到我生理上沒辦法忍受，臭到我眼睛都睜不開了。」

昴命令帕特拉修離開岩區，朝森林方向跑。帕特拉修粗魯地踏倒草叢，如疾風般跑過難走的路，遠離敵人。

「想逃！門都沒有！別想逃跑！」

貝特魯吉烏斯吶喊，但身體卻違背話語蹲在原地。但下一秒，影子一把抓住抱著膝蓋蹲坐的貝特魯吉烏斯，將狂人朝空中扔出去。

簡直就像傳球一樣，其他魔手接下輕盈飛舞的身體，然後轉投給下一隻手——重複這樣的舉動，貝特魯吉烏斯緊追逃跑的昴。

宛如惡夢的追蹤，而且追著昴的還不只他。

「來、來、來，快出來！愚弄、嘲笑尊貴的魔女，踐踏蹂躪試煉與寵愛的背德者，將他切割成肉片奉獻給魔女！」

貝特魯吉烏斯從空中發號施令，無聲現身在森林裡的是躲在懸崖下洞窟裡的魔女教徒。雖然他們沒有參與昴與貝特魯吉烏斯的對話，但毫不猶豫就認定昴是敵人。他們像滑行一樣追擊昴跟地龍。

森林上方有貝特魯吉烏斯，背後有魔女教徒猛烈追趕——

「來了來了來了要來了要來了要來了！帕特拉修，加油！」

「——！」

昴的指示欠缺具體性，所以帕特拉修就靠自己判斷來應付這窘境。

快速刨地，地龍選擇用身軀去撞破擋路的弱枝細樹。踩踏樹根，跨過窪地，邊折斷枝葉邊筆直地以最短距離衝向目的地。

「沒用！無意義！就要追上了！勤勉的地龍，你的掙扎一點屁用都沒有，在我的勤勉之前消失殆盡吧！」

從遠方傾注過來的除了瘋狂吶喊，還有宛如瀑布墜落的魔手暴力。

瞄準急馳的帕特拉修，猶如砲彈的幾股破壞力命中森林。大樹被連根拔起折斷，爆炸的地面不斷掀起泥土塵埃。

但是，地龍在狂人的憎恨下，迅猛地奔出爆炸氣浪與煙塵。

「——」

高聲叫喊的帕特拉修，身上並非毫髮無傷。儘管如此，地龍仍鑽過攻擊之間的縫隙，保護昴和自己，徹底貫徹了昴拙劣的指示——

「抱歉都在仰賴妳……妳最棒了，帕特拉修！」

「沒用沒用沒用沒用用用用用！到此——為止！」

稱讚愛龍的聲音，被貝特魯吉烏斯尖銳的笑聲給蓋過。指著底下的狂人，這麼說的根據並非來自於「不可視之手」，而是逼近一人一龍身後的黑色集團。

「————」

手持模擬十字架的劍，魔女教徒以超越常人的速度追上地龍。比起貝特魯吉烏斯單調的攻擊，他們是更危險的威脅。

魔女教的劍刃就這樣割開地龍的鱗片，奪取性命——在那之前。

「哇——！」「哈——!!」

重疊的大聲咆哮，化為撼動大氣的衝擊波挖掘森林。

咆哮波——帶有特徵的聲音捲起射程中的大樹與岩石，使空氣轟隆作響的衝擊撞向魔女教徒。在衝擊下噴出血霧的黑色集團被粉碎殆盡。

能做到這招的，就昴所知這世上僅有三人。

「嗚喔—！哥—哥超—危險的！剛剛差點死透了！」

「離會合地點還差一點，真是危險。多虧姊姊的直覺。」

邊大笑邊跟昴並肩而行的，是跨在大狗上的獸人姊弟咪咪和堤比。兩人的咆哮波解決了危機，昴轉頭舉手。

「你們，剛剛，差點連我都幹掉啦！不過多謝，我還以為會死咧！」

「哦—謝謝—！不客氣—！耶—咿！」

「我了解你一團亂的心情。……在天上的，是大罪司教嗎？」

不甩昴和咪咪的對話，瞪著天空的堤比緊張地問。戴著單邊眼鏡的幼貓瞇起眼睛，視線緊抓著法衣在強風下翻動的狂人。

「那是什麼，好厲害──！縮成一團的大叔在飛耶！好厲害──！」

「那麼噁心的飛行方式，我還是第一次看見。」

「嗯，對啊！在你們眼中看來是這樣吧！」

看得見「不可視之手」的昴和看不見的咪咪他們，看到的樣子不一樣。在他們看來，貝特魯吉烏斯是蹲坐著飛在空中；但對昴來說，卻是他讓宛如觸手亂舞的魔手不斷把自己扔出去的惡夢光景──但不管哪邊都糟到極點。

「不管怎樣，那傢伙的目標是我！按照計劃，後面就拜託你們了！」

「明白。走囉，姊姊！」

「好啦好─啦！啊！哥─哥哥─哥！」

把跟在後頭的魔女教徒交給他們，昴準備要繼續上演逃離貝特魯吉烏斯的戲碼時，準備掉頭的咪咪朝他舉手──

「在這邊贏了的話，就很帥喔──！」

「──哦哦！交給我吧！」

豎起大拇指回應咪咪，昴和幼貓們互相發誓會奮戰後就各自飛奔而出。

吃了咆哮波而被分開的魔女教徒們，朝逼近的兩人架起武器。接著四面八方衝出「鐵之牙」──拉吉安他們躍入戰鬥，開始總體戰。

背對千戈，昴指向頭上的貝特魯吉烏斯，挑釁道。

「來呀，司教大人！盯著幼貓而追丟我的話，可就顏面掃地囉！」

「——你、你這傢伙、到底、到底為什麼、為什麼要做到這種地步！」

使出的攻擊都被抵禦住，即使是貝特魯吉烏斯都忍不住面色鐵青。事已至此，原本激憤到盲目的狂人也察覺到狀況太不合理。

潛藏在森林各處的「手指」被各個擊破，最有自信的「不可視之手」又被人看光光，就在剛剛教徒們又被埋伏給阻截，只剩下貝特魯吉烏斯自己一人。

——這明顯的異狀，代表一切都在昴的掌握中並隨之起舞。

「不應該是這樣！福音書上！我的命運指標什麼也沒寫！既然如此你到底是什麼東西！接受寵愛，卻又輕視魔女！擋住要執行試煉的我，擾亂我的計劃還試圖抵抗……！」

空中的貝特魯吉烏斯握緊福音書高舉，吶喊道。

對貝特魯吉烏斯而言，昴的行動所衍生出的現狀難以理解到極點。

「手指」被奪走，權能又不管用。雖然他還不知道，但愛蜜莉雅他們已經先行避難，所以他口中叫試煉的惡行早已在開始前就失敗了。

——這對貝特魯吉烏斯來說，不叫惡夢要叫什麼。

「你……你、到底——……！」

「我重複四遍了嘛。——要說惡夢，我都看到死了呢。」

面對嘴角起沫、高喊不合理的貝特魯吉烏斯，昴只是平靜回應。

貝特魯吉烏斯的混亂和氣憤，昴不是不懂。

就算否定也沒用。眼前的這瞬間，正是抵達惡夢盡頭的未來——

「果不其然，果不其然果不其然果不其然果然果然果然——！你是『傲慢』——」

「——我的名字是菜月・昴。」

昴向咬牙切齒高呼憎恨和執著的貝特魯吉烏斯報上姓名。

「是銀髮的半妖精——愛蜜莉雅的騎士。」

「——！」

「我是不知道傲慢還啥啦，我想要的頭銜就只有這個。其他都不要！」

指著貝特魯吉烏斯痛罵一頓，讓他住嘴。接著，森林一口氣變得開闊。

出現在正前方的又是岩壁——不過，跟先前遇到貝特魯吉烏斯的岩區是不同地方。雖然這麼說，但這裡對昴來說不是第一次來的地方。

過去昴曾在這裡死掉過——

「這裡是……!?」

「我曾了結生命一次的地方。還有，也會是你生命結束的地方。——這兒就是這種地方。」

抵達目的地後，昴命令帕特拉修減慢速度。

在空中追過來的狂人，面對景色變化和昴的發言，惡狠狠的臉龐因警戒而扭曲。

「————」

抓著自己在空中運送的魔手鬆開手，貝特魯吉烏斯降到地面。落地後，慢慢抬起頭的狂人和站在懸崖前方的昴正面對峙。

「假如誘導我來這裡是你的目的……你準備了什麼？」

「那還用說，天敵啊。——我跟你的共同天敵。」

貝特魯吉烏斯低聲問，爬下地龍的昴這麼斷言。

那話讓狂人皺眉，昴則是閉上一隻眼睛。接著——

「——說是天敵，我覺得講得太過頭了。」

第三者介入的聲音，嚇得貝特魯吉烏斯像反彈一樣扭脖巡視周圍。

貝特魯吉烏斯已經察覺到自己中了昴的計謀。警戒奇襲的大罪司教把手指放進嘴巴用力咬，察看周圍。

可是，警戒敵方奇襲根本毫無意義可言。

「剛剛的話，沒想到有機會聽到第二次。」

說完，聲音的主人就從懸崖上直直墜向岩區大地。以看不出是要奇襲的姿態輕盈著地的美男子，用手指整理被風吹亂的瀏海。

「————」

優雅的站姿，令貝特魯吉烏斯靜默以對，瞪大雙眼打量。

不過，美男子沒對狂人的敵意視線表達什麼，只是站到昴身旁而已。昴瞪著那張清爽的側臉，不高興地皺起臉。

「幹嘛，對我的宣言有抱怨？」

「沒有，本來擔心勾起過去回憶的你會不會害臊不已……但你的臉皮厚如金屬。已經敢在我面前說出口，讓我佩服不已。」

「既然如此，我就一直在你耳邊重複到你作夢都會夢到，怎樣？」

「免了。那話聽一次就夠，被迫聽第二次就會牢記到難以忘記。」

騎士拔出細劍，以鋒利的諷刺回應昴的挖苦。

淺紫色頭髮迎風搖曳，近衛制服衣擺隨風飄動的模樣，讓人想不起來過去有多麼叫人煩躁不耐。原本討人厭的身影，現在卻可靠到令人生氣。

「露格尼卡王國近衛騎士團的騎士，由里烏斯・尤克歷烏斯。」

報上名號的由里烏斯，筆直架起剛拔出來的騎士劍，劍尖直指狂人。

下一秒，浮現的六色光輝包圍由里烏斯，璀璨奪目的向眼珠子快掉出來的貝特魯吉烏斯展示自己的力量。

「——是要斬殺你的王國之劍。」

「精靈術師啊。……老是這樣，每次都這樣。」

聽取介紹的貝特魯吉烏斯用力咬牙。他的憤怒與其說是針對由里烏斯參戰，更像是投射在靠著美男子的準精靈。狂人說完惡狠狠地瞪昴。

「這個，也是你的計劃……！這等屈辱，我還是第一次嚐到……哼！」

「沒錯，所以好好享受吧。——為你幹的好事收尾。」

咬緊牙根到冒出牙齒碎裂聲的貝特魯吉烏斯不斷地煮沸恨意，而昴則是這樣回應，然後撫摸帕特拉修的脖子，命牠離開戰場。

「謝謝妳帶我到這邊。接下來就靠我們兩人一決勝負。」

「————」

帕特拉修以鼻頭蹭昴的頭表示擔心後，就緩緩地從岩區移動到森林裡。看著牠遠去，昴深深吐一口氣——

「——上吧，由里烏斯。」

「這樣好嗎？」

面對昴的呼求，由里烏斯質問他的覺悟。

昴點頭回應，眼中宿著耿直的決心，開口道。

「不能退卻，不能扭曲，不能輸。我不想再失去誰了。」

「——我是曾經把你打到五體投地的人。當初那麼做有我個人的理由和意義，直到現在我也能這麼宣告，但那對你來說不過就是無關緊要的自以為是。」

昴的決心讓由里烏斯訴說兩人之間無法忘掉的孽緣。

他的話既唐突又不適合當下，還喚起痛苦的記憶。

那時的屈辱和苦痛，鮮明強烈復甦到像在掏刺胸腔內部。

「我並非要挖出過去要求雪恥。你的覺悟很沉，還有判斷與行動形塑出通到這裡的路。所以我想問你：在這局面中，把我放在身邊，就能讓你毫無擔憂地一償所願嗎？」

「————」

「你能相信我嗎？」

由里烏斯問得十分含糊，既和現場氣氛不合，又還帶著幼稚。

但那是為了讓昴意識到即使現在依舊在內心深處持續主張存在的棘刺，好認真面對彼此的必要儀式。

在王選會場，昴暴露了無與倫比的醜態，於是前往練兵場要洗刷污名，但別說挽救名聲了，根本是在慘不忍睹的名聲上又再添加一個污名，還被由里烏斯打到體無完膚。

之所以能夠奮起振作，都多虧了一名少女捨身不斷支持昴。

而振作起來後能走到現在，是因為希望支持一名少女往前走。

被兩道光芒引導，抗衡命運，如果現在於心中描繪過去的想法的話，會是怎樣呢？

那時候，那瞬間，那個熊熊燃燒的激情，會在昴的心中點燃什麼顏色的光輝，擁有什麼樣的熱度呢——

「——我啊，最討厭你了。」

「嗯，我早就知道了。」

「你那優雅高尚的氣質讓我不爽，說話的方式也很無聊有問題。再來就是很明顯地瞧不起我，還有第一次見面時，你親了愛蜜莉雅醬的手吧。我往後可是會吻遍愛蜜莉雅醬全身的，這樣不就等於跟你間接接吻了嗎，開什麼玩笑啊。」

回想起來，在第一次對話之前昴就討厭由里烏斯了。

再加上被愛蜜莉雅無情對待，所以對抗由里烏斯的心結是一開始就有的，只是在王選會場變得更大，在練兵場爆發，火種之後也在不斷悶燒。

就連現在這一刻，都還火燙到烘烤昴的心頭。

「手腳骨折，頭破血流，連恆齒都被打掉，就算知道治療過就會好，但心靈受創是肯定的。你這傢伙根本下手不知輕重。」

「事先聲明，那樣已經是我放水很多了。」

「真的嗎，都放水了還這樣。你果然是最惹人厭的傢伙。」

自稱是騎士卻弱小無知又有勇無謀，丟人現眼的昴。

毆打昴，不論力量、能力、角色都彰顯騎士生存方式的由里烏斯。

雖然被打的自己可憐得不得了，但去掉這點的話，這個男人活脫脫就是昴渴求的「騎士」本身——

「——我最討厭你了，『最優秀騎士』。」

「────」

「所以說，我相信你。你是非常棒的騎士，這一點我的羞恥心還是知道的。」

現場，還有之前在練兵場，沒人比昴更熟悉由里烏斯的劍。

所以說，昴將命運託付給他。

因為知道那時的劍的重量。

「拜託了，由里烏斯。──因為我把一切全託付給你了。」

「────」

在伸手即可觸及的距離，昴面對面地對由里烏斯這麼說。

這話讓由里烏斯閉上眼睛，幾秒後才緩緩睜開。黃色的雙眸映照著昴，由里烏斯用力頷首。

「──那麼我將全心全意回報這份羞恥心。」

細劍高舉向天，準精靈們祝福由里烏斯的決心。

像在劍的周圍環繞，色彩鮮豔的準精靈們在空中飛舞。其中光芒格外強烈的是白色與黑色的準精靈──光芒增強，不久就強烈到彷彿要烙印在視野上。

而就在光芒粉刷背對懸崖的戰場時，狂人動了。

「……鬧劇演完了嗎？」

在旁邊看著昴和由里烏斯的互動，始終沉默的貝特魯吉烏斯歪斜脖子。雙目充血的狂人用染血手指指向兩人，還生出無數漆黑魔手。

「不過就是多了一個精靈術師，是能做什麼。區區精靈，膽敢阻礙我的、我的道路、我的愛、我的勤勉，真是不自量力！除掉你！剩下的人也要大卸八塊！試煉只要重新再來就行了！因為我的勤勉裡，沒有象徵怠惰的放棄和結束!!」

「——」

「啊啊，啊啊，啊啊，怠惰、怠惰怠惰怠惰怠惰怠惰怠惰怠惰怠惰——!!」

舌頭伸長到要堵塞喉嚨的地步，摳挖自殘的傷口到見骨，貝特魯吉烏斯高聲做出死亡宣告，接著「不可視之手」一舉敲向兩人。

蜂擁而來的魔手總數破百，就像海嘯一樣覆蓋世界。那是要把他們像漂流木一樣吞噬、壓爛、扯裂——

「——亞爾・庫拉利斯塔。」

——彩虹光輝閃動，一瞬間就斬斷逼近而來的「不可視之手」。

極光亂舞，劍刃邊產生亂反射光邊閃耀劃出軌道。碰到閃爍光芒的黑色妄念被整個消滅，理應發生的暴虐因此永遠無法降臨。

「……啊？」

「沒什麼，用不著驚訝。」

貝特魯吉烏斯茫然失聲，揮舞彩虹之劍的由里烏斯優雅地回答他。

「既然你的攻擊可以接觸到我方，那我方自然也能接觸到攻擊。既然能夠彼此干涉，就沒有集六屬性的彩虹極光無法斬斷的東西。」

與由里烏斯訂立契約的六種屬性準精靈寄宿在騎士劍上，散發彩虹光輝。刀身閃耀的極光，暗含與其美麗相反的恐怖威力。

可是，貝特魯吉烏斯關心的不是那個。狂人嫌惡地搖頭，在混亂的感情中流下血淚，同時指著由里烏斯，說。

「你、你應該看不見。『不可視之手』被砍斷……那算什麼！問題不在那邊！你看到、看得到、你有看到，竟然看得到……除了我以外，竟然，還有兩個人看得到！」

在昴之後，由里烏斯也能封殺「不可視之手」，這件事不是造成憤怒或混亂，而是讓貝特魯吉烏斯被強烈的恐懼侵襲，甚至兩排牙齒打顫。

那是依賴被奪走、失去支撐信仰的心靈支柱的恐懼。

貝特魯吉烏斯那模樣，頭一次讓昴感受到他有人性——以及凌駕其上的「你看看你」的達成感。這次是真的、終於拔得頭籌了。

「不知魔女寵愛的俗物，不應該看得見我專屬的恩寵……才對!!」

尖叫到像要吐血。貝特魯吉烏斯否定眼前的現實。昴為了讓他重新看清現實，所以告訴他發生什麼事。

「——看得到的是我，貝特魯吉烏斯。」

「——呃。什麼!?」

「看得見你的『不可視之手』的人是我。由里烏斯只是看得到我所看見的景色，雖然感覺比想像中還要來得噁心。」

——共享意識的魔法「尼庫特」的真髓。

原本尼庫特是能讓範圍內的人類的意識相連，還可進行簡單的意念對話。

只不過，因為是高等魔法，所以使用上必須慎重。由里烏斯以前也說明過其危險性：「共鳴度太高的話會導致分不清自己與他人的意識界線，導致所有感受都混雜在一起。」

意識混雜，換句話說就是感官同步，要是把效果拉高到極限的話——

「在意識上就能共享，同時維持一部份的感官。——一開始你主動提議的時候我本來懷疑你是不是瘋了呢。」

「辦到了不是？男人就該大膽嘗試任何事。」

靠著尼庫特之力，昴和由里烏斯的五官感受在深層處完全同步。

現在的由里烏斯看得到昴所見到的——貝特魯吉烏斯的無數隻「不可視之手」遮蔽森林的樣貌。

而昴也一樣，感受到漲滿由里烏斯全身的瑪那奔流以及準精靈傳來的溫暖波動。

本來是五官的感受倍增，讓人錯以為自己有十個感官。

「說是這麼說，但這個狀況我可不想持續太久。」

「我完全贊同。就算被拜託也不想再有第二次。」

昂扭曲嘴唇說，由里烏斯也諷刺笑著回應。

繞著極光的騎士劍正面應對狂人——連王牌「不可視之手」都無用武之地，可悲悽慘至極，卻又叫人毫不同情。

「你們兩個……你們兩個、你們兩個、你們兩個你們兩個你們兩個你們兩個你們兩個你們兩個你們兩個你們你們你們你們你們你們你你你你你你你你你你你——!!」

破口大喊的貝特魯吉烏斯任意讓殺意之影爆發。

無數魔手飛向四面八方，甚至沒有鎖定目標，就直接破壞森林、扒開大地、打飛岩壁。

順從衝動的醜態，可怕得叫人想背過臉不去看，但昂握緊雙拳讓自己看到最後。

因為自己的視線絕對不能離開這場戰鬥。

從開戰到分出勝負，昂都要將之烙印在眼底，共享給對方——

「這樣說來，跟你成為命運共同體也沒那麼毛骨悚然了。——快點了結掉他吧。」

「嗯，就這麼辦。」

斬斷傾倒下來的漆黑魔手後，反手將逼近至側面的手掌一刀兩斷。

看著漆黑魔手被燒毀成黑色顆粒後再被風吹散，由里烏斯笑了，說：

「靠你的眼睛，由我來斬殺。——吾友菜月・昂。」

第四章 『怠惰的末路』

1

——蜂擁而至的黑色壓倒性威猛，被彩虹極光正面切割。

「——呃。」劍擊閃耀，接二連三擊落飄動的漆黑魔手。重複了幾十回合。

由里烏斯散發著彩虹光芒的劍，是集合六屬性魔法的必殺魔劍，即使是貝特魯吉烏斯的「不可視之手」都能切割，讓煙消霧散的影子化為塵埃消失。

原理不明，但是被彩虹斬斷的「不可視之手」應該很難修復，每次魔手被劍擊消滅，影子的密度就變淡，取而代之的是貝特魯吉烏斯的怒色變濃。

「不好笑，開什麼玩笑，不應該這樣！用那種手法、小花招、騙小孩的把戲！輕蔑！我的愛！我的忠誠……！」

「真是了無風趣的邀約法。看得出來你不懂社交禮儀。」

嘴角起白沫的狂人讓無止盡膨脹的影子之手敲擊。可是由里烏斯用彩虹一一迎擊，有時只用飄逸身法閃避。騎士在岩區這舞台上踩著優雅的蟄步，邊跳劍舞邊支配戰場。

儘管如此，衝過來的魔手數量經常超過十隻，挾帶無限敵意朝他敲擊。單憑一把劍無法徹底防禦，手腳當然逃不過，全都有多數擦傷。

「呃嗚——」

望著戰場的昴，肩頭幾度在銳利痛楚下跳動。

黑色手指擦過、削過大腿的痛苦燒灼昴的大腦。用力咬臉頰肉，忍住一瞬間竄出的哀嚎，用力握拳憋住肩膀撕裂開的熱度。

以魔法共有感覺，使得昴和由里烏斯的五官感受現在正完全同步。

因此由里烏斯可以透過昴的視覺看到「不可視之手」，相反的昴也能夠信任由里烏斯手中的強力魔劍。

「————」

可是，如果無視這個恩惠的話，這急就章的合作其實不安定至極。

由於視覺同步導致兩人的視野重疊，右眼和左眼看到完全不同的光景，使得感覺經常處於混淆狀態。共享包含觸覺在內的感官不只會品味到由里烏斯戰意昂揚的感覺，連他嚐到的痛楚也會尖銳地刻畫在昴的神經上。

風拂過肌膚的感覺，鞋底踩在泥土上的觸感，口腔內混在一起的血液和唾液的味覺，在大腦嗡嗡響的耳鳴聽覺，以及在賭命的極限狀態時會對生死異常敏感的嗅覺。

要長時間處在兩人份的五官感受下，對肉體造成的負擔已經不能單純說是加倍而已。

味覺、嗅覺、聽覺、痛覺、觸覺、感覺——現在全都叫人厭煩。

明明感覺很癢，手卻搆不著癢處的兩難。別人的後腦杓在癢的感覺實在是難以形容。

「想要早點結束，毫無疑問是真心話呢……」

從體內抗議的不適感，讓昴舔濕乾掉的嘴唇喃喃道。

這份乾渴應該也有傳達給由里烏斯。現在可不是不小心產生生理現象的時候。

雖說這方案是自己主動提出，但這份嫌惡感卻難以忍受。自己與他人的分界被擾亂，竟然會把人類的骨幹給翻弄到這種地步。

但是，不能示弱。不可以示弱。不是被誰逼迫，而是昴本身就不允許自己這樣。

要說為什麼的話——

「——身體漸漸習慣了。昴，我可以提升速度嗎？」

「嗯，我會跟上的，放心吧。」

在回答之前，由里烏斯就已縱身躍進無數魔手中。他以低到令人以為下巴會撞到地板的姿勢鑽過手掌群底下，然後彩虹一閃，將影群整個剿滅。

穿過魂飛魄散的影子縫隙，狂人命魔手追擊由里烏斯。但是那在縱身的騎士劍擊前卻成了美麗的煙火——

「————」

由里烏斯讓戰況邁向優勢，但動作卻稍稍欠缺精彩。

這也難怪。因為揮去纏繞在騎士劍上的影子殘渣的美男子，其凜然的面容中雙眼緊閉，打從戰鬥開始以來就未曾張開過。

——為了將兩人的視覺簡化為一個，所以他將勝機完全委由昴的雙眼。

要是兩人共享同步化的視覺，世界的形貌就會重疊且模糊。因此由里烏斯閉上自己的眼睛，將視覺情報整個交給昴負責。

那不是事先商量過才有的判斷，但卻正確無比。昴也知道這點。

但於此同時，領悟到這行為意圖的昴激動起來。

「白癡，白癡，開什麼玩笑！你真的是很惹人厭的傢伙!!」

放棄自己的視覺，身在戰場卻把視覺交給昴，就是相信昴的目光不會離開戰鬥，是一種賭命的證明。

附帶一提，將全副心神投入在昴的視野中可沒想像中單純。昴的視覺終究是昴的，並不會隨著由里烏斯移動。

亦即由里烏斯是在「從後方看著自己戰鬥」的狀態下戰鬥的。也就是說，就像遊戲一樣可以從第一人稱視角切換到第三人稱視角——

「跟遊戲不同的地方，在於只要被抓到一次就Game Over了，這難易度太異常了！而且還得拿命來搏，什麼跟什麼。……我跟你都瘋了！」

「你應該沒閒工夫多話才對！」

腳踢岩壁的由里烏斯以一個跳躍回到瞪大雙眼的昴身旁。騎士劍命中瞄準自己以及波及昴的魔手，以刺擊擊退來犯。

這段期間，不敢亂動眼神也不敢移開的昴只能為那精湛的本領屏息。

閉著眼睛的由里烏斯朝著這樣的昴淺淺一笑。

「要人照顧的傢伙。我知道你很拚命，但自我防衛一下如何？這樣我根本就不能安穩地正面應對敵人。」

「這些話我原封不動地還給你！要是真遇到危險我就沒法看東西了！你有看見映照在我眼裡拚命剷除敵人的騎士大人嗎!?」

「看得見閉上雙眼的憂鬱美男子。還可以從他的相貌窺見其家世良好。」

「我懷疑我跟你看到的世界真的是一樣的嗎！」

兩人拌嘴，然後跳開逃離緊接著追過來的魔手。昴丟臉地滑了一跤，由里烏斯則是優雅地使劍穿過分裂開來的影子波浪間，再度朝狂人前進。

「——厲害。」

抬起跌在地上的屁股，昴忍不住如此感嘆由里烏斯戰鬥的身影。

可怕之處，在於由里烏斯很快就適應不自然的肉體感覺，還準確提高劍在戰鬥中的命中度。那絕不是光靠感覺就能造就的。

殘酷驅使自己的肉體到極限，以激烈的鍛鍊重複折磨身體累積而來的經驗——

在戰鬥中與劍和性命相搏，研磨自己的技術和信念才有的成果——

所以他毫不畏懼更不懷疑，能夠相信自己而揮劍。

「────」

沒有別開目光，凝視戰鬥用力握拳的昴強烈悔恨。

無法並駕而驅的無力感，以及怠惰度日的悔恨。

菜月・昴重複累積這樣的時間才成了現在的菜月・昴，這點叫人後悔。

後悔丟臉到無以復加，所以昴不能移開視線。

「──上。」

「嗯，上吧。」

昴並沒有聽到由里烏斯的低語，卻還是回應。

手掌破皮，背肉撕裂，雙腿和肩膀的痛楚毆打大腦。

緊咬臼齒到幾乎要裂開的地步，昴依舊沒有移開目光。

奔馳，跳躍，滑行，踩踏，飛越，前進，鑽縫閃躲，緊急止步，穿越，迂迴繞進，橫向跳躍，輕盈奔馳，轉身，衝刺，跳起來，踢踹，飛簷走壁，動作越趨洗鍊。

「怎麼可能……」

揮砍，斬落，突刺，斬飛，踹飛，流斬，毆打，揮掃，穿刺，割斷，閃爍，下劈，擊落，切割，砍入，劍擊與斬擊重複積累下，「不可視之手」逐漸還原成塵埃。

「怎麼可能、怎麼可能、怎麼可能怎麼可能怎麼可能……！」

駭人的黑手籠罩整個天空，但帶著極光跳出劍舞的騎士卻美得叫人丟失現實感。

那情景夢幻到讓人忘記這是互奪性命的戰鬥。

會這麼想，恐怕是準精靈們的想法透過由里烏斯傳達給昴吧。她們深愛由里烏斯，而且憎恨敵對的狂人。

準精靈難以容忍，無法接受狂人——邪惡同胞的存在。

「不應該、會這樣！怎麼會有這種事！為什麼！到底為什麼！我的權能……！我應該是被愛的，我應該是被愛的，我是被愛的！我愛著她！愛她愛到無以復加的地步，我——！」

「我沒法完全配合你支離破碎的言行。那個權能已經少很多了。而且更重要的，是我已經十分習慣透過昴的雙眼戰鬥。」

貝特魯吉烏斯高喊激情，由里烏斯依舊閉著眼，騎士劍架在面前。

「——差不多也該讓我好好砍你一刀了吧。長久以來威脅王國……不，是威脅世界的一角『怠惰』，將在這送命！」

「辦得到嗎！哪會讓你辦到！把我……我！四百年！集魔女寵愛於一身，為了體現魔女的意志而勤勉努力！這樣的我，怎可能被你這種帶著廢物精靈的愚蠢之徒給……！」

裸露斑斑血漬的牙齒，貝特魯吉烏斯被由里烏斯講的話氣得七竅生煙。

但是，狂人的激動，讓昴確信這是攻略「怠惰」所需的最後一塊拼圖。對精靈的嫌惡超乎異常，足以匹敵對魔女的執著——這就是答案。

「由里烏斯——！」

「明白！——大罪司教，覺悟吧!!」

踩踏地面，由里烏斯如飛箭般前進。

貝特魯吉烏斯張開嘴巴，叫出不成聲的聲音，張開「不可視之手」。散佈到空中、地面、森林的魔手，像要包圍似的從所有角度刺向由里烏斯——

「——亞爾・庫拉烏澤利亞!!」

以詠唱咒語的由里烏斯為中心形成的彩虹漩渦，將漆黑魔手完全消除殆盡。

極光燒毀世界是在一瞬間。但是，僅那一瞬間，效果就非常顯著。等同於眨眼的剎那，就將貝特魯吉烏斯製作的包圍網整個消滅。

由里烏斯與狂人之間，開啟一條毫無障礙的路——

「喝啊——！」

受到極光餘波的牽連，被捲入影子爆炸中的貝特魯吉烏斯滾倒在地面。狂人用咬爛的手指抓住岩石，用叫人看不下去的樣子站起來。

由里烏斯逼近至他眼前，銳利的突刺筆直地朝他胸口刺過去。

「不會、讓你、如願的！——烏爾・多納——！」

張開雙手表現出要迎接這一擊的貝特魯吉烏斯詠唱魔法。接著大地隆起，混著石片和黑土的岩壁從四面八方包圍住狂人。

障壁把劍彈開。貝特魯吉烏斯在岩壁後頭放聲狂笑，隔著石牆釋放「不可視之手」，從死角給予由里烏斯致命打擊。

「────」

如果應付魔手，就會給予牆壁後方的貝特魯吉烏斯逃跑的機會。可是要是追趕貝特魯吉烏斯就會被權能殺死。不管選哪一種，由里烏斯的劍都碰不到敵人。

──那是假如在這兒能戰鬥的只有由里烏斯一人的話。

「燃燒吧鬥魂！叫響吧魔球！──我的認真快到有一百二十公里喔！」

彎曲身體，抬起腳，朝前跨大步同時旋轉肩膀的全力揮棒動作──就著稱不上速球的速度，昴投出紅色魔石。

從未當過棒球少年的昴，只去過附近的棒球練習場，在那燃燒過投球之魂而已。其實他是只有控球是二流的投手。

──配合極限狀態的集中力的話，要讓魔石撞擊到岩壁正中央是很容易的。

「……什麼東西……!?」

包含在紅色魔石內的破壞能源，越過由里烏斯後撞擊岩壁──發出光芒和高熱炸裂開來，爆炎用鮮紅塗抹貝特魯吉烏斯的視覺。

「該不會，這也是一開始就……」

「你的敗因，在於輕視他的無能為力！」

貝特魯吉烏斯驚愕到愣住，由里烏斯的聲音從火焰後方傳過來。

下一秒，撞破火焰飛過來的由里烏斯，劍尖貫穿呆立不動的狂人。

「——啊。」

突刺貫穿貝特魯吉烏斯的胸口，彩虹極光從內側燒灼他的全身。

撞上背後岩壁，身體還被貫穿的貝特魯吉烏斯揮動手腳掙扎。狂人口吐血泡，淌著淚用不可置信的表情咬牙切齒。

「怎麼、會。怎麼會、怎麼會、怎麼會……！本人我，這樣的我，竟然會……！」

「彩虹極光會將你連同靈魂一併切割。不管那具肉體是誰的，躲在裡頭的邪惡都逃不過。——就這樣消逝在彩虹的彼方吧！」

由里烏斯吶喊，騎士劍的光輝增加，沐浴在光芒中的貝特魯吉烏斯無法使出「不可視之手」，只能像瀕死蟲子般醜陋扭動掙扎。

可是，掙扎的貝特魯吉烏斯雙目透出的瘋狂沒有減弱，他並沒有放棄活下去。

「還沒結束！不會結束的！不應該結束！我是這麼勤勉努力！沉浸在怠惰的放棄中，安於怠惰的結束裡，這是連去想都不被允許的！所以說，既然如此，說什麼也要……！」

大喊、掙扎、蠢動、自己擴張傷口的狂人想要逃離劍。對他不厭煩的執著感到訝異，由里烏斯扭劍使力，試圖破壞他的心臟。

心臟被破壞的話就不免一死。——在那之前，貝特魯吉烏斯痛下決定。

「我失去所有『手指』，這樣下去免不了毀滅……但是。但是、但是！我、還有！還有、剩下的……容器！」

所有場合都被人捷足先登，貝特魯吉烏斯的「手指」已經被毀滅殆盡。之前帶來領地的肉體無一倖免。——既然如此，就只能在現場找代替品。

「——」

轉動染滿瘋狂的眼珠，視線越過由里烏斯捕捉昴。

昴的背脊起了雞皮疙瘩。於此同時，貝特魯吉烏斯的狂笑加深、變高——

「啊啊——大腦、在顫抖。」

說完，被由里烏斯穿刺的身體就像線被切斷的提線人偶般下垂。雙眼失去光彩，垂下的手腳喪失生氣。

——該來的時候來了。昴伸手探入懷中，朝著由里烏斯大叫。

「由里烏斯！解除吧！」

「了解！」

回應昴的呼喚，由里烏斯按照協議解除「尼庫特」。頓時，昴從重疊的五官感受不適感中被解放——但還來不及喘息，下一個就來了。

那是跟由里烏斯的五官感受做替換、厚顏無恥要覆蓋掉昴的異樣存在。

在心頭深處排擠自己、強奪肉體控制權的是肉眼看不見的寄生體——那傢伙的高亢破音笑聲，在昴的頭蓋骨裡頭響盪。

昴就這樣用力往後仰背，將眼睛和嘴巴張開到極限後喝采。

「我、就、知、道！這個肉體是能夠容納我的容器！看你要怎樣擋住我的路！這招根本沒法防範！啊—啊啊，真是怠惰！」

感覺到貝特魯吉烏斯就在身旁，彷彿坐在大腦隔壁。

「附身」的最終階段——失去所有「手指」後，他就會竊取昴的肉體。

而昴沒有對抗這暴行的方案。僅能任憑意識被狂人侵蝕，身體自由被剝奪。

「來呀，這是你朋友的身體！高尚的騎士砍得下手嗎!?」

以被附身的昴為人質，用昴的臉舔嘴唇的狂人。他的話，讓準備跑過來的由里烏斯停下腳步。

「——確實，我沒法砍他。」

「我就知道—！」

「所以說。」

由里烏斯平靜地說，同時展示左手給狂人看。右手握著騎士劍的他左手拿著發光的對話鏡。

那是昴在要被附身的瞬間，從懷裡掏出來扔給由里烏斯的東西。

——發光的鏡面上映照的，是開戰之後就一直看著這場戰鬥的貓耳騎士。

「菲莉絲，輪到你出場了！」

『竟然讓人家做這種事，昴啾是大笨蛋！之後要把他揍得滿地找牙！』

由里烏斯一朝對話鏡呼叫，鏡面上的菲莉絲就尖著嗓子叫。那股氣魄令昴＝貝特魯吉烏斯驚訝，然後順從膽怯斷然執行攻擊。

可是，這種被「死亡回歸」預測到的行動，再怎麼掙扎也是徒勞——

「不可視……嗯⁉嘎、啊啊啊啊啊——⁉」

權能釋放的瞬間，昴＝貝特魯吉烏斯扯開喉嚨尖叫。原因在於體內爆發了無法理解的龐大熱度與痛苦的奔流。

昴的身體虛脫，只剩下高燒到神智不清的感覺倒向地面。大腦沸騰，彷彿有人朝頭蓋骨裡頭倒滾水，熾熱的意識反覆閃爍。

而品嚐到這痛苦的，還包括了共享肉體的貝特魯吉烏斯。

「啊、嘎、哈啊……什、麼、怎麼、了……？」

大腦被煮沸消毒的新穎痛苦，讓貝特魯吉烏斯陷入混亂，喘息不已。昴收集回答他問題的力氣，朝討厭的靈魂室友吐舌頭。

「好不容易搶到身體……卻沒、想到……啥都、沒法做吧？」

『怎麼、會……怎麼會怎麼會怎麼會怎麼怎麼怎麼怎麼會會會，我會！你知道我會轉移到你的身上⁉』

在腦內聽到貝特魯吉烏斯驚愕，昴器宇軒昂地咆哮：「當然啦！」

一個肉體卻有兩個意識。自己的話讓自己說不出話來，感覺很奇妙。昴在內心對被迫隔著鏡子做討厭的事的菲莉絲道歉。

——剝奪昴的肉體自由的，是對話鏡另一頭的菲莉絲使用的魔法。

為了治療，曾經接觸過昴的門的菲莉絲，能夠以水魔法讓昴體內的瑪那失控。在前一輪的最後，給予被貝特魯吉烏斯附身的昴致命傷害的，就是他的這個能力。

對身為治癒術師感到自豪的菲莉絲，卻被迫將力量用在奪人性命。儘管如此，他還是屈服於昴的請託，這個最後的陷阱才得以完成。

「這樣一來，最後可以依賴的身體也不行了……差不多該放棄了吧？」

『放棄？你說放棄？竟敢說放棄！就這樣、搶了你的肉體，我放棄我為了我用我我為了我正因為我只有我是我——!?』

狂亂。超越平常瘋狂的貝特魯吉烏斯開始真正狂亂。

每一招都被識破，每一步都被擊潰，即使如此貝特魯吉烏斯卻還是執迷不悟。昴嘆氣，邊品嚐體內血液還在沸騰的痛苦邊下定決心。

「要是我就這樣死掉……會害菲莉絲有心理創傷。……我也討厭死掉，就用我自己的方法，來跟你決勝負……」

『你、又要……對我、做什麼！還想對我幹嘛!?』

從昴的話察覺到還有下一個戰術，貝特魯吉烏斯戰慄，聲音顫抖。

現在，因為貝特魯吉烏斯就在腦子隔壁所以知道。從賴著不走的狂人那兒傳來恐懼和拒絕，清晰到叫人覺得沉痛。

同樣的話也曾對他說過，所以他知道昴的覺悟是認真的。

「害怕了？幹下這麼多勾當的你，事到如今也會怕啊。」

『一切都是為了愛！為了回報寵愛！我對你做了什麼!?你老是擋在我面前妨礙我！你才是什麼鬼啊!?』

不知昴的身份來歷，貝特魯吉烏斯只能恐懼。

就狂人來看，無法理解昴憎恨自己的源頭為何。兩人的人生未曾有過交集，至少對他來說是如此。

『你的恨意根本搞錯對象，我是好心被雷劈……你錯得也太離譜了!!』

「……夠了，再跟你講話也沒意義。人啊，就算開誠布公地談，也是有無法互相理解的對象。更何況對方還不是人類，就更不用說了。」

『————』

昴帶著心灰意冷和失望的聲音，讓貝特魯吉烏斯驚愕不已。

狂人露骨的反應，在於昴的發言洞穿了事實。

『你、說、你懂……我的、什麼!?』

「在把你引誘到這個岩區的時候，你的秘密就曝光了吧。——這個肉體本人是正式的精靈術師，雖說是自吹自擂但確實有這資格。」

昴從跟由里烏斯的對話中所看穿、推測到的「附身」的最後條件——

「你強行對有精靈術師資質的人訂下契約，藉此奪取身體。這就是你的『附身』的真面目。大罪司教……不，精靈貝特魯吉烏斯・羅曼尼康帝！」

『竟然說我是——!!』

高聲揭穿身份的聲音，讓躲在昴內側的貝特魯吉烏斯忘記恐懼破口大罵。

——昴察覺到貝特魯吉烏斯的真實身份，是在考察前一輪發生的事和「附身」的條件時。契機來自於準精靈依亞。

在上一輪，原本寄宿在昴身體內的依亞，在貝特魯吉烏斯「附身」上來的瞬間被彈出昴的身體。這不自然的事態，拓展了推測。

同族相斥——厭惡精靈，所以跟著厭惡使役精靈的精靈術師。

貝特魯吉烏斯的「附身」，來自於邪精靈貝特魯吉烏斯的非正規契約結果。因此他才會敵視已經跟精靈締結正式契約的精靈術師。

暫時契約雖然可以被蓋過，但正式契約卻沒辦法。所以說精靈術師對他而言就是天敵。

昴欽選由里烏斯作為決戰夥伴，借用他使劍的能力就是為了這個——

「被說中所以惱羞成怒了，是附身在人類身上的期間沾染到人味了嗎？」

『住口！不准說我！是精靈！不准拿我跟那種低等存在相提並論！我是超越精靈的存在！

超越精靈，擺脫不可靠的自我意識，因寵愛而獲得目的、被選上的存在！你這傢伙！懂我什麼了——!!』

超越極限的憤怒和嫌惡，讓貝特魯吉烏斯忘了奪佔肉體，連珠砲地說。

其內容很諷刺地倒過來證明了昴的推測，越是否定，反而越自掘墳墓。

『愛改變了我！愛給予了我意志、給予我存在意義！這一切全都是魔女的恩寵！魔女的寵愛！所以說！所以說所以說所以說所以所以所以所以所以！此身、此魂，全都應當為魔女而奉獻！』

「你的高談闊論，我聽夠了，司教大人。——既然這樣，就特別為你引見吧。」

『什麼！跟誰！你在講什麼——！』

「——就是你朝思暮想的魔女大人啊。」

昴的話，將貝特魯吉烏斯的激情連根拔除。

剩下的是愕然和呆傻。頭一次看到貝特魯吉烏斯瘋狂的另一面。

甩開被漂白的發狂思考，昴主動拉攏那瞬間。

「——我用『死亡回歸』——」

道出禁忌話語的瞬間，世界失去顏色，動作戛然而止。

——然後，那個前來迎接昴。

2

單方面被邀請至只有黑暗支配的世界中。

什麼都沒有的世界，無可依賴的空間，連自己的肉體都不存在的虛無空白。

肉體有無沒有繼棧，世界有無不具意義，靈魂有無不必理解。

就只有喪失感，而這份喪失感裡有著懷念的心情。假如能夠感受到什麼，那即使什麼都沒有，自己的存在也確實存在於此。

在連自我意識都含糊不清的黑暗中，突然產生變化。世界的顏色變了。

『────』

在無光的世界裡，連黑暗都能塗抹蓋過的漆黑人影。

是女性。就只知道這點。

臉和肢體都很朦朧，沒有可以確切辨識的東西。可是，心卻在沸騰。

與她的邂逅──不，這不是邂逅，是重逢。

這是祝福，這是恩寵，這是福音，這是真愛。

為了與她重逢，才會有時至今日的時光。

沒有手指叫人焦急。現在就想走向她牽起她的手。

沒有嘴巴叫人焦急。多想將思念化為言語告訴她。
沒有身體叫人焦急。如果她希望，血肉骨頭都能奉上。
只有靈魂叫人焦急。可以奉獻之物，就只有這個。
『————』
她依然保持沉默。
但是，她的意識確實對著這裡。光這樣就夠了。
一想到自己存在於她所意識的世界中，光這樣心情就像上了天堂。
然後，互換渴求的「愛」，讓靈魂永遠成為她的——
『——不對。』
聲音被失望和沮喪給彩繪。
畢竟是第一聲，早已做好承受至高無上幸福的準備。
但是，聽到那聲音的瞬間，產生的卻是不安到動搖存在的陰影。
為什麼心情會變成這樣？這裡應該是給予自己不斷渴求的「愛」的地方——
『——你，不是那個人。』
重複的失望，逐漸失去的熱情，沮喪不久轉為其他感情——憤怒。
『不是那個人的存在，為什麼會在我跟那個人的地方——？』
聲音憤怒到顫抖。

被憤怒、憎惡和詛咒的話語否定，靈魂被撕成粉碎。

被疏遠的理由，被排斥的真正原因，「愛」傳達不出去的現實。無法接受這些，拚命想表達難過與悲哀，為了安慰她的心而想費盡唇舌。

可是，卻沒有能訴說的嘴巴。沒有能傳達意思的手指和身體。現在，在場的就只有靈魂，而靈魂卻被她拒絕，甚至連要奉獻都不被接受。

『——消失吧。』

意識中的困惑、不解與悲哀，都沒能傳達給她。沒有任何意義。

因為對她而言，自己沒有價值、沒有意義、無所作為。

沐浴在拒絕和否定中，絕望被肯定，靈魂被悽慘粉碎。

意識被切離世界的框架，原本期望備至的重逢逐漸遠去，像沉沒般被切斷。

她的身影遠去。

令人這麼心焦難耐的身影，消失到遠方。

自己的難過，她根本不屑一顧。

她只靜謐、專心地凝視漆黑的黑暗——

『我愛妳

我愛妳——』

——那兒已經沒有人，只有一心一意複誦對某人的「愛」。

3

「——啊啊嘎啊！回來了——!!」

從以為會永遠持續的劇烈痛楚中得到解放，昴的意識追上現實的速度。

道出禁忌的嚴刑峻罰，就是毫不留情要捏爛心臟的痛楚。用黑影凝聚成的手掌——跟貝特魯吉烏斯的權能相似的手，恐怕跟魔女不無關係。

「嫉妒魔女」與昴之間，一定有著關係到「死亡回歸」的因緣。又或者那跟昴被召喚到異世界有關。

「不管哪個，遲早都要搞清楚……不過，現在！」

揮別疑慮，昴活動痙攣的手腳後撐起身體，粗魯地用袖子擦去弄髒臉頰的口水後，拚命地抓著身旁的岩石站起來。

然後，察覺到應該在自己體內的異物消失，目光轉向岩壁。

「……不應、該……會這、樣子的……不應該……這樣……！」

在那兒的，是在血泊中爬行的貝特魯吉烏斯。

拖著血跡，回到跟屍體無異的身體的他，哽咽哭泣。

他放棄「附身」到昴身上，解除強制契約後精神回到原本的肉體上。方才他跟昴共有肉體，所以應該也品嚐到提起「死亡回歸」就會有的負面滋味。

在附身狀態下，痛苦也會共享。看透這點來跟他比耐力，就是昴所準備的對付貝特魯吉烏斯的最終王牌。

「最差的情況，就是在你離開前一直使用……不過一次就夠了——你可真沒骨氣。」

邊喘氣邊逞強誇耀勝利的昴，雙腿無力虛脫，但在倒下之前身體被人從後方扶住。昴朝著站在身旁的人的側臉用鼻子噴氣。

他的態度令騎士——由里烏斯苦笑，揮舞騎士劍走向貝特魯吉烏斯。

「這次，真的要結束了。」

被血染濕的騎士劍刀身淡淡發光，準精靈再度於劍身上纏繞彩虹極光。

手持能切割萬物的彩虹劍，由里烏斯筆直凝視貝特魯吉烏斯。

「我愛妳……我、我的愛……這份愛……」

重複胡言亂語，連爬行的力氣都沒有的貝特魯吉烏斯，絲毫沒有注意到由里烏斯。就算注意到了，也改變不了什麼吧。

被貫穿的胸口鮮血汩汩湧出，面如死灰的臉上貼著絕望。

「───」

終於，狂人在懸崖前面，背靠著岩石轉過身來。

連表演瘋狂的力氣都沒有了，貝特魯吉烏斯就著木然的表情看著由里烏斯，然後視線下滑，望向站在騎士後方的昴──突然就感情爆發。

「為什麼、為什麼……為什麼──！」

瞪大的雙眼流出淚水，滂沱溢出的水滴慢慢濡濕臉頰。

那不是看過多次的歡喜淚水，而是一個勁地悔悟和太過激憤才流出的、無可救藥的妄念證明。──狂人夢碎的證明。

貝特魯吉烏斯流淚，仰望天空，試圖抓住看不見的某物，叫喊──

「魔女啊……魔女啊！魔女啊──！我為了妳奉獻了這麼多！為了妳如此鞠躬盡瘁！我把想得到的一切全都報答給妳，可是為什麼！到底是為什麼！為什麼捨棄我!?為什麼！到底為什麼!?魔女啊！既然如此，為什麼要給我愛……給我寵愛……!?」

「你奉獻的不是愛也不是信仰，更不是你本身。而是經過你身邊、只是路過的人們。」

聽到貝特魯吉烏斯祈求救贖、死抓不放的怨嘆後，昴這麼說。

根本沒有一聽的價值。貝特魯吉烏斯的愛，就只是獨善其身、自以為是的偏愛。

威爾海姆也說過，頻頻喊「愛」根本就是狂妄的自以為是。

「——喝！」

由里烏斯急馳，劍逼向貝特魯吉烏斯的殘弱身體。

面對舉起來的劍，貝特魯吉烏斯只是用被淚水模糊的眼睛望著。彩虹劍擊再度刺入他胸口，光芒奔流炸裂開來。

寄生於他人肉體，貪圖歐德的邪精靈——瑪那的集合體、貝特魯吉烏斯的本體被鮮豔的彩色光芒給連根燒盡。

騎士劍拔出，貝特魯吉烏斯茫然地俯視流出熱血的胸口。

然後無法聚焦的目光移向頭頂，朝天伸手。

「——大腦、在、顫、抖。」

細瘦的身影朝天空放出一隻「不可視之手」，彷彿要觸及刺眼的太陽，不斷地往上延伸。

可是那隻手掌什麼也沒抓住。朝向虛空的手掌不久就削掉一大片懸崖表面，用力挖鑿岩面使表面產生龜裂。

——那是毫無意圖之舉吧。

那對貝特魯吉烏斯來說沒有任何意義，只是被最後的妄念給推動而有的衝動行為。

「——」

崩塌自貝特魯吉烏斯的頭上發生，被挖開的岩壁形成巨大碎片剝落。而正下方，就是望著天空，抓不到任何東西的貝特魯吉烏斯——

「我，是被愛的——」

巨石壓爛他的肉體，骨肉爆裂的聲響響徹岩區。

接著響起地鳴，然後噴發出煙塵，貝特魯吉烏斯的身子一瞬間成了瓦礫墓碑下的鋪墊，填補了底下的空缺。

逃過山崩的由里烏斯，走向貝特魯吉烏斯原本待的地方。

他的視線盡頭，是巨石下方流出大量鮮血的光景。眼見此景，由里烏斯搖頭，把手上的騎士劍收回劍鞘，轉身。

「——」

昴也不發一語，走向那兒。

然後站在墓碑前，小聲嘆氣。

沒有感嘆，沒有成就感，更沒有滿足感。

就只有空虛的感慨漠然地在胸口擴散開來。

勝利和敗北的概念，昴沒不識趣到現在當場就講出口。

就只有將掠過木然腦袋的話化做聲音。

「貝特魯吉烏斯．羅曼尼康帝。」

用這一句話，為這場戰鬥劃上休止符。

——魔女教大罪司教，掌管「怠惰」的貝特魯吉烏斯・羅曼尼康帝。

——和最優秀騎士由里烏斯・尤克利烏斯與自稱騎士菜月・昴的對決。

站在瓦礫墓碑前，昴輕吸一口氣，說。

「——你，是『怠惰』呢。」

第五章　『──只是這樣的故事』

1

──朝墓碑丟下最後的話後，昂背對狂人。

回過頭，閉上一隻眼的由里烏斯和佯裝若無其事的帕特拉修站在一塊。兩者都渾身是傷，但態度都沒表現出來，是由於他們的精神力強大。

不過身心的消耗都很顯著，無法連疲倦都完全隱藏。

「唉，我也沒資格說別人啦。雖說只有一瞬間，但曾讓那傢伙進入我體內。」

邪精靈貝特魯吉烏斯的「附身」有什麼副作用，目前完全不清楚。只懇求回過神來，全身不要因為無意識中的自殘行為而鮮血淋漓就好。

思考那沒意義的事的另一方面，昂對奇妙的虛脫感感到吃驚。

被召喚到異世界後，遇到的最大強敵貝特魯吉烏斯雖然好不容易被撂倒，但佔據心頭的與其說是成就感，虛脫感反而比較強烈。

「該不會是所謂的燃燒過度症候群吧。我可不覺得打倒這傢伙會心平氣和。……愚蠢透頂。」

自言自語到最後昴拍臉頰，用痛楚強行替換掉鬆懈的思考。

貝特魯吉烏斯倒下了。但是昴的目的並不在這結束。還有最大的工作尚未完成：和愛蜜莉雅和好。

在王都吵架分開後，與庫珥修陣營結為同盟並討伐白鯨，在與魔女教開戰前為了讓愛蜜莉雅她們去避難而撒謊的真相──包含善後在內的事後說明，終於要為這一連串發生的事做個了結。

任意驅使肉體之後，堆了許多會消耗精神的事件。

「不過，沒人受傷，也沒人死掉。這樣才是好的。失去平穩的日子後才第一次注意到……不，我打從一開始就這麼想。」

平安無事是最重要的。即使昴這麼想，但不講理的那一方可不會這麼好心。

話雖如此，那些慌張急促的時間也終於穩定下來。昴邊轉頭邊要走向由里烏斯他們──途中卻停下腳步。

理由是貝特魯吉烏斯爬行過的血痕上頭，留著一本書。

「──福音書啊。」

是剛剛掉下來的吧，福音書的封面被血和泥土給弄髒。

昴把書撿起來，翻閱檢視裡頭。內容還是跟之前一樣，在昴的眼中就是象形文字集團。後半部也一樣是白紙，在貝特魯吉烏斯已死的現在是不可能問出內容了。

「只能先收起來了，是要找庫珥修小姐還是羅茲瓦爾商量比較好呢？」

羅茲瓦爾的優先度較低單純是好感度不夠。這次大難臨頭他卻不在家，所以雖是同伴，但對他的信賴感是顯著下滑。期待他今後可以挽回。

「──昴。」

昴決定收起福音書時，走過來的由里烏斯呼喚他。抬起頭，看到由里烏斯嚴肅的表情，昴皺眉。

不安穩的氣息。由里烏斯點頭，像在同意昴的不好預感。

「雖然這邊才剛結束，不過趕快回村子吧。發生問題了。」

「……討厭的預感真靈驗。發生什麼事？」

「是菲莉絲說的。」

說完，由里烏斯拿起發光的對話鏡。側眼瞥向持續與菲莉絲通訊的鏡面，上頭的美男子就著充滿警戒的黃色雙眸，說：

「避難用的龍車貨物有可疑之處。──愛蜜莉雅大人有危險。」

這爆炸性發言，內容足以顛覆所有前提。

2

昴他們一回到村莊，就看到回到村子裡的討伐隊都聚在一起。

他們發現到昴，便慰勞打敗大罪司教的他們。可是要說舉杯慶祝的話氣氛太過肅穆，還帶著濃厚的緊張感。

「現在不是慶祝作戰成功辦宴會的時候。到底發生什麼事快跟我說！」

「——好啦好啦，當然會。不過，在那之前要先看看你們兩人的傷。」

昴要求說明，回應他的是從集團圈圈中走出來的菲莉絲。他雖然面帶笑容，額頭卻冒著汗珠，近衛制服被血弄得髒兮兮的。

那樣子讓昴大吃一驚，菲莉絲則是看穿他的心思，點頭道：

「沒事。這不是菲莉醬的血，是治療時弄髒的。而且都沒有傷得很重的人喵。雖然有傷者，但沒有出現死者。」

「這是好事……我的待會再弄！先治療由里烏斯啦。」

「你的傷隨便弄就好了喵。由里烏斯的不認真來不行。」

手指向主張自己只受輕傷的昴，菲莉絲發動治癒魔法。感覺癢癢的同時傷口痊癒，痛楚減退。過程只有短短十幾秒，真的是本事了得。

「好，昴啾好了。由里烏斯……哇，很痛的樣子。脫掉上衣，來。」

「麻煩下手輕一點。」

由里烏斯雖然若無其事地回答，但傷得其實很重。要痊癒得花時間，這從菲莉絲看過傷口就皺眉的反應便能得知。

「你的工作結束了。乖乖地靜養吧。……所以說菲莉絲，回到關鍵的問題。貨物裡頭有什麼？」

不管由里烏斯正要接受治療，昴心急地問。接受這問題，行使治療魔法的菲莉絲點頭說。

「嗯，人家知道。關於這件事，去問發現的人最好……奧托啾！」

先是菲莉絲突如其來的指名，接著人牆在驚訝的昴面前分開。穿過騎士之間，幾乎快要撲倒在地的灰髮青年衝出來──

「奧托？」

「菜月先生！正等您回來呢！」

衝過來、忙不迭喘氣的奧托，看到昴和由里烏斯後，撫摸胸膛慶幸他們平安無事。

「首先，您們平安無事真是太好了。老實說，跟大罪司教戰鬥無異是自殺行為……不！比起這個，現在有更該說的話！」

「冷靜點！慢慢說明。不過要抓緊重點簡明扼要。」

「太難了啦！總而言之一堆話要說。其實比對過目錄後發現了奇怪的事。」

「目錄？你是說旅行商人留在村莊的貨物嗎？有什麼奇怪的？」

壓低聲音的奧托忙不迭地翻開商品目錄，然後目光停留在某一頁上。

「凱地先生……您可能不知道這名字，旅行商人凱地・穆塔多，因為是魔女教的間諜，所以被抓起來了。」

「那個我知道啦。對喔，你們認識呢。」

昴知道奧托和凱地在以前的輪迴中有過幾次接觸。知道自己認識的人是魔女教徒，奧托也很驚訝吧。

但是，奧托毫不在乎這點，反而身體前傾逼近昴。「凱地先生是魔女教徒，這件事叫人吃驚，也很遺憾。但問題不在這。——他的龍車，被拿來讓村民避難了吧？」

「——？哦，是啊。車主姑且不論，地龍又沒罪。而且又沒有多餘的龍車，所以為了讓所有人逃難，不得已只好拿來用。」

「然後，從龍車上卸下的貨物跟目錄，都跟我看的一樣，對吧？」

「應該是沒錯……」

面對拘泥細節的奧托，昴雖然疑惑但還是點頭。「果然。」面對肯定，奧托的臉上帶了確信，然後用生硬的聲音接著說。

「比對過留下的貨物和目錄後，村子裡卻找不到該有的東西。」

「該有的東西？」

「原本凱地先生的龍車上應該有大量的火魔石，但現在卻找不到。——數量足以炸飛七、八輛龍車，不可能憑空消失。」

——凱地的龍車並非前往「聖域」，而被用在前往王都避難的車隊中。

聽了奧托的話後，確認龍車的分配，接著昴做出這樣的結論。

潛伏在旅行商人裡的魔女教徒有三人，失去車主的三輛龍車就由討伐隊的人擔任駕駛，而其中有一輛是愛蜜莉雅搭乘的車。這些昴都記得。

「是說，目錄中的魔石真的有在貨物裡嗎？雖然不是很想這麼說，但魔女教徒的目錄可信度……」

「融入日常生活中，有事的時候才成為劇毒，是魔女教徒的恐怖之處。他們會巧妙地扮演好臨時身份。……你那樣是對不想看的東西視而不見喔，昴。」

「你又在這種地方講這種正確言論……知道了，是我不好。」

焦躁的昴被由里烏斯嚴厲地拖回現實。昴反射性反駁，不過馬上自我反省，旁邊的菲莉絲看向奧托，說：

「察覺到目錄跟貨物有出入的人會是奧托啾，是有理由的。」

「是的。魔石以外的貨物全都跟目錄一致……其實，我曾親眼看過實物。」

「你說看過，是指曾看過貨物裡有魔石嗎!?什麼時候!?」

自稱是證人的奧托，對昴的疑問豎起手指。

「這次的召集避難用龍車佈告張貼出來時，我跟凱地先生他們一起聽到內容。所以為了比其他人搶先一步趕路……在出發前計算路程時，我就偷偷確認過其他人的貨物。」

「真精明……雖然結果很隨便。」

「那邊用不著講吧!?總而言之，實物我真的親眼看過。那品質，即使只是猜想，威力也有十足保證……魔石不在這裡，我敢這麼推測。」

說明告一段落後，昴苦著臉看向由里烏斯和菲莉絲。但是，他們兩人也面露嚴肅，尤其是由里烏斯，很氣自己。

而他的憤怒，昴也能感同身受。

「可惡，疏忽了！可以用的東西就要拿來用的窮人個性反而壞事！」

「我有確認過上頭沒有施加術式。……但是，卻沒想到龍車本身被施加了物理性的陷阱。對不起，是我的疏失。」

「不是你的錯。是我該注意卻沒注意。」

警戒魔法陷阱的工作，由里烏斯應該做得十分周全。既然他負責這方面，那物理性的機關就該由昴負責。

而最叫人痛恨的，是昴本身在上一輪就親身體驗過龍車爆炸。

在上一輪，被貝特魯吉烏斯附身的凱地露出本性時，昴跟菲莉絲就被捲入龍車爆炸中。由於之後知道「手指」身上有施加自殺用的爆炸術式，所以一直以為龍車爆炸就是那個術式所引起的——

「那場爆炸並非術式，而是龍車的陷阱……而且這次避難用的龍車上也有。」

在龍車上偷藏魔石，當自己是魔女教徒的事曝光時就很好用。不但可以給予討伐隊莫大損傷，還能通知同伴狀況有變。

考量到魔女教偏執的惡意，就不難想像會有這樣的安排。

「菲莉絲！現在快龍加鞭的話，追得上去王都的避難隊嗎!?」

「會很趕。愛蜜莉雅大人他們已經出發一個半小時……為了避免被魔女教發現，所以應該不會全速奔馳，但也不會慢慢行駛。」

一分為二的避難隊裡頭，王都避難隊重視的是盡快脫離魯法斯街道，因此以速度為重。一旦離開梅札斯領地進入街道，要追上就會變得困難。

可是，如果不處理掉陷阱的話，愛蜜莉雅和孩子們就會變成犧牲品──

「還是不夠嗎？都做到這地步了，我卻還……！」

只有自己能干涉的事，左右了重要的人的命運。

昴即使用盡手段，命運都會處處鋪設陷阱。簡直就是細心地用荊棘鋪在昴會走的每一條路上。

但是，朝著被命運不講理死纏爛打的昴伸出援手的──

「──可以問一件事嗎，菜月先生。」

舉手打破昴的焦躁的人，是一臉認真的奧托。

眼中的覺悟，讓他看起來跟方才軟弱的樣子判若兩人。不過，他的驟變昴有印象。在真正跟他第一次見面的那一輪世界裡，昴前去找借酒澆愁的奧托商量，當時酩酊大醉的他也做出跟現在一樣的商人容貌。也就是說——

「——你是想跟現在的我交易嗎，奧托。」

「我不討厭敏銳的人。——菜月先生，我現在是生死關頭。我龍車上的貨物因為錯過販售時機而價格暴跌！又錯過能夠一次逆轉形勢的賺錢機會而陷入絕境！就算說我保住小命是意外的收穫，老實說都笑不出來。」

奧托的遭遇光聽就覺悲慘，與其說悲劇更像喜劇，但現在可沒閒工夫打哈哈。昴點頭，催促奧托說下去。

昴的態度，讓奧托閉上眼睛，然後睜目提議。

「來交易吧。要是能夠答應我的條件，那我跟你保證，會全力以赴帶你到目的地——追上有問題的龍車。」

「追得上嗎？現在才出發哪來得及!?」

「在說出來之前我想請你給我保證：答應我的條件。辦到的方法是我的王牌，我不會輕易說出來的。就算被威脅也一樣。」

「不管是什麼條件儘管說！只要是我能辦到的我什麼都做！」

昴抓住謹言慎語的奧托雙肩，向他要條件。

已經重複四次輪迴。討伐白鯨，擊敗魔女教，期望可以辦到的條件幾乎都已達成。都走到這邊了，要是一切都付諸流水，昴可沒法接受。

──就用幾乎沒有的氣魄和毅力，完成最後的條件。

「我也不討厭下決定很快的人。」

面對昴的當機立斷，奧托邊冒冷汗邊擠出笑容。

剛剛那瞬間的談判，對奧托來說是左右人生的最大關鍵。見昴立刻做出決定，他也只驚訝剎那，然後立刻捨棄糾葛，接著──

「──請製造出能讓我拜見梅札斯邊境伯的機會。這次的報酬除了這個，還有購買我囤積的油……價格由我出，如何？」

瞇起眼睛的奧托用商人本色試探昴。

一開始就先丟出最大程度的要求，然後慢慢讓步，是基礎談判術。趁著事情緊迫痛宰肥羊是商人的不二法則。

接下來，昴和奧托的激烈談判戰將要開始──

「又是那種隨便都好的事！好，管你是油還是啥我都買，想見那個變態小丑的話我說什麼都會幫你安排！談判結束！」

「咦！這算什麼，好可怕！」

既然談判的開始跟之前一樣，那解決的方法也一模一樣──賭上奧托命運的買賣，再度一切如他所願通過。

——出乎意料的不戰而勝。覺不覺得光榮又是另外一回事了。

4

「我讓依亞陪你去。藏在龍車上的魔石，如果是她應該找得出來。」

說完，由里烏斯再次讓貼著自己的紅色準精靈附在昴身上。

淡淡發光的準精靈跟之前一樣，和昴的門同步後就消失身影。

「雖說很有幫助，但這麼簡單就出借，這女孩不會生氣嗎？」

「依亞很關心人，也很欣賞你。而且，我不想讓什麼準備都沒有的你去了卻後悔。其實我也很想同行……」

說到這兒話語中斷，由里烏斯端正的臉龐顯現遺憾神色。但是，在他身旁持續施展治癒魔法的菲莉絲厭煩地嘟起臉頰。

「可以硬撐但不要說蠢話。瑪那都空了是能幫上什麼忙！」

「藉助花蕾們的力量後，就是這副醜態。讓我對自己的才疏學淺感到痛切厭惡。」

借到準精靈的昴指著最後只能專心在治療上的由里烏斯。

「等全部收拾完，就是打倒白鯨和魔女教的慶功宴。你可是嘉賓所以別死了。」

「若我在這被謀殺的話，犯人不是你就是菲莉絲。真是簡單易懂的狀況呢。」

「不要感情好地互咬喵。好了，還不快點去追愛蜜莉雅大人！」

瞪著拌嘴的兩人，菲莉絲指向村子入口。從互動裡接受到兩人的激勵，昴豎起大拇指後就跑了過去。

「期待你的全力以赴。」

「盡量小心點。沒死可以治好，死了就沒得救了。」

朝他們的鼓舞揮手，昴和在村子入口處等待的奧托會合。

奧托把愛龍和帕特拉修接在自己的龍車上，做好追趕的準備。兩頭龍拉著附車斗的中型龍車──接下來，將要去追先出發的愛蜜莉雅他們。

「沒忘記東西吧？時間寶貴，出發吧。」

「嗯。帶路和其他事都麻煩你了，奧托。」

互望對方後點頭，兩人一起坐到龍車的駕駛台上。前面拉龍車的兩頭地龍體格差距相當大，讓人會擔心纖瘦的帕特拉修。

「因為地龍有『除風加持』，所以雖然有些許體格差距，但不妨礙跑步。兩頭都是雌的，就聽到的感覺來看相處起來應該是不會太糟。」

從側面看出昴的擔憂，手握韁繩的奧托這麼說明。「唔嗯──」他口中的「聽到」這個字眼令昴沉吟。

「怎麼了？」

「沒有，只是覺得加持真厲害呀。雖然把它想成是才能就好了，不過沒想到連怪醫杜立德都有，所以嚇了一跳。」

「動物的醫生嗎？雖然不知道在講什麼，但有加持的人身負有加持的辛苦。特別是我的『言靈加持』，小時候沒法好好控制。」

朝著感嘆的昴微微苦笑，奧托說起自己的加持。

他的「言靈加持」，效果是「能跟所有生物對話」。多虧了這個加持之力才能去追愛蜜莉雅他們。——這是與他交易後的答案。

「一開始，我還想說靠那加持是要怎樣追上咧……」

「路上問鳥或蟲就能知道最短距離。雖然會讓我的地龍……忽爾芙勉強自己。但不只獸徑，就算是懸崖沼澤牠都能穿越。」

踏過稱不上路的路，奧托才能先其他旅行商人一步，第一個抵達梅札斯領地。但結果是成了魔女教的俘虜，所以他真的是終極倒楣男。

不管怎樣，借用他的加持之力的話——

「要追上先出發的愛蜜莉雅他們，也只是小事一樁。」

「不，要說小事一樁也太……只能說可以追上。其實說起來，能不能追上要看有沒有加入剛剛的條件……」

「要追上先出發的愛蜜莉雅他們，也只是小事一樁──！」

「您用那麼開心的表情一口這麼咬定，我很傷腦筋耶!?」

信賴的重量讓奧托大叫，不過在這邊膽怯的話那就什麼都不用搞了。

昴收起笑容，改用認真的表情朝奧托低頭。

「拜託了，奧托。我只有你可以仰賴。」

「……原來是灌迷湯啊，可惡。」

昴突然老實的態度讓奧托委屈地這麼說，然後像是看開一樣嘆氣。接著他握緊韁繩，信心十足地朝兩頭地龍下達指示。接受指令的地龍加速。

「啊啊夠了，就交給我啦！我會拼死命地賣人情，連骨髓都不放過地大撈一筆啦──！」

龍車順從自暴自棄的奧托，以非比尋常的速度奔馳。

從速度感受到強大，昴彷彿看到就在前頭的愛蜜莉雅他們。為了追上他們，所以才全力奔走。

只不過──

「唉呀──!?」

龍車開頭就突然就偏離道路，衝進森林裡跑在獸徑上。

暴衝的猛勁連「除風加持」都沒法完全守護，龍車早早就脫離昴所凝視的道路，開始抄捷徑。

——之後，不斷跑在難走的路上，昴好幾次都以為會死。

被召喚到異世界後已經死了超過十次的昴，知道奧托的暴衝毫不誇張，真的是不斷與「死亡」擦肩而過的有勇無謀行徑。

衝下幾乎是垂直的懸崖這種無異是積極自殺的行為，度過看起來像要斷掉的破爛吊橋（事實上真的一過就斷），穿越魔獸群居地時被成群的異形猛獸追趕，拿命來賭的次數根本不勝枚舉。

「會死……這次一定會死……沒有下次……！」

「為什麼，現在吹起很棒的風呢。老實說，連我都沒想到自己能做到這種地步。……這是只有沒有退路的人才能使出的潛力……！」

昴臉色鐵青抓緊駕駛台，身旁的奧托卻是完全變了個人。發言也變得很危險，不過要是為了回答多餘的問題而使他的集中力中斷的話那才恐怖，所以昴什麼也沒說。

「而且過程姑且不論，時間方面也是狀況絕佳。」

穿越森林，久違地飛奔在貌似是道路的路上。剛好掠過視野角落的招牌上，標示著梅札斯領地與街道的邊界。抵達街道的時間只花了平常的一半——疊加的辛勞有了價值，也伴隨成果。但要做兩次同樣的事自己可敬謝不敏。

「街道……衝進左邊的樹叢比較快！那邊是最短的路！」

「什麼樹叢，是森林吧？那好像連獸徑都沒有吧!?真的不要緊嗎!?」

「——」

「回答我啊!!」

毫不理會昴的慘叫，奧托讓龍車車頭撞進森林入口。

只能順其自然的昴雙手交握，祈禱不要出車禍的同時連人帶車進入森林。碾過樹根的反作用力使得龍車彈起，昴咬緊牙根忍耐再度踏上的糟糕路況。

視野的一面全被粗壯的樹木埋沒，只要搞錯一步就會整個撞上。但是與臉色蒼白的昴成對比，奧托看起來很開心。昴對旅行商人的見解都快被扭轉了。

「旅行商人這麼辛苦嗎!?還不如在都市白手起家比較輕鬆……」

「──菜月先生！」

用玩笑話掩飾緊張的昴，突然被奧托的叫聲給打斷。

聲音裡頭的急迫感，讓昴用視線詢問他發生什麼事。結果奧托手貼著自己的耳朵，東看西瞧，表情僵硬。

「森林很吵……不對。鳥和蟲大叫了一下，就突然沒聲音了！而且忽爾芙也很緊張……有什麼、有東西過來了！」

奧托的聲音充滿警戒，昴也屏息環視周圍。但是在高速通過的森林裡，坐在搖晃的龍車上，絲毫沒法發現一絲異狀。

沒錯，如果有些許異狀──

「唔！時間寶貴但還是安全為上。菜月先生請警戒後方──」

「……不，沒這必要了。」

奧托準備要改變方針時，昴莫名鎮定地說。

昴的視線釘在龍車後方不斷遠去的森林風景上。遠去後消失在視野裡的森林，簡直就像被「那個」給吞食。

「——————」

被折斷的樹木飛上空中，蒼翠的森林被悽慘肆虐。

捲動破壞，掀起龍車剛跑過的地面，「那個」無視周圍的損害，筆直地朝著龍車猛追不捨。

「快跑，奧托。——絕對不要被抓住!!」

「菜月先生!?」

制止想要回頭的奧托，昴從駕駛台移動到後方的車斗上。然後在車斗中雙腳叉開站立，朝著緊貼在後的「那個」露齒大吼。

「王八蛋——是要死纏爛打到什麼地步，混帳東西!!」

發出怒吼的昴，眼前是蠢動的龐大漆黑影子。

彷彿從屍體流淌出魔手，已經失去人形的執著團塊——

——貝特魯吉烏斯・羅曼尼康帝的殘骸，邊吞噬森林邊從後方逼近。

5

──可怕，駭人，討厭得要命。

被岩石坍方砸爛的肉體，右半身失去了整隻手和胴體。頭髮連著頭皮被剝下，頭蓋骨整個被染紅，被拉著移動的下半身失去脛骨以下的部位。下垂的四肢欠缺生命力，怎麼看都只是具死屍。

但是，那具屍體卻毫不掙扎，順從偏執繼續追著昴。

「──身─體─，我的─肉─體──────！」

「這是什麼執著。都不記得進到我身體時吃的苦頭了嗎……！」

貝特魯吉烏斯宛如幽靈的叫喊，讓昴打從心底感到恐懼。

被附身的肉體已經死亡，貝特魯吉烏斯本身的「死亡」也就在眼前。

可是，他卻驅使「不可視之手」，毫不在乎形體的狂人動作充滿爆發力。要是放著不管，不消多時就會自行崩毀吧──

「要等時間到太危險了……靠北！」

昴邊咬牙邊瞪著狂人逼近搖晃的車斗。

暴衝的龍車速度已經是非比尋常，但貝特魯吉烏斯卻超越常識。邪惡的執著簡直就像快要燒光的蠟燭燈火，釋放最後的光輝。

「這叫精靈？哪裡像了？精靈不是神聖的東西嗎？」

「──菜月先生！後面有什麼東西嗎⁉」

昴的感嘆和奧托的叫喊重疊。他的位置無法看見龍車的正後方，所以看不見背後的惡夢。而這對奧托來說是一種幸運。

「只是有點大的黑色野獸在追我們而已。八成追到一半就會踩到尾巴。野獸的叫聲和臉都很可怕，建議你不要看。」

「怎麼覺得是你不想給我看⁉你的話充滿了讓人在意得不得了的要素耶！」

「別管了，快點跑！我要是被咬死，接下來就換你被咬了！」

「嗚噫──！那樣很可怕！」

威脅操控韁繩的奧托，昴集中精神在這段險惡的路上。

但是，地龍的加速也有極限。萬一撞到樹的話就必定會被吃掉，在森林裡頭也沒法讓地龍再更快了。也就是說──

「絆住你是我的任務。在最後的局面出現高潮橋段……是要玩最後局面幾次啦！你哪裡是『怠惰』了！你這個沒用的工作狂──！」

「魔─女─莎緹拉─！請接、接受我的、愛、愛、愛────‼」

「我和你都沒有被愛啦！哪個戀愛喜劇會有人想捏爆喜歡的人的心臟啦！就算拜託我我也不要這種女角！」

抬起頭的貝特魯吉烏斯眼球滑出眼窩，淒厲叫喊。

將死亡化為形體，被背叛的他還是持續高喊對魔女的「愛」。昴頭一次真的覺得他那樣子很可悲。

尋求肉體的執著，想要魔女的「愛」的妄想——裡頭是沒有自身肉體的精靈，企求接觸與被憐愛的渴望。

持續被無法滿足的渴望給侵蝕，使得貝特魯吉烏斯的精神墜入瘋狂。

——不過，也因此，這個存在不可能被肯定。

「我沒有必殺技也沒有超強魔法。不過，你的對手是我。我不會讓你超前，絕對不會讓你去追前面的人的……！」

「菜月先生，原來你對我那麼……！」

「可以安靜一點嗎!?剛剛是我帥氣的時候耶！」

分不出奧托是來搗亂還是真心這麼說，總之先讓他閉嘴，昴重新面向狂人。

被由里烏斯的劍減少，再加上花在讓自己移動的份，「不可視之手」的數量不多。在頭上游擺、可以用來攻擊的手總共才七隻——就跟一開始的時候一樣。

用力抓地揚起煙塵的貝特魯吉烏斯逼近龍車。揮舞的魔手打斷樹枝，從上空往下敲的拍擊破開地面。黑色手指稍稍擦過車斗後面，碰到的地方就少了一塊。

為了讓下一擊可以準確命中，所以他在測量距離。同樣的威力要是直接命中車斗正中央的話，那龍車一定會翻倒，昴他們免不了一死。

──勝負，將在下一個交叉口出現。

「菜月先生，要離開森林了──！」

奧托出聲，同時籠罩視野的綠意一口氣消失。

像穿透一樣衝出森林，龍車在傾斜的草原上下滑。追著龍車在地面爬行的貝特魯吉烏斯，也將倒樹和岩石直接吞進影子裡，化做扭曲的邪惡本身咬住龍車後頭。

──穿越森林，進入街道了。再過不久，就能追上愛蜜莉雅。

不能把貝特魯吉烏斯帶到愛蜜莉雅和村民那兒。還不知道大罪司教的目的為何，但不想傷了愛蜜莉雅的心。

因此，所以，菜月・昴要在這燃燒生命──

「通過森林了。──我可不會手下留情喔！」

「為愛！為愛！只有愛，是一切──!!」

流淌血淚，張開缺牙的嘴巴，貝特魯吉烏斯狂笑。

聽著尖銳笑聲，昴邊打開放在車斗後頭的貨物。拉出沉重的物體，裡頭的液體發出刺鼻的臭味。

抱著那個舉起來，然後朝著染血狂笑的聲音大喊：

「燒毀吧，貝特魯吉烏斯。」

「——!!」

於此同時，伸往空中的「不可視之手」化身為破壞瀑布往下揮。

——但是，昴的動作比魔手再快一步。

面露獰笑的昴將抱著的壺——油壺扔向狂人。碰撞的陶器碎裂，內容物淋濕狂人的屍體。準備完畢。

漆黑魔手降落，為了將昴連同車斗一同摧毀。

昴不管它們，伸直右手比出手槍的形狀，指頭上有紅光——由里烏斯出借的「紅」之準精靈。

「拜借一下力量啦，由里烏斯・尤克利烏斯。」

「你—這—傢—伙——！」

「連恩塔爾・戈亞—!!」

不完整的詠唱和不成熟的魔法使者，以及未訂契約的準精靈。

不完整的結合——只有意志被統一的詠唱依舊得到力量。

儘管干涉世界的結果只有一簇火花，但沒關係。

幾近燃料不足的瑪那和精靈之力結合，碎裂的極小火花墜向貝特魯吉烏斯。被血和油塗抹的兇臉張開嘴巴——

「啊啊啊啊啊啊!!」

——剎那間昴的視野被膨脹的鮮豔赤紅給包圍。

油成了助燃劑，貝特魯吉烏斯全身上下被劇烈的熱度給吞沒燃燒。起伏的火焰連體內都不放過，貝特魯吉烏斯不成聲的慘叫刮過空氣。

面對精靈貝特魯吉烏斯，昴使出最強一擊。

油壺是奧托的貨物，可靠的火星來自由里烏斯出借的準精靈。所有的東西全都是借來的，是菜月・昴的東拼西湊攻擊。

「這樣子——嘎嗚！」

才剛看到勝機，昴就察覺在頭上閃動的漆黑魔手。宛如死神鐮刀揮舞的魔手，軌道雜亂無章，甚至沒有鎖定目標。

可是，魔手劇烈碰撞龍車車斗，擦過急忙躲開的昴。龍車受到撞擊後劇烈反彈，被打中的車斗像被野獸咬碎一樣爆裂開來。

龍車被挖出一個洞，沐浴在飛散的木片中的昴滾進車斗深處。小腿肚被削掉，咬緊牙根忍住直衝腦門的痛楚。

「——嘎啊！可惡，好痛！啊啊，王八蛋！」

用手按住冒血的傷口，昴在劇痛下飆出髒話。但是，卻連咒罵不走運和治療的時間都沒有。要說為什麼，因為黑色手指就抓在車斗屁股——

「給—我—交—出—來——」

——燃燒的貝特魯吉烏斯的兇臉，爬上劇烈搖動的龍車車斗。

「————」

爬上車斗的身影，已經完全脫離人形。

被扯碎的下半身和缺損的右半身，由蠢動的黑色魔手填補失去的地方。原本的男性肉體除了焦黑的頭部以外已經什麼都不剩。勉強留住原形的法衣也被火苗燃燒，更加襯托出他的醜惡。

彷彿露骨地主張討厭的怪物正披著人皮。

「你這樣子，根本慘不忍睹。……雖然我也沒資格說人。」

痛到臉部扭曲到快抽筋，昴硬是站起來。腿依舊在出血，但滿身瘡痍還是比較適合用來形容對方。

全身爛透還被火燒，貝特魯吉烏斯已經是瀕死狀態。他也不期望打長期戰。彼此的對峙只有一瞬間就會結束。

好的手牌不多，不如說很少。再來昴的武器就只有小聰明。

「肉—體—不會消失—……不能、消失……」

「就說了！就算進入我的身體你也只會吃苦頭的！魔女又怎樣啦！我跟你不是都被她耍得團團轉嗎！」

噁心的爬行姿勢，斷斷續續的聲音訴說要昴的肉體。面對不肯輕易放棄的貝特魯吉烏斯，昴大罵，想要挫折狂人的心。

可是面對這罵聲，貝特魯吉烏斯卻出現至今沒有過的反應。

「──魔女、莎緹拉。」

聲音突然變清晰，貝特魯吉烏斯抬起頭。

樣子破爛又裸露臉頰骨，但狂人的眼睛恢復理性。

沒有對焦的瞳孔轉動，然後捕捉到昴，接著瘋狂眨眼。

「你、很……危險。危險、危險、危險危險危險危險危險危險──危險！」

「啊啊!?」

「接受、擁有、享受寵愛，卻又否定愛──！然後把我、把我、把我把我把我──！逼到這地步，逼到我死我死我死死死死死死──！」

貝特魯吉烏斯用力擺動脖子，同時支離破碎地放聲吶喊。

雖然狂亂，但魔手卻踏實地增加勢力，侵蝕車斗，逐漸奪去昴的踏腳處。要是他在無處可逃的地方釋放魔手，昴根本沒有勝算。

恢復理性的狂人，不是以本能，而是靠理性追逼昴。形勢惡劣逼昴後退，同時想到一個可能性。然後──

「魔女、魔女、莎緹拉……莎緹拉──！我愛、愛、愛妳──！我愛妳！我是被愛的！莎緹拉，妳、妳不要、不要我了！我片刻都沒忘、忘記妳！就算妳忘了，我也、沒有、忘記!!」

淚水湧出。不是血淚，是真正的眼淚。

從以前到現在，貝特魯吉烏斯頭一次正常地呼喊愛。

深情與熱情，把貝特魯吉烏斯從瘋狂深淵拉回現實。原本混濁的瞳孔，現在點燃明確的意志，並盯著昴。

「你很危險！你的存在，總有一天會威脅到魔女教！在那之前！在你的手碰到莎緹拉之前！在這裡！現在這裡！由我親手！以我的勤勉！為了和『怠惰』的我訣別，為了回報愛……去死吧!!」

貝特魯吉烏斯叫喊，承受不了解放魔手之力的肉體爆裂，慢慢毀壞。

但是，比起搶奪昴的肉體，為了不留下威脅魔女教的禍根，為了保護自己信奉的魔女，貝特魯吉烏斯決定殺了昴。

那是有意志和知性寄宿其中、與野獸有所區隔的行徑——

「假如你一直是頭怪物的話，就是我輸了吧。」

昴的手從懷中抽出。看到他手中的東西，貝特魯吉烏斯瞪大雙目。

他的反應讓昴心生憐憫。不過馬上咬緊牙根扼殺那剎那的感傷，然後把手高舉過頭。

在正上方的手上，拿著黑色封面的書——福音書被扔了出去。

「啊……莎緹拉。」

貝特魯吉烏斯的嘴巴吐出低沉平靜的聲音。

那是對憐愛得無以復加的對象，在安寧中加以呼喚的聲音。

望著天空，用剩下的左手舉向天空。魔手像是遵從他的意思伸向福音書，黑色手指碰到飛在空中的書。──緊接著，那個降臨。

被扔出車斗的福音書即將被風席捲、吹走。因為受到風的影響。因為脫離了加持。也就是說──

「──!?」

抓到書的貝特魯吉烏斯，肉體被強風刮得猛烈地往後倒。拖著的腳打碎被挖開的車斗地板，半個身子被拋出龍車外。

離開「除風加持」，置身在強風與搖晃的抵抗中，最後被拋棄。

──過去前往王都的路上，昴也曾因為好奇而陷入同樣的狀況。

沒有除風加持庇佑車斗，直接品味到全力奔馳的強風與路況惡劣的搖晃，根本難以保持原本的姿勢。

「──哦、哦哦哦哦哦!!」

貝特魯吉烏斯失去平衡的瞬間，昴吶喊跨步。

忘記腳少掉一塊肉的痛楚，像彈簧一樣跳起。昴沒有能夠左右勝負的超強技能。──但現在是關鍵時刻，只有這點不會有錯。

「────」

貝特魯吉烏斯不知朝著衝過來的昴叫囂什麼。昴聽不見，只是不顧一切地壓低姿勢，以有如使出頭槌的姿勢撞進貝特魯吉烏斯的懷裡。

「不可視之手」射出。伸出的手掌速度緩慢，在發揮極限集中力的昴面前看起來就像靜止一樣。歪頭，粗魯地避開，臉頰被手指擦過的同時昴逼近敵人。魔手強烈的壓迫感，讓人忍不住想閉上眼睛。

「——威爾海姆先生教我兩件事。」

手掌被擦過。脖子的皮、臉頰和耳朵的一部份都像被烙鐵燙到一樣痛。爆裂的灼熱讓思考白熱化，在喉嚨深處炸開的慘叫被咬牙忍下。

躲過了。吸氣。還沒結束。

「我一丁點劍術才能都沒有。」

痛楚中的灼熱，安心中的鬆弛。

意識被兩個要素給強姦，昴筆直凝視前方。

閃過一個手掌，又一個手掌朝昴的臉逼近——

「——還有被打的時候，不可以閉上眼睛的膽量!!」

大叫，低下頭閃躲。脖子後方的細毛被削掉，但成功閃避。正面是貝特魯吉烏斯驚愕到緊繃的臉，昴朝他的側臉出拳。

「——!!」

用盡全力的一擊揍向臉頰，貝特魯吉烏斯往後仰倒，身體脫離地板，差點就飛出龍車外。然

後──

「哦哦哦哦哦哦哦──!!」

貝特魯吉烏斯在被倒吊的情況下，還被龍車拖行。法衣勾到車斗邊緣，身體就在與龍車相連的情況下與地面摩擦。

血花飛散，骨肉爆裂，連填補缺損的「不可視之手」都剝落，名為貝特魯吉烏斯的存在正在瓦解。即便如此，他依舊在顛倒的視野中抬起毀壞的臉，用充滿憎恨的雙眸瞪著昴。

「還、還沒、還沒結、結束、沒、沒有結、沒有結束、還沒、還沒!?」

「──不，到此為止了。」

朝著頑強過頭的貝特魯吉烏斯這麼說後，昴展示手上的福音書──貝特魯吉烏斯被揍的時候掉落，同時也是狂人最後的心靈依靠。

昴翻頁，翻到後半部的白紙處，用手指敲打頁面。碰過傷口的手指沾著血，在福音書上留下朱紅──

「──這裡就是你的『結束』！」

在橫跨左右的白紙上，用「I文字」寫下大大的紅字「結束」。

目睹這一幕，受到衝擊的貝特魯吉烏斯嘴唇打顫，眼中散發的激動浪潮太過複雜，讓昴無法讀取他在想什麼。

然後，在那感情化為語言之前，結束降臨。

「——！」

龍車用力彈了一下，勾住車斗的法衣脫落。破掉的法衣就這樣——被捲入高速旋轉的車輪下。

被纏繞在身上的法衣拉扯，失去血和四肢的肉體一口氣朝著車輪縮短距離。可以看見結局了。法衣破掉的聲響混雜著血肉爆開的聲音，在臨終的瞬間貝特魯吉烏斯仰望昴，叫喊。

「——菜月・昴——!!」

叫喊迴響，然後就這樣轉為遺言。

喊著昴的名字，身體連同叫聲被車輪捲入、碾壓後碎裂，血肉與骨頭的碎片四散，蹂躪生命。

肉體消失，而寄宿在上頭的邪精靈的性命也跟著壯烈消失。

「———」

在最後的最後，一隻伸向昴鼻尖的「不可視之手」——

手掌在抓到昴的臉之前停下，從手指開始慢慢分解消失。那意味著貝特魯吉烏斯・羅曼尼康帝真正被消滅了。

「這次，就永遠沉眠吧。——貝特魯吉烏斯。」

結束了。確定後昴癱在車斗上。

頓時，一直忽視的痛楚甦醒。昴邊呻吟邊在車斗上滾動。

「好痛，糟糕，會死，痛死人了。好痛，完蛋、完蛋了……！」

淚水湧出，銳利的痛楚停不下來。淌血的傷口產生的疼痛，就像拿針刺進體內一樣。所以說胸口會痛，也不過是那傷口痛楚的延伸。

沒什麼好憐憫的。狂人、邪精靈、大罪司教──「怠惰」貝特魯吉烏斯沒有值得同情之處。他恣意妄為地四處肆虐，最後死去。

高喊盲目之愛，將任性強加在他人身上，然後孤零零地死去。

貝特魯吉烏斯這樣的下場，沒有人有必要心生憐憫。

──只有一個人，除了昴以外，沒有人有必要被這樣的感傷給折磨。

「沒有人可以理解你。你死是當然的。你葛屁是應該的。不管是誰、不會有人原諒你。──所以，我同情你。就這樣。」

不被任何人理解、不被心愛的對象所愛，孤獨的怪物。

貝特魯吉烏斯・羅曼尼康帝，這次真的消失了。

沒有存留在任何人的心中，就這樣消逝。

6

就只在昴的心中打下名為憐憫的楔子，這次真的結束了──

「菜月先生，你渾身是傷又很嚴重，不要緊吧？」

「怎麼可能不要緊。從我治療蛀牙麻醉退了之後就不曾這樣大哭過了。」

從半毀的車斗移到駕駛台，昴邊把藥塗在傷口上邊這麼說。繃帶和常備藥是旅行必需品，所以龍車上也有，就跟奧托借用了。

淚眼汪汪地結束治療後，昴把藥還給奧托，指著龍車車斗說。

「龍車的修理我也會跟羅茲瓦爾說些好話。……那，我們耽誤了多少時間？」

「沒有耽誤喔。不如說，多虧了兩頭地龍認真地想要逃跑，所以情勢超好。……到底是什麼在追我們啊？」

「樹懶啦。你不知道？就是手腳長長，會用奇怪的聲音尖叫的動物。」

對昴要迷糊的答案嘆息，奧托放棄繼續追問。見他那樣，昴聳肩，然後盯著魯法斯街道的地平線。

還在前頭，還看不到昴在追的身影——

「絕對會追上的。這次換我幫妳了。」

「您認為趕得上嗎？」

「趕得上的！」

奧托的問話不是不安，而是質問昴的覺悟。

所以昴也扯開喉嚨，邊露齒一笑邊回答。

「而且雷姆等好消息應該等得不耐煩了。不能回應她的期待就不叫男人了。」

「是您心儀的女性名字嗎？」

「是著迷我的女生的名字啦！」

不是逞強也沒有害臊，而是堂堂正正地這麼說。

聽到昴的答案，奧托有一瞬間傻住，然後立刻笑逐顏開。

「哦，那可不能只是裝模作樣呢！」

高呼快哉的奧托揮動韁繩，一聲乾響後地龍提升奔跑的速度。

龍車跑過、奔走、飛也似地穿越街道，不斷急馳──

朝著地平線的盡頭，像拉著逐漸遠離的重要事物──

──菜月・昴一個勁地望著前方。

7

──龍車速度上升，劇烈搖晃和風聲響徹車斗內。

「哇──！」

「沒事。抓好。沒什麼好怕的。」

愛蜜莉雅堅強地朝挨著身子湊在一塊、忍耐搖晃的孩子們微笑。「嗯。」看到這微笑，不安的孩子們不住點頭。

真是堅強的孩子。愛蜜莉雅在心中感嘆。每個孩子心中都充滿不安，但沒人訴苦抱怨，而是拼命咬緊牙根和恐懼奮戰。

不能讓這些孩子們看到自己不爭氣的樣子。甚至讓愛蜜莉雅這麼想。

——本來，龍車是被地龍的「除風加持」所守護。

但現在，愛蜜莉雅他們搭的龍車失去了加持。

失去加持影響的條件很多，不過「除風加持」的狀況很簡單，不是地龍停下腳步，就是脫離加持影響的範圍。——而這次是前者。

曾經停車的龍車要再受到加持的庇護，需要一段時間。但這次連等待的時間都很寶貴。

「——」

在劇烈搖晃的車斗內，意識到自己雙手僵硬緊握的愛蜜莉雅閉上眼睛。朝著被車篷包裹的龍車後方豎起耳朵，就能聽見遠處有激烈的交戰聲。

為了逃離潛伏在村莊周圍的犯罪集團的威脅而避難，以這名目離開村子已過了兩個鐘頭左右。在路上和拉姆帶領的「聖域」隊分開，愛蜜莉雅的王都隊原本應該可以順利避難——但十幾分鐘前，事態卻急遽轉變。

「──愛蜜莉雅大人，稍微借用點時間。」

在休息片刻的龍車旁，愛蜜莉雅被負責護衛的老劍士叫住。

自稱是威爾海姆．托利亞斯的人物是庫珥修的家臣，與沉穩的態度相反，擁有卓越的劍術。這點連愛蜜莉雅也知道。

光這一點，感受到他聲音裡隱含戰意就讓愛蜜莉雅不安蹙眉。

「發生了什麼事嗎？」

「有點小事叫人掛意。因此，我將帶幾人前往排除。雖然無禮，但還請容許在下離開您身旁。」

「……沒問題嗎？」

「是的，只是驅趕野狗，小事一樁。很快就會追上您的。」

恭敬鞠躬的威爾海姆，措辭令愛蜜莉雅覺得不對勁。然後她立刻察覺到老人會這麼說，是顧慮到身旁的小孩。

考量到威爾海姆的職責，就能猜到「野狗」的身份為何。

「不需要我嗎？」

「────」

這樣反問，對威爾海姆的貼心很失禮。儘管明白，愛蜜莉雅卻沒法不這樣問。威爾海姆瞇起眼睛。

惹他不高興了。愛蜜莉雅心想。但是出乎意料的，老人微笑。

「請愛蜜莉雅大人繼續搭乘龍車避難。孩子們就拜託您了。」

笑容中的感情不是失望或輕蔑，而是透明的憧憬。

不解箇中含意的愛蜜莉雅感到困惑，威爾海姆靜靜地背過身子。

「脫離加持後龍車將會劇烈搖晃。還請別放開孩子們的手。」

「威爾海姆先生，我……」

「果然是主從啊。——您的眼神，和他一模一樣。」

留下感慨深遠的低語後，威爾海姆就和其他護衛離開了龍車隊伍。

不明他低語裡的含意，但是又沒時間追問。

其他騎士立刻前來指示，一夥人又連忙上了龍車再度開始避難之旅。而且在失去加持的狀態下，龍車的晃動剝奪了思考的從容。

——然後，事態回到劇烈晃動的龍車內部。

附有車篷的車斗內，愛蜜莉雅和孩子們全擠在一起。她坐在重疊的毛毯上，握住發抖的孩子們的手，持續警戒外頭的狀況。

為了有什麼萬一能夠立刻動身解決。而負責傳達外頭的狀況給愛蜜莉雅的是——

『——那個老爺爺在後面跟別人起衝突，現在開戰了。』

愛蜜莉雅的腦內，響起了實況外頭戰況的聲音。帶著悠閒的聲音，是沒有現身但在觀察外頭狀況的帕克。

『知道敵方數量嗎？』

『是我方的一倍……嗯，根本不要緊。那個老爺爺武藝精湛，似乎沒有莉雅和我出場的餘地。哇，又砍死一個。』

愛蜜莉雅沒讓戰意和緊張表現在臉上，在意念通話中贊同帕克。

即使沒有實體化，精靈帕克依舊有法子知道外頭的樣子。愛蜜莉雅邊聽他的話邊掌握戰況。

『要是無意義地實體化，有什麼萬一卻欠缺能源就笑不出來了。而且出現的話，可能會被孩子們當成玩具。』

『假如帕克的可愛可以讓孩子們忘卻不安，那我覺得也不錯。』

『別說出可怕的提議，我的女兒。總之，外頭大概就是這種狀況。』

在意念通話中拌嘴，同時愛蜜莉雅感謝帕克的報告。只是嘴角微微上揚的僵硬，是對自己的無能為力感到氣憤。

威爾海姆的劍術有帕克掛保證，但愛蜜莉雅也有戰鬥的能力。

威爾海姆會拒絕幫助，是因為顧慮到愛蜜莉雅的立場。即使明白這點，只能被保護的現狀依舊令她焦急。

沒能做出符合立場的成果，權威就只會是紙老虎，還會被外人、自己人評為是花瓶候補人選。自己有符合王位的能力，這種話就算要說謊也說不出口。

然而立場成了枷鎖，權威成了頸圈，連使用力量的決心都被駁回。

這樣子，自己是為了什麼——

「……昴。」

輕聲呼喚黑髮少年的名字後，愛蜜莉雅為自己的軟弱搖頭。

簡直就像求救一樣，自己沒有資格叫他的名字。

現在，自己呼喚他的名字，不是為了要他幫忙。而是——

「大家別擔心！不管發生什麼事，大姊姊都會保護你們！」

就像昴對愛蜜莉雅做的。只是從他的名字借用勇氣。

愛蜜莉雅的呼喚，讓縮起來的孩子們抬起頭。淚汪汪擠在一起的孩子，聽了愛蜜莉雅的話後面面相覷，然後齊聲道：

「我、我沒事！」「大姊姊才是，不要擔心！」「已、已經約好了，所以沒什麼！絕對不會放手的！」

一聽就知道是在逞強，孩子們抓緊愛蜜莉雅的手腳。

雙手和雙腳，連肩膀和腰部都被環住，他人的體溫讓愛蜜莉雅僵住身子。不過，絕對不是厭惡接觸的感覺。——只是同時注意到他們的話哪裡怪怪的。

「約好……你們跟誰做了約定？為什麼？」

「不可以放著大姊姊不管的約定。」「因為只要不在一起大姊姊就會亂來——」「沒人看著就會讓他擔心。」

接二連三的回答叫愛蜜莉雅吃驚。簡直就是過度保護自己、瞧不起自己——但很不可思議的，卻又洋溢著強烈的關懷。

「——」

一想到這種說法就像某個人，愛蜜莉雅的胸口就抽疼。

一察覺到，就無法忽視胸口的疼痛。疼痛加速度地主張存在，輕輕地揪住愛蜜莉雅的心，讓她眼泛不知所措。

被疼痛引導，愛蜜莉雅問出口。

「你們說讓他擔心……那個人是誰？」

「啊，不行，不能講……！」

聽到問話，臉色大變叫出口的是佩特拉。她鼓起紅通通的可愛臉頰，拼命想要蓋過聲音，但已經來不及了。

「是昴——！」「昴說的！」「他說很擔心怕寂寞的大姊姊！」「昴……啊，不小心講出來了……」

孩子們爭先恐後地說出那名字，最後一個人慌張地摀住嘴巴。「哎喲～」發現所有人都講出口，佩特拉抱頭呻吟。

但是，眨眼的愛蜜莉雅沒有注意到他們的樣子。

「昴……？」

愛蜜莉雅本來就有預感。從孩子們的口氣，就是感覺得到他的氣息。

不過，不可能會這樣。否定的心情戰勝了揣測。畢竟，自己用過份的話語傷害了他，還把他留在遙遠的王都。

昴最希望愛蜜莉雅伸出援手的時候，愛蜜莉雅卻轉身背對他。那無疑是重大背叛。

那昴的名字，為什麼會在愛蜜莉雅尋求某人幫助的時候出現呢？

不應該會這樣。不可以這樣。

——愛蜜莉雅的人生，與期待無緣。

被背叛，被否定，被疏遠。對愛蜜莉雅來說是正常的。

被相信，被肯定，被需求。對愛蜜莉雅來說是無法理解之事。

因此才會拒絕親切善待自己、溫柔豁出一切的昴。

愛蜜莉雅無法相信的，不是昴為自己付出的關懷。她無法相信，自己有讓昴這麼做的價值。

期待又期待，重複的期待瓦解崩塌時，造成的衝擊無法估量。

因此假如哪一天會被疏遠，那不如自己先主動疏遠對方。

在兩人之間積累著的決定性事物瓦解之前。

既然如此，那為何——

「昴來過村子了？他回來了？」

在孩子們的尷尬沉默中，只有愛蜜莉雅傻住的呢喃。

現在龍車依舊劇烈晃動，護衛的騎士們依舊在和來襲者奮戰。愛蜜莉雅有保護孩子們的使命，現在也該以此為最優先。

可是，愛蜜莉雅的心卻受到超出龍車晃動的強烈撼動。

──假如昴有回村子的話，那無法解釋的諸多狀況就能解釋了。

拉姆幫討伐隊說話，村民乖乖按照指示離開村莊避難，討伐隊的人們對於這塊不熟悉的領地卻顯得過於熟門熟路。

這麼多不自然的地方，只要菜月・昴一個人的存在，就能輕易連結到答案。

假如昴加入了討伐隊，那拉姆就不會排斥他們。對村民來說，昴是拯救村莊的恩人，自然不會駁斥他的提案吧。

最重要的，是跟討伐隊一起留在村子，吸引敵人注意力好先讓村民跟自己避難，這怎麼想都很像昴會做的事。太有他的風格了。

那太符合愛蜜莉雅所認識的菜月・昴的行徑──

「為什麼……」

自言自語染上無法理解和悲傷，藍紫色的雙眸因上湧的感情而微微晃動。

假如從頭到尾都是昴的行動結果，那他的行為跟之前完全沒兩樣。明明傷他那麼深，疏遠他，昴卻還是這樣子。

「明明我害他受傷難過……為什麼，昴又為我……」

真的不知道為什麼他要做到這種地步。

在王選會場，在練兵場，身心都受到嚴重傷害的昴被愛蜜莉雅這麼問。

當時，昴沒有回答愛蜜莉雅。

所以到了現在，愛蜜莉雅依舊不知道答案。

就在不知道答案的情況下結束吧。愛蜜莉雅已經放棄兩人的關係了。

「為什麼……！」

「那還用說……！」

愛蜜莉雅的聲音泫然欲泣，紅著臉的佩特拉激動地說。

那反應簡直就像知道這問題的答案，愛蜜莉雅看著少女。

但是，在兩人開口之前，超越以往的晃動先一步襲向龍車。

「——!?」

龍車以迅猛的速度蛇行，裡頭的人的身體也被左右搖晃。愛蜜莉雅立刻抓住車斗，伸長手盡量將孩子們抱在懷裡。

可是，龍車沒有穩定的空閒，繼續蛇行。簡直就像在逃離什麼。於此同時愛蜜莉雅的腦內響起聲音。

『莉雅，後方有人用很快的速度過來了──』

帕克督促她要警戒，愛蜜莉雅抬起頭，望向龍車後方。

車篷隨風舞動，外頭若隱若現。有什麼東西逼近這輛龍車，迫使龍車蛇行。

「我……！」

必須挺身而出。愛蜜莉雅立刻就要採取行動。

但是，想站起來的她身體卻被輕盈的重量給制止導致無法動彈。垂下視線，她看到抓著自己的手和衣服不肯放開的孩子們。

「不可以放！」「不可以出去──！」「跟他約好了！」

小孩個個緊抓愛蜜莉雅，不肯鬆手。

只要揮開就能甩掉的束縛，但愛蜜莉雅卻沒動。瞪著猶豫的愛蜜莉雅的臉，佩特拉用快哭出來的表情大叫。

「大姊姊想讓昴哭嗎!?」

「──!?」

少女的叫喊造成激烈震盪。不只對愛蜜莉雅的心，還有蛇行的龍車。

龍車緊急煞車，離心力來襲，愛蜜莉雅抱著孩子們盪到空中。她反射性地倒向毛毯上，保護孩子們免被墜落所傷。

被搖晃和毛毯吞沒，愛蜜莉雅搖頭，試圖撐起身子。

「剛剛是什麼……」

「莉雅，從正後方來了！」

帕克在臉旁邊實體化，指著傾斜的車斗後方。

順著他的聲音和動作，愛蜜莉雅迅速跳起，將孩子們護在身後。同時釋放魔力，冰冷的空氣讓車內的溫度迅速下滑。

如帕克所說，有人逼近龍車。接著車篷被掀起。

然後，打算擋住來犯者的愛蜜莉雅，整個人傻住了。

「為什麼——」

大口呼吸、肩膀上下晃動的少年爬進龍車。

他的樣子讓愛蜜莉雅困惑，藍紫色的瞳孔劇烈動搖。

抖動雙唇，忘記狀況，愛蜜莉雅用微弱的聲音呼喚那名字。

「——昴。」

呼喚了他的名字。

8

──回想起來，還真是悽慘的邂逅。昴心想。

被召喚到異世界不到一個小時，連左右都分不清楚而窮途末路的昴。

就這樣走進巷弄，照慣例被小混混纏上而被打個半死。不過才掉到異世界幾個小時就即將殞命。

就在一切都要結束的狀況下，昴邂逅了她。

那時候她說的話，她的動作，她的氣質，昴都清晰地記在腦海中。

因為一直忘不了，始終無法忘記。

因此菜月・昴至今才能像這樣用兩隻腳站在這個世界活著。

「菜月先生，那個!!」

擊退貝特魯吉烏斯的偏執，在魯法斯街道奔馳的龍車──從駕駛台看出去的平原彼方找到目標身影的奧托朝昴大叫。

順著他的視線看過去，看到在地平線蠢動的影子，昴也大叫。

「在那邊！奧托，麻煩全力奔馳！」

「用不著您說也會全力奔馳啦!!」

用力抽打韁繩，兩頭地龍加速。

漆黑地龍筆直凝視前方，昴知道牠使盡吃奶的力氣想實現昴的心願。

——在第一次邂逅為她所救，之後硬是跟著她行動，從而了解她。了解到她固執、逞強、頑固又溫柔。

猶記她的側臉，讓自己沒來由地害臊又心跳加速。

也記得那股甜甜的感情，因為自己的無可救藥而被搞砸。

那時候發過誓。昴確實發過誓。

『我一定——會救妳的！』

為了固守這誓言而奔走。

反覆累積「死亡」，開闢命運，設法跨越苦難後，昴終於和她重逢，再度紡織羈絆，獲得笑容。

那時候敲擊胸膛的百感交集，昴永遠不會忘記。

「——威爾海姆先生!!」

「昴殿下!?」

追上浮在地平線上的影子時，那裡已經是騎士與黑影互鬥的戰場。

已有許多屍體趴在地面，馳騁的勇健身影對昴的聲音產生反應。

龍車的速度沒有慢下。看到昴在突飛猛進的車上，威爾海姆驚訝瞪大雙目。握著染血長劍的劍鬼，對昴來到這裡產生疑問——

「愛蜜莉雅呢!?」

不過昴接下來的叫喊，以及黑瞳中透露的情感，讓他立刻拋棄疑問。

接著，舉劍指向龍車的方位。

「往那邊！直直的！朝大樹那邊去!!」

昴抬頭，望向地平線的對面。

回過神時已經過了半個魯法斯街道，都到與白鯨決戰之地富魯蓋爾大樹附近了。

「────」

昴只確認這點，龍車沒有減速，直接通過戰場。

不能停下腳步。沒必要問他們平安與否。那樣做是侮辱奮戰的威爾海姆他們，更重要的是在離別之際就已經講好了。

昴將愛蜜莉雅他們委託給威爾海姆保護。

而威爾海姆對昴說交給他吧。

因此，昴沒有在此駐足的必要，威爾海姆也沒有必要質問他奔走的理由。

視線交錯在一瞬間就結束，昴的龍車丟下威爾海姆。但是，魔女教徒可不會眼睜睜地放過他。

幾名教徒牽制騎士，其他影子蹬地要接近龍車──

「──你們的對手是我。」

大意背對劍鬼的魔女教徒，被筆直劈成兩半。沐浴在血花中的劍鬼揮舞寶劍，滿意地目送龍車遠去。

「向恩人報恩的絕佳機會。而且幸運的是用不著說出口，委託的本人也明瞭。——多麼光榮啊。」

威爾海姆右手握著主人寄放的寶劍，左手接過部下扔過來的騎士劍。將雙劍交叉，劍鬼的目光洞穿魔女教徒。

「男人去見女人卻被打擾，那還得了。你們和我都渾身血腥味，不適合出現在重逢場合。——就爽快點，全部變成屍體吧。」

被宣告死刑的魔女教徒，本來應該沒有感情，卻渾身戰慄。

在緊繃的緊張感中，嘴角泛笑的劍鬼身子前傾，衝刺。

那笑容宛如為浴血而歡喜的惡鬼，又像為年輕時犯下的過錯苦笑的老人，總之極為複雜。

「菜月先生，看得見了！避難龍車就是那個吧！」

拋下戰場，龍車持續加速。駕駛台上的奧托放聲大叫。

指著前方的他，身旁的昴也看到遠離戰場的龍車車隊。心跳變快，昴焦急地握緊拳頭。

隨著距離逐漸縮短，察覺要被追上的龍車車隊出現混亂。車隊開始蛇行，昴拼命地大喊。

「停下！是我！不是敵人！停下來，停下來——！」

「——!?昴殿下!?」

「停下來！有緊急事態！必須調查龍車裡頭！」

發現並排而馳又呼喊的人是昴，擔任駕駛的騎士連忙讓龍車緊急停下。地龍鳴叫回應指示，以即將翻車的勢頭硬生生停下，接下來的龍車也跟著降低速度。

然後——

「依亞，出來！奧托，把帕特拉修從龍車上解開！」

停滯的時間叫人焦急，昴跳下龍車。離華麗著地相距甚遠，粗獷地滾地然後難看地受身。接著立刻站起來，紅色的準精靈依亞就飄在眼前。

「依亞，知道是哪輛龍車有陷阱嗎？」

準精靈沒回答，但是卻用高熱主張自身存在，帶領昴飛進停下來的龍車隊伍，在其中一輛有車篷的龍車上頭盤旋。

依亞的反應，讓昴毫不遲疑地跳進龍車。粗魯地掀起遮蓋車斗的車篷後，凝神細看昏暗的車斗內——

「——昴。」

察覺到名字被銀鈴嗓音呼喚時，昴遭受到差點當場軟腳的衝擊。

在車斗內部呆愣著凝視昴的，是銀髮藍紫色瞳孔的美少女。

數度追求那身影，祈求無數次，不斷被挫折，儘管如此卻還是無法放棄的少女。

情感溢出，無法壓抑的衝動就快噴發。

可是，昴咬緊牙根，在瞬間捨棄迷惘。

「依亞！在哪裡!?」

比昴慢一步現身在車斗的準精靈，如夢似幻地在龍車內飛舞。宛如火星的瑪那散落，紅色準精靈在車斗角落用力發光。

藉由準精靈發出的紅光，仔細看著她正下方，發現有一部份的木頭地板顏色不一樣。

「帕克！能夠在不撞擊的情況下扒開這裡嗎!?」

「才想說怎麼會再見到你，結果突然就……嗯嗯嗯，是這麼回事嗎。」

昴單方面的呼喚，讓圓睜眼睛的帕克察覺到地板的異狀。準精靈的反應讓小貓瞇起眼睛，揮動尾巴使用力量。

集結的瑪那凍結地板，昴立刻粗魯地踏碎，然後把手伸進洞裡面，手指感覺抓到東西後就用力拉出來。

「——找、到了！」

跟著吆喝聲一同出現在地板下頭的，是畫有複雜花紋、材質奇特的袋子。似乎是用某種動物的皮製成，但摸起來卻會觸發本能的嫌惡。

「魔獸的皮袋——」

嫌惡的原因由帕克親口說明，昴就在這時打開袋口。裡頭塞滿了微微發亮的魔石，證明了奧托所言不假。

但是，魔石現在卻升溫，進入倒數計時的階段。

「時間點也太剛好……！帕克，能阻止嗎!?」

「要阻止是沒辦法，不過抑制爆炸的話辦得到喔。」

帕克搖頭，看向愛蜜莉雅，像在展現王牌。他那舉動，大概意味著要以真正的姿態才能辦到。

雖然亂來，但帕克可以抑制損害。只不過雖然可以──

「那不行！」

昴拒絕他的提議。

確實有那方法，單單就保護全員的話是辦得到的。但是，取而代之的是帕克必須以大精靈的姿態現身，其強大的力量將在愛蜜莉雅與村人的關係間添加名為「畏懼」的裂痕。──連昴本人都被他那原貌給嚇得全身發抖。

因為現在，愛蜜莉雅和村民好不容易才搭建出互相讓步的根基──

跟王選會場不同。在這裡展示她的力量，會妨礙到與村民的關係。

所以拜託帕克只能在最後的最後、真的束手無策的時候──

「快想想、快想想快想想快想想……！」

回收的魔石超乎預期，一旦爆炸的話這一帶將會化為怒火燎原的景象。離引爆已沒多久時間。很難拿到遠處去丟。但是，交給帕克的話，又會在愛蜜莉雅的王選之路留下陰影。在突然正經地說生命是無可取代的之前，要想破腦袋擠出智慧。這次，為了愛蜜莉雅，能做到什麼呢——

「——這樣啊。」

昴自言自語。腦子裡就只閃過一個方法。

雖然懷疑是否能付諸執行，還可能被人笑愚蠢。可是以現在僅有的條件，若要說可能性或有勝算這種奇蹟在，就只想得到這個。

想到的瞬間，昴的身體就像反彈一樣行動。

抱起連要抬起都很困難的沉重皮袋，發熱的魔石燒燙手臂和胸膛。無視這痛楚，昴跳出龍車。這時背後——

「等一下……！」

愛蜜莉雅用顫抖的聲音叫住昴。

不該停下的雙腳停下。不該轉身的身體轉過去。不該看的眼睛直直地凝視她。沒時間交談了卻還等她開口。

「昴，為什麼……！」

那句「為什麼」，灌注了這瞬間以外的所有「為什麼」。

那是方才跳進龍車的瞬間的「為什麼」，對於營造出這狀況的「為什麼」，還能追溯到更久之前——

──重複在王城某個房間的問答。

那時候，昴沒辦法回答愛蜜莉雅。

那時的自己沒有整理好的數樣感情甦醒。每一樣自己都沒有搞錯。可是，也不是正確的。

就那麼一次得到機會，然後又失去，最後延宕的場面。

與愛蜜莉雅重逢，得到交談的機會，想要傳達的心情和話多如山高。就像星星一樣怎麼數也數不盡。

千言萬語浮現腦海，從喉嚨深處上湧然後消失。

萬千的感慨，重複累積的情感，全副身心都在渴求這瞬間。

想說什麼。想傳達什麼。

要選什麼字句。要用什麼態度面對。

「為什麼……？」

她再度發問。

昴輕吸一口氣。然後只說一句話。

「──我喜歡妳喔，愛蜜莉雅。」

——那是昴這樣遍體鱗傷還活著的唯一意義。

9

一口氣說完，就用力鑽出車篷跳出龍車。

太陽光燒燙眼皮的瞬間，黑色巨軀像要遮蔽日光似地站在昴面前。是帕特拉修。愛龍在昴呼喚之前就先察覺一切，轉身背對他。

跳上牠的背，將發出高溫的皮袋夾在自己的肚子和帕特拉修的龍鞍之間。然後握住韁繩，地龍一路朝太陽的方位奔跑。

背後是被昴的行動嚇到的奧托，還有坐在駕駛台上呆掉的騎士。撥開車篷的小孩和愛蜜莉雅跳出車斗大叫。

聽得到聲音。他們在呼喚昴。但是昴沒有回頭。沒時間回頭。

應該傳達的心情，想要道出的話語，全都灌注在那一句話裡了。

那兒已經沒有昴應該做的事。現在，只剩下這件應盡之事。

「————」

帕特拉修化為風，景色一口氣被撇下。

「除風加持」的效果還沒發動，搖晃和強風毫不留情地襲擊昴。可是漆黑地龍以靈巧的動作守護主人，昴也將現存的信賴全盤託付給愛龍。

隔著皮袋感受魔石的高溫。好燙。即使現在也在平靜地增溫。離爆炸的時刻很近。昴用肚子、帕特拉修用背感受，但一人一龍都緊盯著前方。

痛到暈眩的視野盡頭，是橫躺的目標物「那個」。

——「那個」是從根部被折斷而倒下的傳說大樹。活了悠久時光的傳說之樹的末路，以及倒在旁邊、失去頭部的魔獸屍體。

光要從巨大的魔獸屍骸身上只運走頭部就有得忙了吧。為了防止被留下的龐大身軀會腐爛因此有施以冰鎮，附近都飄盪著冷氣。

驅使帕特拉修跑向變成冰雕的魔獸屍體，昴掃視橫躺的白鯨正中央。那兒有承受劍鬼斬擊而生的致命傷。

「——喝！」

在最接近屍骸的時候，昴跳下帕特拉修。

然後拿起熱度變得更高的皮袋，毫不猶豫地塞進魔獸的傷口內。巨大屍骸的傷口很大，即使被冰凍了，空隙依舊足夠把整個皮袋塞入。

「————」

處理完皮袋，就立刻轉身。昴再度跨上帕特拉修，抓住韁繩立刻迴轉，繞過屍體，跑到倒下的大樹背後。

載著幾乎是懸掛著的昴，帕特拉修在草原上奔馳。地龍踏出兩、三步後，魔石就超過燃點發出光芒高溫，光芒膨脹。

只感覺得到急馳的搖晃和風。翻轉的身體分不出上下，撞到某處才知道自己逃到了目的地。身體撞上樹幹，帕特拉修蜷起身子罩住昴。

——下一秒。

「————!!」

劇烈衝擊與暴風，以為耳膜會破掉的爆炸聲響徹街道，熱浪穿越白鯨屍體和大樹，將昴和帕特拉修的皮膚烤焦。

爆炸的光芒毫不留情地穿越緊閉的眼皮，刺痛眼球。但是，昴緊緊抓住壓在身上的重量，咬牙忍耐痛苦。

衝擊波把身體內外搞得一團亂，有強大樹根的大樹差點就要被拔離地面。不過，這樣的破壞奔流很快就收斂——

「——？」

不知過了多久，發現什麼都感覺不到的昴抬起頭。

覺得有出聲，但耳鳴嗡嗡作響所以聽不見。覺得有睜開眼睛，卻因為爆炸的煙霧而看不見。

伸出手，觸碰身旁地龍的肌膚。雖然不清楚溫度，但手掌傳來生物該有的起伏。牠還活著。昴安心地放鬆肩膀。

「──!?」

緊接著，有濕濕的觸感爬上什麼都看不見的臉上。

重複無數次的感觸，應該是帕特拉修的舌頭吧。像狗一樣表達感情的方式讓昴苦笑。還有，因為舌頭太過粗糙，感覺像被銼刀擦臉似的。

但就算想制止，手也不能動，也發不出聲音。

而且好累。體力整個用光，已經連一步都走不動了。

稍微休息一下不會遭天譴吧。

「──！」

肌膚感受到大氣微微搖晃，昴忍不住轉動脖子。

什麼都看不到也聽不到，但不知為何感覺很舒服。

什麼都聽不見。現在，什麼都──

「──昴！」

啊啊，什麼啊。──這不是聽見了嗎。

用安心吐氣劃下句點，昴的意識就墜入深深的沉眠中。

10

——回過神時，昴的意識又被引導至黑暗世界。

一望無際，只有意識在徘徊，失去肉體的菜月・昴飄盪在虛空中。

這個世界不論何時都沒有地面，自然也就沒有天空。

就只有無盡黑暗廣布，只要醒過來就會忘記的泡沫之夢。

『——我愛你。』

但是，在這什麼都沒有的虛無空白世界裡，有位只能在這裡相遇的『心上人』。

『心上人』總是為昴帶來甜美麻痺的疼痛，以及像是含著苦澀的喜悅。

『——我愛你。』

黑暗散開，編織成影子，『心上人』在昴的身旁現身，呢喃愛語。

看不見她的表情。可是，『心上人』一定是用難過淚濕的臉紡織愛意。

想碰她。渴求她。昴的心反射性地被那麼吸引。

想回應愛，想報答愛。被奉獻愛情，就必須以愛情回報。

然而──

「──昴。」

聽得見。與『心上人』不一樣、惹人憐愛的聲音，正在呼喊自己的名字。

只有意識理解。跟這個被黑影充填的夢中『心上人』不同，來自白光世界的憐愛之聲正在呼喚昴。

在理解這點的同時，黑暗遠方同時生出不應存在的光芒。

『──我愛你。』

「──昴！」

聲音同時傳來。想要回應影子的愛。必須回應光芒的愛。

『心上人』的聲音，來自遠處光芒的聲音──回過神來，意識被光芒吸引。

昴的內心，因『心上人』被留下而感到悲傷。

影子編織的雙手伸長，但卻碰不到不存在的身體。只有聲音傷心地渴求遠去的昴，無數次用顫抖的聲音呼喚昴。

『——我愛你。我愛你。我愛你我愛你我愛你我愛你我愛你。』

「——求求你，昴。」

重複的愛語，以及帶著純粹心願而呼喚的名字。

回想起來，自己的存在。

回想起來，必須做的事。

回想起來，必須去的地方，以及必須說的話。

所以說，不能待在這裡。

所以說——

「——下次，我一定會去見妳。」

不存在的嘴巴，應該沒法傳達的想法，朝著遠去的『心上人』告別。

發誓將再會，道別的語言。『心上人』輕輕倒抽一口氣。

就這樣，昴的意識被塗抹影子世界的光芒包圍，緩緩溶出。

『──我等你。』

最後只留下這一聲，菜月・昴就被彈出泡沫之夢──

11

意識從沉眠之海中浮起，打破名為清醒的水面後睜開眼皮。

醒轉的淚水像毒藥一樣滲透眼球，在朦朧的視野中看到緩緩搖晃的藍紫色。

在近到呼吸相觸的距離下，有著奪人目光的美貌。粉紅色嘴唇吐出的氣真的碰到自己──讓人慌張得想死。

「臉也太近了吧!?」

「哇！啊！昴，你醒了！太好了，真的太好了。」

近距離的藍紫色，就是愛蜜莉雅的雙眸。察覺到她的臉就在鼻息相觸的近距離下，意識立刻躍起。望著慌張失措的昴，愛蜜莉雅似乎不知他內心的波濤洶湧，反而安心地撫摸胸膛。──還有，角度太奇怪了。

「睡著的我，和超近的愛蜜莉雅醬。還有，這個宛如天堂的枕頭觸感……」

「用不著講得那麼奇怪，是大腿啦。睡起來不賴吧？」

「我不知道有什麼枕頭比這更奢侈享受了。扣掉我拼命的獎賞還有剩呢。」

毫不客氣地躺著，昴哈哈大笑。結果，愛蜜莉雅抿緊淺笑的嘴唇，靜靜地凝視昴的笑臉。氣氛變了。為了在確認彼此平安無事後，交換彼此的想法。

「那個，我有很多事想問，可以問嗎？例如……對了，帕特拉修還好嗎？我記得暈過去之前牠有在舔我的臉。」

「真是的，想問怎麼樣的人是我耶。……那頭地龍，在你昏過去後還在舔你。想要把你們分開結果牠就吼叫兇人，要不是奧托跟牠解釋，牠可能都不會離開你。」

「喂喂，是有多忠心啊，帕特拉修。迷上我囉。」

雖然才接觸兩天，但一起闖過的戰場數量卻是最多的。假如庫珥修要給自己消滅白鯨的獎賞的話，那除了帕特拉修外不作他想。

「那孩子的燒傷很嚴重，不過似乎沒危及到性命。應急措施我先做了，現在牠跟威爾海姆先生一起由菲莉絲治療。」

「咦！菲莉絲也到了？」

從愛蜜莉雅的口中聽到菲莉絲的名字，昴同時感到安心與驚訝。和王國頂尖治癒術師會合是好消息，但他會在這就代表——

「該不會，我睡了很久？」

「兩、三個鐘頭左右吧？多虧了對話鏡才能和菲莉絲他們會合，受傷的人也都平安無事。放心吧。」

微笑的愛蜜莉雅手中拿著原為魔女教持有的對話鏡。

為了和留在村裡的討伐隊聯絡而被昴回收的鏡子。用這個和菲莉絲他們對話，才得以順暢會合吧。

「那麼，大家都聚在一塊囉。」

「菲莉絲正在治療……由里烏斯也是。我嚇了一大跳。畢竟，根本無法想像昴和由里烏斯會在一塊。」

「那是有比山還綠比海還高的理由。從頭說明的話，就會加入嘮哩嘮叨的個人主觀搞得事情變很長……」

嚇到愛蜜莉雅的兩人關係，難以用言語說明。話說回來，事到如今昴也不知道該怎麼說才好。

複雜的感情糾葛在一起，如果要單方面評論他的話──

「我，討厭，那傢伙，永遠。」

「怎麼突然用單字講話？」

「我用我的方式，試著把對他的感情拼命地用語言表達出來。……大家在哪？」

不想繼續這個話題而改變話題。這樣的態度讓愛蜜莉雅微微苦笑，然後接著說。

「這個嘛，在菲莉絲治療完大家之前都在休息，不過差不多要結束了。等解決了，大家又要前往王都。因為好像有很多事得和庫珥修小姐談。——多虧昴的努力。」

「哦哦～我超努力的。在敵營的緊張氣氛中，使盡渾身解數故弄玄虛和虛張聲勢，才得以抵達狹窄的正確之路。就算只是回想我的胃都要痛了！」

「嗯。真的……很謝謝你。」

愛蜜莉雅老實感謝，讓隱藏害臊的昴藏不住害臊。

不過，功績就是功績。已經沒有必要隱藏。

「這樣啊。……我，終於回來了。」

看看周圍，兩人在拉起車篷的龍車車斗內。

周圍沒有其他人的氣息，沉默中聽得見的只有沙沙作響的風聲。簡直就像世界只剩兩人而已。——很意外的，跟那時的狀況一樣。

渾身是傷，從意識不清的狀態下清醒過來，世界就剩下兩人。

「感覺，好像做了很久的夢……」

其實，從那次的別離到這次的輪迴——在抵達本次最終輪迴期間發生的事毫無真實感，就像在作夢一樣。

「惡夢……不，不對。」

「那是好夢嗎？」

愛蜜莉雅歪頭，接著昴的話問。

聽到後，昴閉上眼睛，回想足以斷言是惡夢的反覆時間。

絕望的狀況幾度來臨，光是想要從腦袋抹消的場景就想起好幾次。

一味做出愚行，任性妄為，強加傲慢於他人，嚴重背叛他人期待，被失望與絕望打擊，精神被粉碎，一度被瘋狂支配，自暴自棄想要扔下一切──結果最後被救出。

不能當作沒發生。要是沒有這一切，就沒有現在的昴。

所以就算是日日如惡夢，淨是痛苦難過的事，也不能別開目光。

「──是美好的真實。」

那綿長宛如惡夢的時間，只留在昴的腦內。

可以把那視為過去。不過，不能當作是夢。

自己的行為所產生的悲劇結果，招致的慘劇結果，全都要納入懷中。

因為那是被「死亡回歸」這種超乎常識的能力給囚禁，並用這股能力開闢未來的昴應該背負的十字架──

「……事情，妳聽了多少？」

「幾乎沒聽說。由里烏斯叫我來問你。」

「那個傢伙，真的很多管閒事。」

他以為這樣是貼心嗎？朝著腦內的美男子罵髒話後昂吐氣。

接著，慢慢從愛蜜莉雅的大腿上起來，和她的視線交會。

——為了接續那時候中斷的對話。

「那一天，妳問過我『為什麼』吧。為什麼要幫助妳，為什麼要這麼努力。」

「嗯，我問過。結果你說因為我曾救過你。……可是，我不曾那樣過，完全沒有。每次都是我被昴救，我卻什麼忙都不曾幫上。可是，昴卻為了我而受傷……」

「不，那時候我失……」

我失常了。想這麼說，卻又沒法完整說出口。

才不是什麼失常。那時候的菜月・昴是個軟弱愚蠢又只想到自己的男人，這才是正確的。只會一味要人接受自己那把想法強加於人、自以為是的感情。

高聲主張那麼自私的愛的男人的最終下場，昴再清楚不過。因為親眼看他、送他一程的人不是別人，就是昴。

足茲證明奉獻愛情的正確方式的劍鬼身影，昴也看在眼裡。

「那時候的我，都只想到自己。我承認。我嘴巴說是為了妳，其實只是沉浸在『為了妳而努力的自己』這樣的角色裡而已。我自以為那麼做妳就會接受。」

「昴……」

「對不起。我利用妳好沉浸在愉悅中。妳那時候說的全都是對的。我搞錯了。……不過，也是有沒搞錯的事。」

是有為了自己而利用愛蜜莉雅的場合，但只有一件事不能讓步。

「我想幫妳。想成為妳的助力。這是千真萬確，不是騙人的。」

「……嗯，我知道。」

昴說，愛蜜莉雅點頭。

然後藍紫色瞳孔搖擺不定，眨眨眼後凝視昴。

接著──

「──為什麼，你要幫我呢？」

幾個小時前她也說過這樣的話。那時候的問話再度出現。

現在也跟那時一樣，愛蜜莉雅渴求答案才出現這段話。而昴的答案只有一個。

「──因為我喜歡愛蜜莉雅，我想幫助妳。」

正面回望愛蜜莉雅的雙眼，昴清楚地告知。

──結果，昴的行動原點就是這麼簡單。

想要成為她的助力，想要待在她身旁，想要幫助她，想要看到她的笑臉，想要陪在她身邊，想和她一起活到未來──

因為整個人從頭到腳、身心靈全都喜歡愛蜜莉雅。

因此昴就算倒楣得要死，實際上也死過很多次，即使會受傷被厭惡難受想哭，都還是爬著咬著抓著硬是回來了。

明明就只有這個答案，卻繞了好大的圈子。

昴也對自己的愚蠢感到厭煩。

「────」

聽到昴的答案，閉著嘴巴的愛蜜莉雅選擇沉默。

但是，沉默沒持續多久。她的表情突然瓦解。先是咬住闔上的唇瓣，接著瞪大的藍紫色雙眼濕潤。

簡直就像快哭出來卻又不知道哭法的小孩一樣。

「我、我是……半妖精。」

「我知道啊。」

顫抖的聲音立刻得到這樣的答覆，愛蜜莉雅用力搖頭。

「銀色頭髮的半妖精……因為跟魔女的外表相似，所以被很多人討厭和嫌惡。真的很多人討厭我。」

「我看到了。我知道。那些傢伙都沒有眼光。」

只憑外表判斷人，而且理由還是長得像古早以前的大罪人，真是蠢斃了。

沒看到愛蜜莉雅的任何本質，誰有權利討厭她？

「因為很少跟人來往，所以也沒朋友。沒什麼常識，不懂人情世故，所以會講出奇怪的話……還有，因為跟帕克訂契約所以幾乎每天髮型都不一樣，想成為國王的理由……非常非──常的自私……」

述說自己的缺點，卻連不必要的事都講出來，還可從中窺見她的軟弱。

連這種沒自信又膽怯的樣子，對現在的昴來說都很可愛。

因此，昴溫柔地搖頭。

「不管別人怎麼講妳，妳自己怎麼想自己，我都喜歡妳。我最喜歡妳。超級喜歡妳。想一直跟妳在一起。想一直跟妳牽著手。」

「啊……」

「假如妳可以說出十個討厭自己的地方，那我可以說兩千個喜歡妳的地方。」

不讓想意圖疏遠自己的愛蜜莉雅逃跑，昴牢牢地盯著她，表明自己的真心。

愛蜜莉雅微微張嘴，看著昴的雙眼轉眼間就積滿淚水。斗大的淚珠於眨眼的同時溢出，在她白裡透紅的臉頰上畫出透明的軌跡。

「我這樣對妳，因為我想視妳為『特別』的。」

「……這麼讓我開心的特別對待，是我出生以來第一次。」

昴伸手，輕輕按住流淌的淚水。摸著臉頰的手上頭，重疊了愛蜜莉雅的手掌，交換彼此熱燙的體溫。

「為什麼是兩千個？」

「因為要表現我的心情，連乘上個一百倍都還不夠啊。」

昴露齒一笑，愛蜜莉雅也又哭又笑。

那笑容十分耀眼，連滴落的淚珠也像是寶石，一個微笑就能得到這樣的滿足感，自己是有多好打發啊。昴忍不住笑自己。

就這樣，愛蜜莉雅邊笑邊用臉頰磨蹭昴的手掌──

「──好高興。真的很高興。因為我從來沒想過有一天會有人說喜歡我。」

在愛蜜莉雅活到現在的時間裡，「特別」就等同於歧視。

所以她極度害怕被人視為「特別」。儘管知道她這種心情，昴還是視她為「特別」。

就算其他人不會，這個世界就只有昴會，是昴才有的「特別」。

「這樣、好嗎？我……我總覺得你一直在做讓我開心的事。這麼幸福的心情，太奢侈了……」

「有什麼關係。就盡情奢侈吧。幸福這玩意兒不會嫌多的，要是多到滿出來的話就分送給人就行啦。」

所以說──

「慢慢來吧，愛蜜莉雅。慢慢地、一點一滴地、輕鬆自在地喜歡上我就可以了。走在妳身邊的時候，我會努力讓妳迷上我的。」

「──」

噫嗚。愛蜜莉雅的喉嚨輕聲作響。

她就這樣紅著臉垂下目光，手貼在自己的胸口，靜靜地凝視對著自己笑的昴。然後──

「──謝謝你，昴。謝謝你救了我。」

愛蜜莉雅微笑，朝昴這麼說。那跟過去被傳達的話一樣。

注意到這件事後，昴笑了。愛蜜莉雅也意識到同一件事而笑了。笑著笑著，淚水突然從她的眼角開始奔流。昴伸手，像梳理一樣溫柔地撫摸她那頭美麗的銀色長髮。

溫柔地一直安慰哭個不停的少女、心愛的她──

──瀕臨傍晚的天空下，異世界人和銀髮半魔靠在一起互相傳達心情。

漫長地持續，反覆的苦難與絕望。

跨越那些後，終於得到平靜安穩的兩人時光。

這是一個只為了得到這段時光的故事。

繞了好大一圈，不斷擦身而過，持續迷惘困惑，就是這樣的故事。

一名沒自信的少年，朝一名沒自信的少女表達心情。

就只是為了這樣而努力──就只是這樣的故事。

幕間　『在龍車的片刻』

——喀啦喀啦。龍車發出平靜的聲響，在街道上不斷前進。

在被加持保護的龍車內，昴初次享受真正安穩的旅行。

他搭龍車的經驗通常都很忙亂，這麼平穩的旅程還是頭一次。第一次前往王都時，也是他唯一的搭龍車經驗。原本應該要很安穩的旅途，卻被他自己的亂來行為而搞砸了。

然而，這個初體驗現在卻——

「總覺得……佩特拉妳靠太近囉？」

「因為大姊姊很奸詐，獨佔你到剛剛。可以吧？」

佩特拉說完，滴溜溜的眼珠仰望苦笑的昴。

她坐在昴的左邊，從出發到現在都一直靠著昴不肯離開。

「那個，那樣說不對喔，佩特拉。剛剛我是跟昴…對，我們只是在講重要的事……」

「咧——！我是絕對不會輸給大姊姊的。」

愛蜜莉雅紅著臉找藉口，但佩特拉根本不聽她的話。不過看她們的態度並不是認真地厭惡彼此，比較像是打打鬧鬧的延伸。看著這樣的互動，昴微笑。

「愛蜜莉雅醬，小孩子說的話，笑一笑帶過就行了。」

「不行啦。正因為對象是小孩子，所以不可以用那種因陋就簡的態度。」

「都沒聽人在用因陋就簡這個成語了……」

「哼，你又這樣子打哈哈了。」

愛蜜莉雅嘟起嘴唇表達不滿，被當成小孩子對待的佩特拉也拉扯昂的袖子一臉不服氣樣。

「抱歉、抱歉。」昂微微苦笑，向她們道歉。

現在，他們跟孩子們坐上另一輛龍車，一同前往王都。除了佩特拉以外的小孩子全都累到睡著了。老實說，他們的鼻息和佩特拉的肢體接觸解救了昂。

畢竟現狀要是與愛蜜莉雅獨處的話，昂會不知如何是好。

在說了那麼多丟臉的話和告白後，雖然很帥氣地說會等她的答覆，但冷靜下來回顧後，就覺得臉燙到要噴火了。

「昂，你表情怪怪的耶？怎麼了嗎？」

「在想多虧有妳，幫了我大忙。哦，這麼說來妳有好好遵守不讓愛蜜莉雅醬一個人的約定呢。真厲害耶～」

「嘿嘿嘿───」

溫柔撫摸仰望自己的少女的頭髮，昂朝佩特拉表達雙重感謝。

要是這些孩子們不管愛蜜莉雅的話，她一定又會勉強自己而受傷。事情沒變成那樣，昂至今的努力能有回報，都多虧了以佩特拉為首的大家。

真的受惠於周圍的每個人。受惠太多了。

「事情告一段落後，必須答謝的對象太多了……」

超感激庫珥修陣營，也要感謝安娜塔西亞陣營的「鐵之牙」支援，還有惹人厭的由里烏斯。跟白鯨有關的幕後工作多得有拉賽爾張羅，最後的關卡也欠了奧托人情。該做的事太多了。

「必須去思考的事多得像山呢。」

殲滅白鯨與「怠惰」的論功行賞，以及與庫珥修陣營同盟之事。追究羅茲瓦爾不在本宅的責任，以及補償阿拉姆村和諸多事後處理。

前途多難——尤其對昴來說，最大的險山在於「商量」。

「呃、那個，愛蜜莉雅醬。……我有非常重要的事要說。」

「嗯，什麼事？」

昴畏縮開口，回過頭的愛蜜莉雅眼中充滿信賴。

一看到那雙眼裡的感情，自己成就的事就有了真實感。於此同時，想到之後的發言會讓那雙眼產生什麼樣的變化，就覺得很恐怖。

昴不能逃避，要告訴愛蜜莉雅的問題——當然就是雷姆的事。

在這次的輪迴裡，沒人像雷姆給予如此專一的協助。

雷姆的深情與奉獻溫柔地治癒昴一度受挫的心，喚回能夠再和命運對抗的力氣。

——要是沒有雷姆，就沒有現在的昴。

正因如此，對雷姆的感情又是另一種特別。

那和對愛蜜莉雅的感情不同，是沒法比較的強烈巨大感情。

因此，在這個時間點昴下定了決心。——即使知道這是個差勁的想法。

「是非常難以啟齒的事，不過希望妳聽我說。當然，跟拉姆報告同一件事後我有覺悟會被她揍飛……但第一個要先跟愛蜜莉雅醬說。」

「……嗯？」

吞吞吐吐又還來個奇怪的開場白，讓愛蜜莉雅面露困惑。

她的樣子讓昴的決心變鈍，不過他還是振奮與魔女教作戰的勇氣來鞏固覺悟。

腦子以最高速度運轉，動員以「死亡回歸」培育的一切來導出最佳解答——

「其實……是雷姆的事。雷姆她，對我……就、就是自然而然吧？所以，哎喲，當然說了很多啦……」

感覺額頭冒汗，昴拼命地選字揀詞。

不管是勇氣覺悟還是「死亡回歸」的經驗值，在史上最差勁的告白前都派不上用場。

不知為何已經像是在找藉口了，昴結結巴巴又滿頭大汗，這時愛蜜莉雅舉手說：

「等一下。昴，你鎮定一點。我不懂你想說什麼，但我知道你很拼命。乖，你是好孩子所以慢慢來。」

「好孩子是什麼讓人高興不起來的評價啦！不，是我太不像男人了。啊啊，這邊就直接講啦！就像我說喜歡愛蜜莉雅一樣，雷姆也說喜歡我，所以說！」

憑著氣勢講到這裡，就講不下去了。

那樣全力坦白心情後，還以為昴要告白什麼的愛蜜莉雅應該也很驚訝。一這麼想就怕她有什麼反應，所以昴提心吊膽地窺視著她的反應。

「——」

可是，愛蜜莉雅的反應跟昴想的完全不一樣。

聽了那些話後她蹙眉，手指貼著嘴唇沉默思索。那是在玩味昴的發言，蓄積對昴的怒意。——完全不是那樣的氣氛。

「昴。」

「是。」

被叫名字，昴直直地看著愛蜜莉雅。

愛蜜莉雅也正面面對昴有所覺悟的眼神，只不過帶著困惑。見她這種反應，昴反而無法理解。

然後下一句話，才是真的超越了昴的理解——

「——雷姆……是誰？」

斷章　『菜月・雷姆』

1

——萬里晴空下，偌大的哭聲震天價響。

是女嬰的哭聲。而且還是卯足全力的哭喊。

能夠使盡全力表達自己的感情，是嬰兒的特權。懷抱這樣的感傷，為自己這種不年輕的想法感到愕然。

「這是對年輕的憧憬……我也應該童心未泯地像絲琵卡那樣嚎啕大哭嗎？」

「一個大人在人來人往的地方那麼做的話，我可不會為你說話喔!?」

昴對年齡的有感而發，讓身旁的少年誇張吐嘈。這時，聽到這對話、昴懷中的嬰兒——叫做絲琵卡的女嬰大吸一口氣。

「啊——!!」

「嗚喔喔！絲琵卡哭了！喂，瑞吉爾，你是哥哥吧！想想辦法啊！」

「講那種話的你連想辦法都不肯才是最糟糕的啦！」

兩個男生在大街正中央繞著嬰兒團團轉，互推責任給對方。

「又是老樣子啊。」騷動本來吸引行人的目光，但一發現鬧得一團亂的三人是誰後就全都失去了興趣。結果狀況依舊是女嬰哭泣，兩個男生在旁邊慌張。

置身在好笑又吵鬧的光景中的昴伸掌掩面。

「女孩子哭得這麼慘，卻連一個出面幫忙的人都沒有……可惡，人心竟然荒淫到這種地步！」

「現在不是對世間情感到絕望的時候了！這樣下去，等到她回來的話會被罵到臭頭的。」

「你說誰回來，會怎麼樣啊，瑞吉爾。」

「那還用說當然是……」

被叫做瑞吉爾的少年講到一半就愣住，然後回過頭。順著瑞吉爾的視線，看到站在少年後方的人影後，昴挑起眉毛。

「哦。買完東西啦？」

「是的，毫無拖延。……你們這邊似乎很辛苦呢。」

「不會，絲琵卡超有精神的。這種的，等大到會自己跑來跑去的時候會是把男人要得團團轉的類型。這麼早就能看見長成小惡魔系的未來性，我很興奮喔！」

被喋喋不休的昴抱在懷裡的絲琵卡，朝著站在前面的女性伸出宛如楓葉的小手。知道她要換人抱的昴感到寂寞。

「話雖如此，要是又害她哭就傷腦筋了。就這樣，交給妳了。」

「儘管放心。」

雖然口氣不脫淘氣，但昴交出嬰兒的動作卻十分柔和。

像捧著寶物一樣的動作，讓要接過絲琵卡的女性淺淺一笑。然後，她將絲琵卡牢牢抱在懷裡，輕輕搖晃身體哄嬰兒。

「好啦，爸爸和哥哥都很沒用喔。絲琵卡也要快點長大來罵他們喔。」

「喂喂，不要從她還聽不懂話的時候就開始實施英才教育好嗎？」

在淘氣過後，想像未來手叉腰的她和絲琵卡兩人怒氣沖沖地把自己和瑞吉爾夾在中間罵的景象——

「唉呀，想一想也不壞耶。不壞耶，不賴喲！不如說幸福的未來景象讓人超級想笑的。」

「我才不要咧。被妹妹罵，那我這個做哥哥的臉往哪擺啊。」

「在你跟我一起慌張失措的時候早就沒有顏面可言啦。我看見，我看見了……喜歡妹妹到疼過頭寵過頭的你，未來被吃得死死的樣子。你這個妹控大王！」

「不要因為自己怕老婆就以為我跟你一樣！我絕對不會變那樣的！」

昴雙手一張一握煽動情緒，瑞吉爾冒著青筋反駁。但是，聽到瑞吉爾的發言，抱著絲琵卡的藍髮女性蹙眉。

「瑞吉爾。——方才在外頭講話就一直是這種口氣嗎。叫人看不下去。」

「嗚，可是，不過……」

「『可是』和『不過』都是媽媽討厭的話。而且，你剛剛講的話也是錯的。」

毫不留情地斥責欲言又止的瑞吉爾，她親了一下懷中的嬰兒臉頰後，說：

「爸爸才沒有怕媽媽。是你爸爸隨時隨地都把媽媽擺在第一順位。」

紅著臉頰，說出比在大庭廣眾之下嚎啕大哭還要丟臉的話——

威風凜凜地這麼說的母親，讓瑞吉爾舉起雙手投降。昂也為這宣告感到難為情，搔了搔臉頰。

面對心愛家人的反應，她幸福地按著長髮。

雷姆那頭宛如反射天空的漂亮藍髮，在微風的撫觸下輕柔搖晃。

2

卡拉拉基都市國家，都市巴那的一角——在有遊樂器材的公園角落，坐在長椅上的昂呆呆地望著公園內的樣子。

前面是藍色頭髮倒豎的瑞吉爾，跟朋友們快樂地在公園內跑來跑去。雖然盛氣凌人地頂撞父親，但現在的樣子卻可愛得很符合他的年紀。

「再來就是那個像是殺人犯的兇狠眼神，可得想想辦法。」

「不行喔。那個兇狠眼神也是瑞吉爾的一部份。即使非常開心或高興，不知道的人第一次看到他時都以為他在不爽或在想壞事的臉。——那就是瑞吉爾的特徵啊。」

「我聽見囉。媽媽妳的補充很傷人耶!?」

玩著昴引進並蔚為風潮的遊戲「冰鬼」，目前被鬼抓到而成冰雕狀態的瑞吉爾發出怒吼聲。昴和雷姆一同朝著可愛的兒子揮手。

冒青筋不爽的瑞吉爾，其兇狠的外表跟年幼時的昴如出一轍。

「也就是說，那傢伙未來已經可以想像就是我的翻版。我要是那傢伙的話會不寒而慄的。……如果被說二十年後會變成我的話。」

「可以娶到擅長料理家事一把罩，勤快能幹又以夫為重的理想美好妻子……不是這種將來嗎？」

「那不就是現充嗎，太叫人不爽了。啊，那人就是我喔！」

手拍頭吐舌頭的昴，讓雷姆忍不住噗嗤一笑。

「要是這樣不否定還笑裏藏刀的話，雷姆會得意忘形喔？」

「那算是捧殺嗎？我只是說出實情而已。我，真的是，現充。」

更何況，假如昴要認真對雷姆口蜜腹劍的話，那種程度遠遠不夠。

不過，午後的公園也是有街坊鄰居在閒逛。要是開始放閃，就很容易成為明天八卦的話題主角。雖然那樣也不壞，但現在想好好享受這份幸福。

玩耍的兒子，溫柔地抱著女兒的妻子，在旁邊的昴總覺得睡意跑出來了。

「——哎呀。」

「如果想睡，請靠雷姆的肩膀。因為懷中現在被絲琵卡獨佔了。」

睜開一隻眼睛，發現自己頭靠在不知何時坐在隔壁的雷姆肩膀上。極近距離感受雷姆的香氣和體溫，昴邊微笑邊看向絲琵卡。

不遜父親的黑髮，還有不輸母親的可愛臉蛋。純潔纖細又惹人憐愛的小生命。

「我說，絲琵卡。雖然是我的愛女，卻是輕易佔領我聖地的可怕謀士呢。」

「要獨佔雷姆的胸部，請等到晚上。」

「我們現在在白天的公園裡，說話要當心喔……」

大膽的發言令昴驚訝，說話的當事人倒是紅了臉頰。

「我的老婆超可愛。」

「因為每天都被深深愛著。」

凝視彼此的話會讓心癢癢的，昴就照著雷姆的話把頭靠著她肩膀。輕輕搖晃的藍髮叫人格外舒爽，昴下意識地用臉磨蹭。

「這樣很癢，親愛的。」

「啊，對不起，因為太舒服了。絲琵卡要學著乖一點。靜不下來的只要瑞吉爾就夠了。嗚哇，瑞吉爾好孩子氣喔——」

「我聽到囉，笨蛋爸爸！不要一直扯到我！」

「瑞吉爾，妹妹睡著了，小心一點。」

「我不能接受啦！」

冰雕狀態的瑞吉爾大叫，但沒有家人為他說話。再補充一下，沒有人幫助冰凍的瑞吉爾，他完全被定位為任人玩弄的角色。

雖然外表和言行舉止都跟昴很像，卻不會被附近的小孩排斥，算是人品夠好。

「絲琵卡以後不能變那樣喔～那是哥哥的風格。哎呀，像媽媽的妳前途一片光明。再來只要祈禱妳別被像我這樣沒用的男人給抓到。」

「這世上沒有人可以取代你。雷姆的老公是世界第一。」

朝著掛保證的雷姆苦笑，片刻的沉默落在兩人之間。但那絕非討厭的沉默。在明媚的日照中，遠眺被朋友開玩笑的兒子，靠著抱著女兒的妻子假寐。——那是甜蜜幸福的時光。

「——昴。」

突然被叫喚名字，昴睜開閉上的眼睛，抬起視線，就和雷姆淺藍色的雙眸對上。看著她充滿光澤的雙眼，昴揚起嘴角。

「……那個稱呼，好久沒聽到了。妳一直都叫我『親愛的』不然就是『爸爸』。」

「——」

坐起的昴這麼說，雷姆抿緊顫抖的嘴唇。

雷姆這樣的表情，在幾年前「剛逃跑時」很常看見。雖然雷姆有隱藏，但還是被昴發現。因為他一直看著她。

沐浴在風中，昴瞇起眼睛。今天提議全家外出的人是雷姆，昴覺得她這麼做有什麼用意在。要說為什麼的話——

「自那天之後，到今天已經八年了呢。」

「……昴早就注意到啦。」

「畢竟，那一天對我……不，對我們來說是很大的轉折點吧？注意到又想起來就忘不了。——不能忘記。」

屈服於命運的日子。捨棄一切，跟雷姆一起逃走的那一天。

打算放棄所有，卻只有一個人怎樣都無法放棄的那一天。

那一天的決定，以及她的愛——因為有她，昴現在才能這樣。

「昴……」

懷念的稱呼，自兩人逃到卡拉拉基以後，雷姆就刻意不再使用。那是跟拋棄的事物訣別的儀式吧。

直到今天，都未曾刻意去問過她那麼做的用意，雷姆也不曾跟昴提起。而那個持續至今的儀式，就在今天解除——

「不後悔嗎？」

「後悔？」

「是的。對逃跑的事，放棄的事，捨棄的事，帶著雷姆的事……」

「妳這樣講我超生氣的。乾脆帶瑞吉爾和絲琵卡回老家去好了！啊，瑞吉爾還是算了，他留下來。」

看到對面的瑞吉爾一臉凶神惡煞，但昴卻用「我們現在在講重要的事」把兒子推落深谷，接著重新面向雷姆。

「我說呢，事到如今都過了八年才講這個太慢了，但我也不知道在這邊講幾十遍或幾百遍會有多少效果。」

「是。」

「在這個世界上，我最愛的人就是妳。我的太太就只有妳，妳的老公就只有我。妳不是那種會妥協接受我這種男人的隨便女人。」

兩人互相凝視，昴用手指輕彈雷姆的額頭。然後臉湊近驚訝的她，說：

「就像那一天的誓言一樣，我的一切都奉獻給妳，我的一生全都是妳的，我會為了妳鞠躬盡瘁，只為了妳而活。——現在還增加了為了我們的孩子這個項目。」

雷姆皺起鼻子，閉上眼睛。昴奪佔她的雙唇。

只有接觸的親吻，在極近距離呼吸的昴微笑。只有這點即使年歲增長也沒改變。就像個惡作劇的小鬼頭。

「這樣，能安心嗎？」

「……對不起。雷姆永遠都會不安。畢竟，雷姆越來越喜歡昂。雖然覺得已經沒有比這更幸福的時光，但卻越來越幸福。喜歡和幸福一直增加，所以很不安。」

眼眶泛淚訴說幸福的雷姆輕輕搖頭，然後和昴額頭碰額頭，交換彼此的微溫。

「很怕現在這樣接觸的你，哪天就不見了。」

「放心吧。我不會離開妳，也不會不見的。只要妳還沒對我感到厭煩，我就不會離開妳。」

「雷姆是不會對昴感到厭煩的——」

「那我們就會永遠在一起。我愛妳，雷姆。」

昴再度吻住沒法處理心中情感的雷姆。

趁她訝異而僵硬時潛入深處，然後互相熱情地纏繞舌頭。品味過牙齒和唾液的觸感後嘴唇離開，昴朝著呼吸有點急促的雷姆繼續說：

「別說妥協這種笨蛋話，妳知道這樣講會變怎樣嗎？瑞吉爾和絲琵卡就不是出自於愛情而是同情而生的小孩囉？絲琵卡是我跟妳在計劃中誕生的愛的結晶，瑞吉爾則是猛烈燃燒的愛情與年輕造成失控而生下的孩子喔。」

「……瑞吉爾出生時真的很辛苦呢。」

面對手叉腰說教的昴，回顧過往的雷姆甜甜一笑。

「明明是好不容易在卡拉拉基找到住處和工作，想要好好整頓生活的時候呢。」

「沒有啦，因為年輕所以凍未條嘛。」

「昴明明工作完也很累，可是一到晚上就活力十足。」

「沒有啦，因為年輕所以體力很多。」

「正式被雇用和懷孕幾乎是同時發生，那時候雷姆真的是腦袋一片空白。」

「不是很想承認，年輕的自己造成的過錯……」

雷姆怒濤般的反擊，讓昴望向遠處感慨深遠地低喃。

對面被昴當成過錯產物的瑞吉爾苦著臉，不過似乎忍著沒有插嘴。真是能幹的兒子。

「不過，雷姆懷上瑞吉爾的時候，真的很高興。」

「是呀，我也很高興。一開始聽到的時候不但流鼻水還有點失禁，為了確認是不是作夢還叫妳打我結果演變成流血事件。」

雷姆也因為驚慌失措而使出全力，威力大到昴猛烈撞上牆壁後住處都傾斜，等級高到讓昴以為會啟動「死亡回歸」的地步。

不管怎樣，都讓昴清楚想起雷姆告訴他懷孕時的事。那時候湧上昴心頭的溫暖想法也跟著復甦。

「不對。」可是，雷姆卻搖頭這麼回應昴的話。

「雷姆的開心，一定跟昴的不一樣。雷姆的開心……是因為這樣就不會失去昴而有的喜悅。」

「——」

「瑞吉爾，是雷姆和昴之間以確實的形體而生的羈絆。說法雖然很糟，但有了孩子就代表雷姆和昴之間有了密不可分的確切事物。……所以雷姆很高興。」

不安的日子，或許一直壓在她身上。

捨棄以往累積的所有，就只有自己和對方一同逃到新天地。在只能彼此扶持的日子裡，雷姆始終活在不知哪天會失去昴的恐懼中。

雷姆對自己沒自信，程度跟昴有得拼。

對自我評價過低的雷姆而言，跟昴在一起的生活是幸福與不安互為表裡，祝福與恐懼不斷折磨人的日子。

為這樣的時間打上休止符的，是兩人所誕生的新生命——

「不相信？」

「不。雷姆比世上任何人都相信昴。」

「不對啦。不是不相信我……是妳不相信妳自己嗎？」

昴否定的話，令雷姆輕輕倒抽一口氣，然後點頭。

昴在她心中佔有的地位大得不恰當。而跟昴並肩而行，對雷姆來說讓她更相形見絀倍感不安。

——嚴重到她根本沒發現昴也懷著同樣的不安。

夫婦都是千錘百煉的看輕自己主義者。昴這麼苦笑，雷姆則是鼓起臉頰。

「沒關係。雷姆是笨蛋，被笑也沒辦法……」

「不是不是。只是再次這麼認為。我跟妳在本性方面很像，所以說我太太果然是全世界第一可愛。」

昴出其不意的告白瞬間讓雷姆驚訝，然後紅了臉。這反應讓昴胸口一暖，確切感受到自己深愛著雷姆。

在這世界上自己最喜歡、最愛雷姆，甚至願意高聲叫出這份心情。事實上自己偶爾也會這麼做。兩人在鄰里附近是知名的火熱夫妻。

「──瑞吉爾，絲琵卡。」

「嗯？」

雷姆忽然說出兩人心愛的小孩的名字。

「沒有。」昴好奇，雷姆則是這麼說，然後視線朝上看著昴。

「兩個都是星星的名字。是昴所居住的地方給星星的命名。」

「對。我父親的個性基本上叫人遺憾，但他幫我取名叫昴這一點我是非常佩服。我很喜歡這名字。昴也是星星的名字喔。」

小學時，有作業是要調查自己名字的由來，昴因此知道自己的名字來自夜空中的星星。之後，看星星圖鑑就成了昴的興趣。星星的名字他大約都知道，所以要為什麼取名的時候他總是──

「從星星的名字來取。我在網路上的暱稱也是星星的名字，就算要取假名八成也是從星星來取。這在某種意義來說，就是一閃一閃的名字!?」

「是不懂那什麼意思，不過從星星的名字來取名感覺很棒。就算生第三個，一定也是這麼取吧。」

「現在就講要生第三個太快了吧？絲琵卡還在喝奶耶？」

「除了餵奶以外都可以交給瑞吉爾。昴以為是為了什麼，雷姆才會在瑞吉爾長大之前都小心不要生第二胎的？」

「雖然是在我背後做得不顯眼，不過雷姆對瑞吉爾也很嘮叨嘛!?」

妻子平常對待兒子的方式令昴苦笑。他拍拍屁股站起來，然後朝仰望自己的雷姆伸手。

「差不多該回去了。在外頭要在意別人的視線，都沒法盡情恩愛溫存。」

「就是說啊。雷姆很久沒有想要全力以赴地恩愛溫存了。」

「現、現在的我跟得上鬼的體力嗎……」

害怕地喃喃自語完，拉過雷姆的手把人整個抱滿懷。「哇！」把驚訝的她連同絲琵卡一起抱緊，昴享受家庭的溫暖。

「好啦，回家吧。回我們的家去。」

「好，親愛的。」

一手提著購物籃，一手牽著雷姆的手。慢走在前方的昴半步，抱著絲琵卡的雷姆挨著他走。

然後走向公園正中央，現在仍凍結不動的兒子身旁。

「喂，一個人在玩雪的兒子。因為冰鬼沒啥進展讓人看得很無聊，所以我跟媽媽和妹妹先回家。你今晚就在朋友家過夜吧。」

「趕人的方式太明顯啦！應該說，雙親在大白天的公園直接接吻親熱很丟臉耶。」

「活該～在這邊嫉妒辛苦啦。抱歉了，瑞吉爾。這位雷姆小姐是我專用的。」

「很吵耶！」

朝著挑釁的昴怒吼的瑞吉爾，其實當兒子的資歷也不久。他立刻深呼吸，說：

「我要冷靜。不可以被老爸的步調帶著走。冷靜，冷靜……很好，冷靜下來了。那，你跟媽媽講什麼？」

「你的名字的由來啦。例如，一開始你的名字本來是要叫維加的。」

「聽起來很強！為什麼最後沒用？」

「因為一想到名字的典故來由就覺得不恰當。就算是我，也不忍心兒子交一個一年只能見面一次的戀人。戀人很重要。我的老婆世上最可愛。」

「是的，是昴的雷姆。」

「能不能不要在聊我的時候順便耍帥放閃呢!?」

面對放閃的雙親，原本冷靜下來的瑞吉爾踱地破口大罵。而他這樣的吐嘈動作，被一同玩冰鬼的孩子們發現。

「啊——瑞吉爾動了！他打破規則了！」

「呃！」

一直放著瑞吉爾不管的孩子們，這時紛紛指責他違反遊戲規則。瑞吉爾喉頭緊縮說不出話來，昴拍拍他肩膀。

「打破冰鬼遊戲規則的人要接受處罰。在被搞到沒法哭沒法笑之前都要被鬼搔癢。——加油吧。」

「不要一臉認真地掰些隨便的規則啦……喂，幹嘛啦，你們！等一下！不要把這男的話當真啊！等、嗚哇啊啊啊——!!」

孩子們蜂擁過來，瑞吉爾拼命逃竄。可是卻被包夾，最後被壓在地上，接著無數手指逼近——

「再見了，兒子啊。你是個好兒子，可惜有個壞爸爸。」

「瑞吉爾，爸爸跟媽媽有非常重要的事要商量，所以入夜之前不能回來喔。還有，禁止使用角，也不可以弄破衣服。」

「給、給我記住，你們這對薄情雙親——！」

被來自四面八方的手指搔癢，瑞吉爾像慘叫的笑聲響徹公園。哥哥這樣的笑聲，讓絲琵卡開心地笑出來。

從她的感受力來看前途有望。絲琵卡的成長，一定會將瑞吉爾在菜月家的立場變得更固若金湯吧。

以有點扭曲的形式對疼愛有加的兒子表達愛情後，昴牽著雷姆的手邁開步伐。

前往和重要家人一起生活、洋溢安適與幸福的家──

「昴。」

「嗯？」

手突然被拉，停下腳步的昴回頭。

頓時，強風吹過昴和雷姆之間。忍不住閉上眼睛，等風變小後才緩緩張開。

──雷姆的藍色長髮隨風飄逸，閃閃發亮，像是融在日光中。

雷姆把頭髮留長是為了跟誰對抗，如今的昴已經了然於心。而連想到長髮女性時，第一個會浮現腦海的人就是面前世界上最重要的她。

長髮靜靜流洩，重新抱好懷中愛女的雷姆對著昴笑。

那對昴來說是可愛得無與倫比的最心愛微笑。

「雷姆現在，是世界上──最幸福的人。」

幕間　『我要開動了』

1

——委身於行駛在街道上的龍車搖晃中，雷姆一心只想著他。

在刺眼的朝陽與溫暖的風中瞇起眼睛低著頭的雷姆，緩緩抬起頭。

面前排成隊伍的是要回王都的龍車群。龍車上載著參加白鯨討伐戰的傷者，只接受最低限度治療的重傷者也不少。

但是，隊伍的氣氛沒有陰霾，而是洋溢達成宿願的成就感。

對他們來說，現在回王都是凱旋而歸。傷口的痛楚在達成長年悲願的滿足感面前連屁都不如。事實上，若將被切下來的白鯨頭部運回王都的話，人們將會稱讚這場奮戰並盛大歡迎大家吧。

與他們的感慨成對比，雷姆惦記著不在現場的少年。

「——妳一臉悶悶不樂的樣子呢，雷姆。果然還是很擔心吧。」

「……庫珥修大人。」

聽到聲音看看隔壁，坐在雷姆旁邊的人是庫珥修・卡爾斯騰。

輕鎧甲底下裹著繃帶的她，行為舉止讓人感受不到傷勢的影響。但是她英氣凜然的面容也留有些許疲倦。

不是騎乘愛龍而是搭乘龍車，也是怕周圍的人擔心。

不過，庫珥修一個眨眼就捨棄疲倦，朝雷姆點頭。

「菲莉絲和威爾海姆，以及同行的討伐隊勇士個個都是精銳。里卡德他們『鐵之牙』也會幫忙吧。……而且很難不認為安娜塔西亞・合辛沒有布其他局。雖說魔女教的戰力是未知數，但我方的陣營不容小覷。」

「就算這樣還是擔心，是自私嗎？」

「不安的火種怎麼滅也滅不完的。如果原因出在自己，那只要憑自身覺悟和鑽研就能處理吧。但是，如果出在他人那就很難。——我不擅長安慰，抱歉。」

雷姆憂愁滿面的樣子，讓庫珥修察覺自己失言，低垂眼簾。

頓時，感受到之前表現超然的女性就近在身旁，雷姆不禁微笑。看到她微笑，庫珥修點頭。

「這樣很好。菜月・昴也說過，雷姆適合笑臉。雖然旁人聽來是在講情事，但沒想到並非蠢話呢。」

「庫珥修大人笑起來的話，感覺氣質也會不一樣的。因為平常就很威風凜凜……微笑起來的話一定會很棒。」

「……是嗎。我是不擅長笑的女人。對此感到後悔，現在也還是一樣。」

對雷姆的建議，庫珥修別開視線這麼說。她的嘴角雖然刻著笑意，卻是自嘲，稱不上是微笑。

庫珥修展現出的些微自我嫌惡叫雷姆吃驚。

總是威武可敬的庫珥修，對沒有自信的雷姆來說是理想的女性之一。當然最理想的除了姊姊拉姆以外別無他人。

不過，在提起這件事之前庫珥修隱藏笑容，改變話題。

「菜月・昴他們……因為愛蜜莉雅的出身，從一開始就預料到魔女教的威脅。梅札斯邊境伯應該也為此而有所準備吧？」

「羅茲瓦爾大人的想法，雷姆猜不透。所以說，就算探問也沒用的。」

「真嚴格呢。既然現在是同盟，稍微說溜嘴也可以的。」

開玩笑的說法，是對雷姆的關懷吧。其實，多虧庫珥修像這樣找她聊天，雷姆才免於沉入不安的泥淖中。

而且，庫珥修的推測十分確實。假如是羅茲瓦爾，對這件事必定備有對策。昴的行動幫上羅茲瓦爾的話，他不幸被貶到谷底的名譽一定也會恢復。

不，他在討伐白鯨中幫了大忙，名譽別說恢復了，應該是威震八方。

——英雄菜月・昴。

對心靈與未來都被他拯救的雷姆而言是再自然不過的評價，往後昴也會繼續樹立光輝燦爛的功績，以及獲取相對應的評價吧。

而如果可以置身在他的光彩旁邊、不時回頭就可以看到的位置上的話，那雷姆就別無所求了。光這樣雷姆就心滿意足。

想昴的時候，雷姆的心裡總是充斥複雜的感情。

既溫暖又舒暢，但也有不安難受和擔心受怕。

而能像這樣不停地讓內心不僅於一喜一憂的人，也只有昴。

「昴真是……讓人很傷腦筋的人。」

淺淺一笑，朝著腦內浮現的思慕之人喃喃自語。

從她的側臉得知她放心的庫珥修，把自己的長髮撥到背後，默默地凝視龍車前進的方向——琥珀色的瞳孔突然瞇起。

「——嗯。」

庫珥修小聲沉吟，和雷姆察覺到怪聲而抬起頭時同時發生。

琥珀色的瞳孔緊盯前方龍車，雷姆察覺到的怪聲也從同個方位傳來。兩種異常緊接著連接到一個目標。

——庫珥修正前方的龍車，突然「崩潰」了。

跟字面意思一樣整個崩潰。整輛龍車突然就被壓倒性的衝擊給吞食，不留原型飛了出去。在雷姆聽來，那崩潰的聲音聽來就像雨聲。

血花四濺，龍車在一瞬間丕變為滿是鮮血的慘狀。

地龍和龍車，包括車內的傷者，一個不留，全都被毫不留情的破壞給粉碎殆盡。

「——！敵人來襲!!」

在剎那間平息對此事態的驚愕，庫珥修朝隊伍高呼警戒。討伐隊的戰士們也立刻察覺異狀，紛紛拿起武器預防來襲。雷姆也再度無視肉體的疲勞拿起鐵球。——然後，在血霧之後看到人影。

空手，毫無防備，毫無警戒。卻有著毫無慈悲毫無邪念毫無人為毫不客氣的惡意——

「——碾過去!!」

庫珥修朝駕駛座大叫，聽到的騎士用轠繩鞭打聲代替點頭。地龍嘶吼加快速度，龍車為了碾過獵物而吶喊。朝著佇立不動的人影直直衝過去，準備將毫無閃避動作的對手給撞飛——

「庫珥修大人——！」

雷姆叫喊，一把抱住庫珥修的細腰就從龍車往旁邊跳出去。手碰不到駕駛台上的騎士，雷姆憾恨地咬牙，緊接著聽到人聲。

「真是的，麻煩別這樣啦。我什麼都沒做卻要碾死我，真的太過份了，不像是正經的人會做的事。」

聲音平穩到像在午後的公園悠閒散步。

其實如果是在公園聽到這段話，雷姆也不會戰慄到這種地步吧。但是這段話卻是在鮮血飛濺、龍車碎散的慘狀下說的。

——乍看，是個沒有特徵的人物。

不胖不瘦不高不矮，不長不短的天然白髮。搭配頭髮的白色衣服既不豪華也不寒酸，臉也沒什麼特徵，整體來說就是外觀平凡無奇的男人。

但事實上，碰到這男人的地龍，維持著吶喊奔馳的勢頭就這麼被切成兩半，連駕駛台上的騎士也跟著被粉碎的龍車給一同破壞得無從區別。

而最叫雷姆戰慄的，不在於男子對慘狀視若無睹的態度，而是粉碎龍車的他「只是站著不動」。

男子什麼都沒做，就只是站著，就打贏了正面撞過來的龍車。

「我要道謝，雷姆。妳救了我。……但是，狀況稱不上好啊。」

被抱住的庫珥修從雷姆僵直的手臂中站起身來。她警戒空手的男子，沉痛地望向龍車四分五裂後的血泊。

「竟然對我的臣下做出這種殘酷至極之事。……你究竟是誰？」

眼中寄宿銳利戰意，庫珥修厲聲詢問男子。聽到這問話，男子手摸下巴頻頻點頭。

「原來如此、原來如此。妳不認識我。不過，我認識妳。因為現在在王都……不，舉國都在慶賀你們做的事。畢竟是下一任的國王候補人選嘛。該說是世態人情，或是頭銜什麼的？就連對那些東西沒興趣的我都能想像妳背負了多荒誕離奇的覺悟呢。很辛苦吧。」

「廢話少說。——回答我的問題。下一次我就動手了。」

「講話很過份呢～。不過，沒有這等狂妄可沒法背負國家呀。雖說這份感性我是一點都無法理解就是了。唉，因為喜歡而想背負王位這種重責大任的想法，我實在沒法理解。啊，但我不會因為無法理解就否定喔？我啊，跟那種狂妄無緣。我跟妳不一樣……」

男子無視庫珥修的要求，滔滔不絕地講個不停。但是——

「——我說過沒有下次了。」

庫珥修冷冰冰地這麼說，同時她的手揮出風之刃。

組合風之魔法與「風見加持」的劍技——庫珥修的「百人一太刀」。

不可視的斬擊砍向男子，當事人甚至會在沒察覺到被砍的情況下殞命。

庫珥修初次出征——過去卡爾斯騰公爵領地出現魔獸「大兔」的時候，在領地出現損害之前就先將之驅逐，成就這佳話的就是被稱為「戰乙女」的劍力。

連白鯨的厚重皮膚都能割開，對擊落那巨軀做出莫大貢獻的劍擊——跟那頭魔獸的質量相比，男子的肉體根本不可能承受得住。

但是——

「……在人家講得正爽快的時候砍過來，妳是接受怎樣的家教長大的啊？」

男子歪頭，輕輕拍了拍承受斬擊的身體。

遭受足以傷害白鯨的斬擊，男子卻文風不動。他的肉體——不，別說肉體，連衣服都沒有被砍過的痕跡。

斬擊被防禦住了。結果很單純，但卻是完全未知的現象。

庫珥修倒抽一口氣，雷姆也為這超脫常識的結果而渾身僵硬。兩人面前的男子誇張嘆氣，不耐煩地把瀏海往上撥。

「我說啊，我在講話耶。我正在講話喲？打斷這件事，都不覺得奇怪嗎？我是不打算主張自己有講話的權利啦，但有人在講話就該乖乖聽完，這不是常識嗎。是說聽不聽是你們的自由，我不會抱怨，但是那個不讓我說的判斷不會太過份了嗎？是有多自我本位啊？」

男子快嘴邊說，邊不開心地用腳尖敲擊地面。然後直接指著沉默不語的兩人，更加不悅地咂嘴。

「現在又不說話，到底是想怎樣啊。有聽到吧。有聽到嘛。我在問話耶。被人問了就要回答啊，不就這樣嗎。結果又不講話。不想講話。啊啊，自由。那是你們的自由。那就是你們使用自由的方法。好啦，隨你們高興。不過呢，這也就是說，是這麼回事吧？」

男子前傾，雙眼中瘋狂的光芒加強。然後——

「是在輕蔑我的權利——我不多的私人財產吧？」

惡寒竄上雷姆背脊的下一秒，男子動了。舉起原本隨意垂下的手，掀起一陣微風。

緊接著，以男子的手臂為直線的路徑上——大地、大氣、世界割裂開來。

「————」

轉啊轉的，庫珥修被切斷的左臂在空中飛舞。

手在隨時可揮出不可視劍擊的姿勢下飛出，噴灑鮮血後墜落地面。庫珥修的身體在衝擊下失去平衡，劇烈的痛楚和出血導致她開始痙攣。

「庫珥修、大人——」

傻了幾秒的雷姆回過神來後立刻衝向庫珥修，然後將手貼在正在冒血的傷口上，擠出所剩無幾的瑪那全力止血和治療。

被切斷的傷口，骨肉乃至神經全都斷得很鮮明，乾淨俐落到會令人看得出神。對這恐怖的鋒利，甚至會讓人忍不住湧現與危急的場面不符的感嘆。

「菲莉、絲……嗚，啊啊，嗚？」

在雷姆的懷中，庫珥修的視線一面泅游，一面恍惚地囈語。她的右手抓住雷姆的腳，力道大到腿骨都快裂開。

咬牙忍耐庫珥修的掙扎，雷姆警戒眼前的男子。

無法理解男子如何攻擊防禦，他的招術雷姆完全無從掌握。考慮著如何保護受傷的庫珥修逃離男子，這麼想的雷姆突然察覺到不對勁。

——在這種狀況下，其他騎士們竟然沒來參戰。

「啊啊……不管吃多少都不夠！就是因為這樣我們才沒法放棄活下去。吃、喝、咬、啃、咬住、咬斷、咬碎、暴飲！暴食！啊啊，謝謝招待！」

直覺到這點的同時，背後傳來高亢的少年嗓音。

跟面前的男子有著相同性質的惡寒，使雷姆愕然，同時轉過頭。然後在停在背後的龍車群正中央，看到用腳踢倒地騎士的染血少年。

深咖啡色的頭髮長至膝蓋，個頭很低的少年。身高差不多跟雷姆一樣矮，年齡大概小個兩、三歲吧。髒兮兮的頭髮底下是衣服破爛的矮小身軀，裸露的手腳被泥巴和污垢，以及大量的濺血給污染。

倒在少年腳下的騎士沒人有反應。在白髮男子承受庫珥修攻擊的時候，周圍的騎士們全都被這名少年隻身一人給殲滅了。

「你、你們是……」

絲毫不覺有過戰鬥氣氛，雷姆傻住，嘴唇發顫。

前後被擁有異質氣息的對手包夾，雷姆抱著庫珥修後退。從庫珥修傷口流出的血染紅平原，空氣像嘲笑雷姆的恐懼般逐漸轉冷。

面對雷姆顫抖的發問，男子和少年互看對方一眼。

接著像是說好一樣一起點頭，兩人都露出十分親切又萬分暴力、宛如惡魔的笑容，同時報上名字。

「魔女教大罪司教，掌管『強欲』的雷古勒斯・柯爾尼亞斯。」

「魔女教大罪司教，掌管『暴食』的萊伊・巴登凱托斯。」

2

魔女教——還是大罪司教。

聽到這單字的雷姆整個人僵住。毫不理睬她、處在亢奮狀態的少年——萊伊・巴登凱托斯環視倒地的騎士們，著迷地舔著嘴唇。

「果然，像這樣親自過來食用也不錯呢～。想說來看看我們被做掉的寵物……結果大豐收。很好，很棒，不錯，真棒，很好喔，不錯喔，很棒不是嗎，真是太棒了！我們的飢餓很久沒被滿足了！」

「老實說，你這種地方我無法理解。為什麼不能滿足於現在的自己呢？我說啊，人就只有兩隻手，只能拿得到兩隻手能拿的東西。明白這點的話，自然就能抑制私欲了不是嗎？」

「我們不需要說教，我們討厭說教。你說的是對是錯我們一點興趣都沒有。除了這個飢餓感以外的事，我們都不在乎。」

「暴食」巴登凱托斯吸口水，「強欲」柯爾尼亞斯聳肩。

兩名大罪司教同時出現，讓雷姆拼命運轉差點停止的腦袋，試圖打破現狀。

就戰力而言，要擊敗眼前的兩人是不可能的。

庫珥修的血是止住了，但狀態依舊危險。騎士們生死不明，稱不上戰力。雷姆所剩不多的瑪那又都花費在治療上，就算鬼化應戰，也看不見勝算。

「————」

窺探周圍，沒看到原本同行的「鐵之牙」成員。他們負責運送獸人傭兵團的傷者以及白鯨的頭部。恐怕是負責指揮的黑塔洛趁隙讓「鐵之牙」逃脫。要是爭取得到時間，他有可能會帶援軍回來。

——就算如此，實在不覺得能來得及救人。

「你們……是因為白鯨被打倒才來的？為了替那魔獸報仇……」

「啊啊，麻煩不要誤會喔。我們有興趣的不是死掉的白鯨，而是殺死白鯨的傢伙。殺死了那個隨心所欲四百年的傢伙。原本期待成熟可食用時能一併吃掉……卻超乎想像！」

巴登凱托斯裸露格外尖銳的牙齒，激動興奮地亂甩頭。

「愛！正義感！憎恨！執著！成就感！累積許久、持續煮沸的這些玩意兒通過喉嚨時的滿足感！這世上還有比這更棒的美食嗎!?沒有了，沒有呢，沒有呀，沒有囉，沒有了啦，沒有了吧，就說沒有了，就是因為沒有了！暴飲！暴食！我們的心，我們的胃袋是如此的歡喜！」

他在說什麼，根本聽不懂。

像是掙脫拘束，巴登凱托斯不斷扭動身體。乾巴巴的笑聲中，雷姆默默地轉移視線，察覺到

視線的雷古勒斯厭煩地揮手。

「放心吧。我跟那邊的傢伙完全不一樣。我會在這裡完全是偶然。我看起來像他那樣飢渴嗎？那種沒品的私欲跟我無緣。跟那個經常沒法滿足的可悲傢伙不一樣，我呢，對現在的自己就很滿足了。」

攤開切掉庫珥修手臂的雙手，雷古勒斯在雷姆面前一派開朗面容。

「鬥爭什麼的，我很討厭。只要能一直持續這種平凡無奇沉穩安寧的時間就夠了。除此之外我不奢望什麼。這樣是最妥善的。我的手很小，沒法擁有太多欲望。就我個人而言，光是要守護我的私人財產就要竭盡全力了。」

雷古勒斯握拳，沉醉在自己的演講中。手揮一下就能奪去地龍和多數人的性命，還讓一名女性受了致命傷，卻仍只顧大放厥詞。

不管是在為讓人無法理解的食欲而扭身的巴登凱托斯，還是大肆宣傳自私主張又沉浸在自我滿足的雷古勒斯，全都有問題。果然這些傢伙是魔女教徒。

怒意沸騰上湧，雷姆原地站起。

將彷彿死了般陷入沉眠的庫珥修放在一旁，雷姆拿起自己擅用的武器。殘餘的瑪那捲出渦流，在雷姆周圍形成數根冰柱。

看到這樣子，巴登凱托斯和雷古勒斯表情一變。

「有在聽人說話嗎？我都說我不想動手了耶？聽到了卻還這種態度，那就是無視我的意見，也就是侵害我的權利。——這樣就算是無欲無求心胸寬大的我，也不能原諒喔。」

「你想說的就這樣嗎，魔女教徒。」

面對歪頭的雷古勒斯，雷姆秉持毅然態度放聲。雷古勒斯對此感到掃興，雷姆則是震響鐵球鍊條，眼睛泛著堅強光芒。

「總有一天，會出現消滅你們的英雄。那個人一定會讓你們知道你們的自私無賴和自我滿足製造了多大的不幸。雷姆心愛的那一名英雄，絕對會這麼做。」

「嘿～英雄。有那種人，我們也很期待。能夠讓人相信到這種程度，想必對我們來說會很美味吧！」

喜出望外地拍手，巴登凱托斯有如品評般瞪著雷姆。

那不是看敵人的目光，更遑論看女人的目光。那股視線中的情感專一而純粹，只有對食材垂涎三尺的餓鬼才會有。

面對瘋狂的自我和暴力的飢餓，雷姆器宇軒昂地抬頭挺胸。

「羅茲瓦爾・L・梅札斯邊境伯的首席管家……」

原本報上頭銜作為戰鬥開頭，但雷姆中途搖了搖頭。

然後報上現在這一瞬間，真正想要的名號——

「而今只是一名愛慕者。——總有一天會成為英雄、我最愛的人菜月・昴的侍者，雷姆。」

美麗的白角伸出額頭，收集充斥在大氣中的瑪那後賦予雷姆活力。

全身的力量高漲，握著鐵球的手律動，冰柱蓄勢待發。

睜開眼睛，認識環境，感受大氣，只在腦海中描繪他的身影。

「覺悟吧，大罪司教。——雷姆的英雄，必定會制裁你們!!」

揮動鐵球，冰柱射出，於此同時，雷姆的身體像射出一樣躍起。

為了迎擊，巴登凱托斯張開滿是獠牙的嘴巴。

「啊啊，好氣魄。——吶，我就不客氣地開動了!!」

要碰到了，要撞上了。在這一瞬間，雷姆心想。

希望在知道失去自己的時候，他的心能泛起漣漪。

——那是雷姆最後的心願。

第六章　『各自的誓言』

1

——躺在床上的少女表情安穩，看起來就像睡著了一樣。

看著鑲嵌在眼皮周圍的睫毛，朦朦朧朧地心想還真長啊。平常刻意緊繃的表情，化做睡臉後可以窺見與年齡相符的稚嫩。

回想起來，自己從未見過她的睡臉。

她永遠比昴早起，總是嚴以律己。那份固執難得解除，成就了可愛的容顏。事到如今昴才注意到這點。

不管是驚訝還是害臊，鬧彆扭或是快哭的表情，還是和好之後展露的微笑，本來以後應該會有許多機會看到的。

「——雷姆。」

即使呼喚名字，觸碰她白皙的臉頰，她也沒反應。

睡在床上的雷姆身上穿的不是眼熟的工作服，漂亮的藍色頭髮上也沒有戴著白花髮飾。女僕戰鬥裝——現在的她已經不需要了。

「你在這裡啊。」

在靜止的房間裡虛度時間的昴被人叫喚。

慢慢轉過頭，站在房間入口的是身穿深藍色禮服的女性。擁有一頭美麗長髮的女性，就著楚楚動人的端莊舉止走過來。

不過，步伐卻帶著些微困惑，與生俱來的高貴給人哪裡不對勁的印象。而這也讓昴察覺到異樣。

「她……」

「什麼都沒變。明知道幫不上忙，就只能看而已。我真是有夠沒用，太沒骨氣了。」

「沒那回事。她應該會覺得開心吧。」

女性雖然膽怯，還是朝著低頭的昴好言相慰。但是，構不成慰藉的話讓昴忍不住睨了她一眼。

「……對不起。我多嘴，惹你生氣了。」

「……我才要說抱歉。我這樣只是遷怒而已。這樣子會被雷姆罵的。感覺她會說『不可以這樣子對待人喔，昴』。」

朝道歉的女性低頭致歉，昴模仿雷姆的口氣說話後虛弱一笑。

腦子裡，她的聲音就照著剛剛的發言說了一遍。可是聲音沒有傳給任何人。也沒有人吐嘈昴那完全不像的模仿。

昴無意義的搞笑行為，讓眼前的女性沉痛地垂下眼簾。手下意識地伸向自己的左手——宛如支撐般，用右手抱住剛接上去的左臂。

在沉默籠罩的室內，覺得不能繼續下去的昴搖搖頭。

沉浸在失望中很輕鬆，感到無能為力而停下腳步很簡單。但那不是雷姆信任的男人應該做的事。

「怎麼了，不是有事找我？」

「是的。有事想商量，大家都到休息室了。所以，那個……」

昴察覺有事而一催促，女性便一臉得救的表情這麼說。但是，講到一半就結巴，尷尬地僵著面頰。看她那樣子，昴指著自己說：

「我是菜月・昴啦。」

「……對不起，菜月・昴大人，對吧。我記住了。聽說您是我的大恩人，卻還對您這麼失禮，真的很抱歉。」

「沒辦法啦。妳現在要記的東西太多了，別放在心上。」

女性真心覺得抱歉的態度——這樣端莊嫻熟充滿女人味的舉止，屢屢讓不協調感刺激胸膛。但昴還沒神經大條到說出口來。

「那，之後見囉，雷姆。」

回過頭，昴溫柔撫摸睡著的雷姆的頭。她的胸膛微微上下起伏，碰觸到的身體也有溫度。她的性命和肉體確實都在這裡。

——對脫離每個人的記憶的她而言，這是她僅存之物。

「在休息室對吧。抱歉讓大家久等，走吧。」

「是，就走吧。菜月・昴大人。」

女性微笑回應。舉止裡頭帶有的楚楚可憐女性美格外醒目。

討厭承認這點，昴背過臉，將真心隱藏在親切笑容背後。

「非常抱歉還勞煩妳刻意過來叫我。——庫珥修小姐。」

呼喚已經判若兩人的她的名字。

2

——昴回到王都的時候，是在一切都結束之後。

『——雷姆……是誰？』

愛蜜莉雅覺得莫名其妙，歪著頭對昴這麼說。

假如能從這樣的舉動或話語中找到一點愛蜜莉雅在說她不擅長的玩笑話的證據的話，昴也會跟著起舞耍嘴皮子。

但是，昴卻沒法從她的樣子裡頭找出那一絲希望，再加上愛蜜莉雅也沒向愣住的昴說：「逗你的啦——開玩笑的。」

佩特拉和其他小孩也一樣，沒人記得雷姆。

在龍車內目睹這樣的事實後，讓昴死命催促龍車奔向王都。

一定是哪裡搞錯了，不可能有這種事。昴拼命說服自己。

畢竟一切都很順利。自己應該做到盡善盡美了。有保護到所有重要的人，達成目的，跨越悲傷痛苦和一切，縱使心靈曾數度被切割，但自己還是掙扎著完成上述項目了。

明明應該是如此——

「————」

昴一踏進休息室，先到的人視線就集中到他身上。會感受到坐立難安，是自責的念頭所帶來的被害妄想吧。

在休息室裡的人有愛蜜莉雅、菲莉絲和威爾海姆三人。加上昴和帶路的庫珥修的話，現場總共有五人。

「……啊，還好回來了。庫珥修大人，抱歉請妳去找人。」

「不會。沒關係的，菲莉絲先……」

「——叫菲莉絲就行了。菲莉醬和庫珥修大人交情久遠，事到如今加上小姐的話人家會很寂寞的。討厭，不要那麼壞心啦喵。」

迎接回來的庫珥修，菲莉絲隨性地這麼說。他現在脫掉了近衛騎士的制服，穿著短裙，一派女性裝扮。

被菲莉絲牽著手，一臉困惑的庫珥修被拉到他身旁坐下。

「雖然沒法輕鬆地就像以前那樣，但我會努力。菲莉絲……嗯，菲莉絲。」

「不用那麼急沒關係啦。菲莉醬無論何時都是庫珥修大人的同伴，永遠都會待在妳身旁。而且人家從現在的庫珥修大人身上發現了新的魅力。」

握著堅強的庫珥修的手，菲莉絲不改歡鬧嚷嚷的態度。看菲莉絲這樣子，昴的內心五味雜陳。

面對個性徹底改變的庫珥修，菲莉絲完全不打算改變應對的方式。他的笑容底下隱藏了怎樣的掙扎，實在難以想像。

「昴……」

駐足的昴被愛蜜莉雅投以關懷目光。在憂慮的視線下，昴吐氣，自然地坐到她隔壁。

「沒事，我已經冷靜下來了，愛蜜莉雅醬。——我沒事的。」

聲音很溫和，保持著平靜。可是，視線沒跟愛蜜莉雅對上，不自覺交握的雙手正在發抖，這些昴都沒察覺。

「——那麼，既然昴殿下和庫珥修大人都回來了，就開始討論吧。」

在討厭的沉默來臨前，威爾海姆低聲開口。

威爾海姆帶頭主導話題很少見。察覺到這是劍鬼拙劣的關心，菲莉絲無可奈何地接過推動對話的角色。

「那，就照威廉爺說的……首先，從再度確認狀況開始吧？」

說完，就開始談起這次討伐白鯨與大罪司教「怠惰」的始末。

——雷姆和庫珥修率領的討伐隊所遭遇的狀況很單純。

與昴一行人分開，切割下死亡的白鯨頭部的他們，在回王都的途中被別的魔女教徒襲擊。結果還沒抵達王都，討伐隊就有一半死傷——同行的「鐵之牙」在副團長的指示下及時逃脫才倖免於難。

「逃走的『鐵之牙』從王都帶了救援回來……但大罪司教不見了，剩下的只有犧牲者和……」

「跟我有相同遭遇的人而已。」

接著菲莉絲的話講完，庫珥修懊惱地皺眉。表情上透露的苦悶，源自於自己的不爭氣吧。

畢竟現在的話題對她而言，聽起來就像別人的事。

「自己的記憶被消除……這也是大罪司教幹的好事嗎？」

「八九不離十。至今有許多人跟庫珥修大人一樣有同樣的記憶障礙的報告。本人的記憶突然消失，用治癒術也無法復原。之前原因都不明，但想到『怠惰』的狀況……」

「魔女教和大罪司教——讓人失憶一定是權能的一種吧。」

用力點頭的人是抱胸的威爾海姆。老人嚴肅的面容中，如刀刃的眼光射向庫珥修。感受到視線的庫珥修忍不住縮起身子。

「不，只是表示庫珥修大人也包含在內。讓您感到害怕，實在萬分抱歉。」

「……我才要說對不起，抱歉我是個窩囊的主子。我也會努力想起威爾海姆大人的事。」

威爾海姆大人。被庫珥修這麼稱呼的老劍士側面竄過些微痛楚。

自己奉上劍的主人慘不忍睹的樣子，以及對讓她害怕的自己感到恥辱，激起了侍從的責任感吧。昴也有同樣的後悔，所以能夠明瞭威爾海姆現在的心痛。

「好不容易收拾掉『怠惰』，卻馬上就遇到別的大罪司教，情況有夠惡劣的呢。算了，愛蜜莉雅大人宣布參與王選的當下就知道魔女教會大肆活動了。」

「……果然是我害的吧。」

被菲莉絲的話題矛頭指著，愛蜜莉雅微微低垂目光。「對呀。」菲莉絲毫不猶豫地肯定她沙啞的低喃。

「身為半妖精的愛蜜莉雅大人，魔女教是絕對不會放過的。平常都安靜得很詭異的傢伙，會有那麼大的動作跟這絕對脫不了關係喵。」

「厭惡半魔，還試圖傷害的團體……對吧。」

「用厭惡這種講法太天真了。他們對殺掉愛蜜莉雅大人，根絕半妖精一事相當執著。這次的事……不過是其中的一部份。」

「一部份就這麼過份了。昴也——」

用顫抖的聲音呼喚昴的愛蜜莉雅語塞。不過，話語的後續透過四目相交傳達出去。愛蜜莉雅一定是想這麼問。

『昴也恨我嗎——』

「——。無聊。菲莉絲，注意你的說話方式。講得簡直就像愛蜜莉雅的錯。錯的從頭到尾都是那些人渣吧。」

昴保護被言外之意刺傷、被自責苛責的愛蜜莉雅，瞪向從剛剛就一直針對愛蜜莉雅的菲莉絲，同時反駁。

「你搞錯責備的對象了。因為誤會傷了同伴的感情根本無濟於事。」

「呼嗯～昴啾說起話來說服力就不一樣呢。這是所謂的經驗差距？」

「——！」

這諷刺擺明了是針對昴。所以昴咬緊牙根，忍不住要站起來開罵。但在那之前——

「菲莉絲。——剛剛的發言不能聽過就算。快道歉。」

在昴雙腳使力之前，庫珥修先責備了菲莉絲。

身穿禮服的她繃緊先前的柔弱表情，用以前的英勇銳利眼神嚴格譴責自己無禮的騎士。

「就如菜月・昴大人所言，應該咎責的對象很明確。還有，你沒有資格嘲弄述說正確意見的人。懂嗎。」

「……是，庫珥修大人。」

在嚴厲責備之後會變得稍微柔和，就是現在的庫珥修的做法。其言行處處有著以前的風貌，讓昴大吃一驚。

菲莉絲也難掩驚訝，朝昴和愛蜜莉雅低頭認錯。

「愛蜜莉雅大人，在下為失言向您謝罪。昴啾也是，對不起～咩。」

「你啊……不，算了。比起這個，先回歸主題吧。庫珥修小姐喪失記憶的事隱隱約約知道個**梗概。再來就是雷姆……存在從他人記憶中消失的人。**」

聽完菲莉絲像開玩笑的謝罪後，昴進入主題——雷姆的狀況，這對昴而言才是真正的主題。

「我先聲明，雷姆並非是我的妄想或類似的東西。那女孩是我們這邊的人……很重要的人。打白鯨的時候要是沒有她就沒法打倒。」

「昴殿下……」

為記憶的齟齬感到焦急的昴，讓威爾海姆也降低音量。

與失去自身記憶的庫珥修不同，雷姆是從他人的記憶中消失。討伐隊遭遇到的記憶損害分成這兩種症狀。不過，雷姆所遭受的遭遇，昴他們知道類似的案例。

「跟白鯨的『霧』效果雷同呢。被那個霧消滅的人，也會從大家的記憶中消失。」

「白鯨和『暴食』有緊密的因緣，是昴殿下探聽到的情報。假如能做出和那隻魔獸一樣的事，那麼襲擊庫珥修大人一行人的大罪司教恐怕就是『暴食』了。」

「大罪司教的權能啊。……菲莉絲，調查過雷姆的身體了吧？」

現在也安然睡在床上的雷姆，肉體的外傷已被菲莉絲治療完畢。除了治療傷勢之外還另做診斷的菲莉絲，搖頭回應昴的話。

「坦白說，沒有異常──就這結果來說才叫異常。不管做什麼都不會醒來，就跟只有身體睡著一樣。完全就是『睡美人』的症狀。」

「……你說什麼？」

突如其來的比喻令昴挑眉。但是，抬頭發表意見的是愛蜜莉雅。

「我曾聽過。記得是一直睡著不會醒過來的病……沒錯吧。而且睡著的期間不會變老，也不會肚子餓。」

「在王國是案例很少的疾病。陷入『睡美人』狀況的報告有好幾起，但都沒聽過有人醒過來。除掉記憶方面的事，症狀十分酷似。」

補充愛蜜莉雅不足之處的人是威爾海姆，不過聲音裡頭有著切身之感。或許他的知己也有人罹患「睡美人」病。

不管怎樣，雷姆的狀況與「睡美人」之間的關連還脫離不了臆測領域。

「詳情只能從『暴食』那兒問出來了。結果，與魔女教的衝突不可避免。雖說已經有所覺悟。」

窺探愛蜜莉雅的側面，昴再次述說與魔女教對峙的覺悟。

魔女教對半妖精的執著，日後也會在愛蜜莉雅的人生之路上落下陰影。即使去掉雷姆這件事也無法避免衝突，所以說要做好心理準備。

「這樣的話，昴啾你們就要槓上魔女教呢……這樣啊。」

看昴這樣，菲莉絲似乎有點疲倦，嘆氣道。

然後——

「說好的同盟之事……就取消囉喵？」

「——————」

——菲莉絲說的話讓休息室的空氣無聲凍結。

有一瞬間，昴不知道他在說什麼。不過理解到內容時，激情在昴的體內一口氣熱起來。

「那是什麼意思？為什麼按照剛剛的走向會要取消同盟？」

但是，跟熊熊燃燒的內在相反，昴用平靜無比的聲音反問。菲莉絲不是什麼都不想就隨便說話的人。至少昴是這麼相信的。

所以說，沒被破口大罵反而讓菲莉絲一臉意外。

「沒什麼，就這樣的意思囉。同盟是對彼此有利才締結的東西。……可是，我方的利益被抵銷了，所以就算幫助你們也沒意義了喵。」

「森林採礦權怎麼說？確實我們幫助你們打白鯨，你們幫我們消滅魔女教大罪司教『怠惰』，算是扯平了……」

「——繼續同盟的話，就等於要幫助被魔女教盯上的愛蜜莉雅大人了喲？還是說昴啾可以保證不會再讓庫珥修大人受到更多的傷？」

「這個……」

菲莉絲問的話讓昴躊躇該怎麼接下去。

看庫珥修變成這樣，就不能否定菲莉絲的擔憂。因為昴也還背負著跟他一樣的傷。

因此，對菲莉絲的發言唱反調的人不是昴。

「我反對你的意見，菲莉絲。」

坐在椅子上的威爾海姆，朝著菲莉絲的側臉這麼說。被自己人反對，菲莉絲瞪向劍鬼。

「為什麼威廉爺反對？庫珥修大人被『暴食』攻擊變成這樣，繼續和愛蜜莉雅大人他們合作有什麼意義？」

「要理由的話……對上『暴食』，代表有機會為吾等主子報仇。」

「——。意思是那比庫珥修大人的性命還重要!?」

威爾海姆始終平靜反駁，終於讓菲莉絲的感情爆發。菲莉絲俯視自己的手掌，氣憤咬唇。

「繼續跟魔女教扯上關係，一定又會發生跟這次一樣的事。看現在的庫珥修大人，到時候她會沒法保護自己。——我也是，完全幫不上忙。」

「菲莉絲……」

菲莉絲朝著自己雪白纖細的手指投以近乎憎恨的感情。觸及到他憤怒的一部份，昴終於理解到他的悔恨。

折磨菲莉絲的，是昴也一樣擁有的無能為力感。

雖然重視庫珥修卻無力守護她。菲莉絲憎恨這樣的自己，特別是已臻極致的治癒魔法也沒法治癒現在的庫珥修——

「庫珥修大人應該也很難受。什麼都不知道，什麼都不記得……所以說，根本不會想要戰鬥吧？是吧。對吧？」

像求救般轉向庫珥修的菲莉絲，表情已經瓦解。失去維持到方才的平常心，現在快哭出來的側臉將軟弱隱藏在紙糊的殼裡。

這一切，全都出自於不想讓庫珥修受傷的心——

「記憶的事，我一定會想辦法。就算現在沒辦法，我也一定會用我的魔法解決。所以說，危險的事……」

「——菲莉絲，謝謝你擔心我。」

庫珥修溫柔地對順從真心傾訴的菲莉絲微笑。

可是，在微笑的後頭，並不是認同侍者的要求自危險中脫身。那兒只有堅強的意志和覺悟。

面對菲莉絲的懇求溫柔卻又堅強地拒絕，並懷著覺悟決定戰鬥。

——沒有記憶的她，心中確實殘留著消失的庫珥修・卡爾斯騰的意志。

連昴都知道。身為她的首席騎士的菲莉絲不可能不知道。

庫珥修把手放在菲莉絲顫抖的手上，接著毅然地看著昴他們。

「現在，還有很多我不知道的事。我完全沒辦法想起從前的自己。對大家而言，一定很困惑，不知如何對待我。……即便如此，我還是要先感謝各位尊重現在的我。」

「庫珥修大人……」

「我明白菲莉絲是真心擔心我，想要拉著我的手脫身。照著你說的去做，就能走在安全的路上。……可是，」

庫珥修輪流看其他三人，最後溫柔凝視淚眼婆娑的菲莉絲。

「在什麼都不知道也什麼都不懂的情況下被人帶著走，我討厭這樣。如果要選擇，我不希望是按照別人的意思，而是靠自己來判斷。——我打算繼續這樣努力。」

——即使沒有記憶，人類的意志依舊高尚尊貴。

人的意志與本質，如果不是來自於記憶，那是存在於哪裡呢？看著失去自己的過去卻依舊堅強的庫珥修，昴沒法不去這麼想。

就是以前的庫珥修說過的「靈魂」吧。

「——嗚，嗚嗚……！」

「既然庫珥修大人這麼說，那誰也別想取消同盟了。」

「是的。給愛蜜莉雅大人和菜月・昴大人添麻煩了。」

哭得唏哩嘩啦的菲莉絲已經沒法參與對話。威爾海姆取而代之承接話題，抱著菲莉絲的庫珥修朝昴他們道歉。

「不，沒關係。……我們也稱不上是口徑一致。要和到『聖域』避難的拉姆他們會合，還得跟羅茲瓦爾好好商量。」

「十分感謝。菜月・昴大人也同意這個結論……」

「——啊啊，就這樣吧。再來這次的事，安娜塔西亞那邊怎麼樣了？」

同意持續雙方陣營的同盟關係，談話的最後，昴端出這個名字。

白鯨與「怠惰」，間接與這兩者有關，但沒被邀請至最後會談的人物——如何應對安娜塔西亞・合辛，對雙方陣營而言都是難題。

「……由里烏斯姑且不論，安娜塔西亞大人絕對會利用這個狀況的。」

吸著鼻子、紅著眼睛的菲莉絲，在庫珥修的懷裡厭惡地說。

就現狀而言，要是庫珥修的狀況公諸於世的話，原先被譽為「王選的種子候補」的風評將會劇烈動搖。就算拿消滅白鯨的功勳來比也是個大問題，安娜塔西亞不可能不善用這點。

「不過，要論功行賞的話，他們也有參加吧。庫珥修小姐的事瞞得住嗎？」

「那就看我們這邊了吧。昴啾你們……在我們決定怎麼應對之前，先幫我們保密就行了。這點，就加在同盟的條件裡。」

只有最後的部分嘴動得很快，菲莉絲講得像是要撇開昴似的。

對於同盟關係，一開始說要取消後來又擅自增加條件，總之態度自私任性至極，叫人想要抱怨，但——

「好啦，知道了。——看在你的哭臉上就免了。」

像這樣用惡言相向作結，才符合昴和菲莉絲之間的關係。

因為他的無能為力和被重要之人安慰的心境，昴都痛切地感同身受。

3

「威爾海姆先生，方才謝謝你幫我們說話。」

在休息室的對話結束，留下在房間哭泣的菲莉絲和安慰的庫珥修兩人後，昴叫住走到走廊上的威爾海姆。

「不會。」回過頭的劍鬼用讓人感受不到連續作戰的疲憊，繼續說道。

「沒什麼大不了的。不如說，在關鍵場面在下幫不上忙。」

「沒那回事啦。要是沒有威爾海姆先生的話就沒法打倒白鯨，之後我也沒法找到能讓我安心託付愛蜜莉雅他們的人。非常感謝。」

結果不能說是十全十美，但這是昴的真心話。

可是面對昴的感謝，威爾海姆的表情開懷不起來。他是個重情義，對他人受傷會感覺有責任的人。面對太過溫柔的劍鬼，昴硬是擠出笑容。

「狀況稱不上穩定，但還是可以去夫人的墓看看吧？雖然還沒法說安心，但至少幹掉大仇之敵。」

「——」

聽到昴用來改變話題的話，威爾海姆的臉頰微微一僵。

這反應讓昴驚訝，但在困惑之前，威爾海姆做出更驚人之舉。——他突然朝昴深深一鞠躬。

「昴殿下，在下必須感謝您。」

「等等，請別這樣！其實應該是我向你道謝……」

「不。沒那回事。方才在下並非考慮到您才為您說話。只是基於膚淺的個人理由才主張與愛蜜莉雅大人繼續同盟，而且還隱瞞自己的真心。在下為自己的厚顏無恥感到羞愧。」

不明白威爾海姆自省的意義，昴只能頭上冒問號。

在昴面前，威爾海姆突然捲起自己的上衣袖子。左肩連接身體的地方用繃帶纏繞，現在都還在滲血。

「很痛的樣子。不過，只要給菲莉絲治療的話……」

「這道傷好不了。這是帶有『死神加持』的刀傷，會使對手無法痊癒。」

「治不好……那，威爾海姆先生你！」

面對沉重搖頭的威爾海姆，昴愕然難以置信。

無法痊癒的傷，昴能想像那份恐懼。假如沒法阻止出血，那就等於生命已被限時。

可是，跟被焦躁感襲擊的昴不同，威爾海姆一派鎮定。

「在下的命在這時候不是問題。」

「怎麼可能不是！要怎麼做才能讓那傷……」

「這並非最近受的傷。是很久以前的舊傷，只是再度裂開。——而這個事實，對現在的在下來說意義重大。」

聽著威爾海姆平靜的聲音，昴發現自己正渾身顫抖。

顫抖逐漸傳染給手腳，不知何時連牙齒都沒法咬合。然後馬上理解到原因出在面前的劍鬼身上所散發的濃密恐怖的劍氣。

劍鬼平靜地說。

「受到『死神加持』的傷，當持有此加持的人在附近的時候威力會增強。要是接近加持者，原本癒合的傷口也會再度裂開。這個傷就是這樣。」

「那，以前讓威爾海姆先生受傷的人就在附近……」

「在我的左肩留下這道傷的，是前代『劍聖』。」

這話，讓昴屏息看向威爾海姆。

他凝視昴的眼眸中，寄宿著平靜燃燒的火焰，然後說。

「特蕾希雅・范・阿斯特雷亞。吾妻之劍所開的傷口。——為了確認這個，在下必須不斷追蹤魔女教。」

4

什麼都沒想只是隨處走走，但回過神來，發現自己站在雷姆睡覺的房間前面。

只要有空，昴就會去看她。即使自覺自己依賴沉眠不醒的雷姆也一樣。

「雖然妳說我很強……但沒有妳，好像就連逞強的我也都找不著了，雷姆。」

躺在床上的雷姆，姿態不分黑夜白天都沒有變化。

有呼吸。心臟也還在跳。但除此之外沒有任何活動跡象。明明在，卻又不在。雷姆的存在如今只存於昴的心中。

「————」

坐在雷姆的床邊，看著她的睡臉，昴回想。

——為了取回清醒的雷姆，「用短刀刺喉」的記憶。

想不起來那瞬間的事。跨越一切困難，所有人團結一致所掌握到的最佳方案——自己毫不猶豫就放手，也是事實。

假如要失去雷姆，如果會進入沒有她的未來，那不管要跟「怠惰」交手幾次，要重複地獄多少次都無所謂。昴真心這麼想。

短刀刺破喉嚨，在鮮血、痛楚、熱度與空虛感中失去自我的感覺——那些感覺消失時，透過「死亡回歸」回來的昴，面前依舊是睡在床上的雷姆。

「……沒想到會在我自殺前就先自動存檔了。想得可真仔細，混帳。」

接關地點改變了。昴本來想說是哪裡搞錯了而意圖再次自殺。

可是，突發性的行動，在察覺到就算使用「死亡回歸」也救不了雷姆的矛盾下中斷。昴扔下短刀崩潰了。

就算用「死亡回歸」回到與貝特魯吉烏斯決戰之前，那個時間點也已經跟雷姆他們分頭行動幾個小時——再怎麼掙扎也追不上在歸途中遇襲的雷姆。

萬一真的追上了，也沒有任何可以打倒新的大罪司教的方案。而且等於回到原點，放過貝特魯吉烏斯的暴行，犧牲掉愛蜜莉雅他們。

想救雷姆就會犧牲愛蜜莉雅，想救愛蜜莉雅就會犧牲雷姆——兩邊都不犧牲，那就連救出人的可能性都會被蓋過。

察覺到是這麼殘酷的選項後，昴就沒法再殺害自己。

而現在也只能在毫無對抗的策略下，一直陪著雷姆——

「——你果然在這。」

背後突然傳來銀鈴嗓音，昴肩頭一震後回過頭。淺淺一笑看著昴的，是這幾個小時都獨自一人的重要少女。

自己有什麼臉可以說她是自己的重要之人。實在是丟人現眼。

「愛蜜莉雅啊。……有什麼事？」

「沒事，就不能來嗎？我跟那女孩……跟雷姆小姐應該也有關係吧？」

「雷姆小姐、啊。」

愛蜜莉雅走過來，站在昴旁邊看著雷姆。撫摸銀髮的她，口中加了敬稱的名字聽起來怪怪的。

「原來，」聽到昴的話，愛蜜莉雅說。

「我以前是直呼這女孩的名字啊。」

「因為愛蜜莉雅醬是羅茲瓦爾的貴賓。她是拉姆的妹妹，這就不用說明了吧？」

「嗯，我懂。畢竟，她跟拉姆長得一模一樣，所以不會有錯的。」

看著雷姆的睡臉，愛蜜莉雅的腦子裡八成浮現了拉姆的樣貌。外貌一模一樣的雙胞胎姊妹，除了頭髮和瞳孔的顏色，以及眼神和胸部大小外，其他都沒什麼兩樣。

——事到如今，拉姆也忘記雷姆了吧。這讓心頭一陣難受。

「昴，你都沒睡吧？稍微休息一下比較好喔。」

「我不覺得累。因為什麼都沒做。」

「可是，其實你是想做些什麼的吧。像那樣內心一直在努力，身體會先累垮的。所以說求求你，去休息吧。」

聽到她的懇求，昴終於看向愛蜜莉雅。進到這房間後，兩人的視線頭一次交會。藍紫色瞳孔透露的憂慮讓昴吐氣。

因為終於知道愛蜜莉雅來這房間是要做什麼。

「我真丟人。」

「不，沒那回事。昴幫了我很多。真的喔。」

看昴自嘲，愛蜜莉雅搖頭。打從一開始她就是擔心憔悴的昴才來這房間的。為了溫柔地接觸勉強自己的昴。

愛蜜莉雅彎腰，坐在椅子上和昴對視，拼命地說。

「一定不會有事的，我不會說這種自以為了解的話。昴的心情，我想了解，可是……我覺得忘記這女孩的我，什麼都不知道的我不管說什麼，都會傷到昴。」

「──────」

「可是，只有一件事我希望你明白。──雷姆的事，不要一個人抱著煩惱。也讓我分享你的煩惱吧。」

「愛蜜莉雅……」

愛蜜莉雅突如其來的這番話，昴凝然睜大雙眼。

因為愛蜜莉雅的要求，完全超乎昴的意料之外。

「可是，妳完全不記得雷姆……」

「是不記得，但我可以想要做點什麼吧？她不是重要到讓你表情這麼悲傷的人嗎？我也想要幫忙，我會這麼想有那麼不可思議嗎？」

「————」

「就像昴幫我一樣，這次我也想幫昴。假如昴受傷了，我會想要做些什麼。——這是理所當然的吧？」

毫不猶豫就被寄予的信賴，以及不需任何懷疑的親切之情。

愛蜜莉雅刻意來說這些話，讓昴的倔強頭一次被融化。這才發現，頑固的自己真的很笨。

「……愛蜜莉雅醬，好厲害喔。」

「會嗎？我覺得昴更厲害。」

「不，沒那回事。——有妳真好。」

聽到昴這麼說，愛蜜莉雅傻住。分不出她那樣是懂還是不懂，昴苦笑。

然後自覺到嘴唇彎曲成笑容的形狀，昴終於發現。

——在知道雷姆睡著之後，剛剛是頭一次發自內心的情緒。

「愛蜜莉雅，我有件事想拜託妳。」

「什麼事？」

「可以面向後面嗎？——我有點想哭。」

「嗯，知道了。」

面對昴的請求，愛蜜莉雅什麼都沒問就背對他。

被這份體貼拯救，昴看著自己的膝蓋，放任情感上湧，吸著鼻子流淌淚水。

在一直熟睡的雷姆面前，被自己的無力給打垮然後浪費時間。害得愛蜜莉雅擔心自己，但自己甚至沒發現被人擔心。

因為記得雷姆的人就只有自己，所以擔心雷姆的人也只有自己，想救雷姆的人更是只有自己。就這樣自以為是埋頭煩惱。

自己的愚蠢，讓昴不斷吸鼻子。

然後——

「————」

在只有啜泣聲的房間裡，昴被突如其來的溫暖給哽住喉嚨。

身後隔著椅背抱住昴的愛蜜莉雅，溫柔地撫摸他的頭。

「————」

什麼話都沒有，什麼話都不需要。

就只有被溫柔救贖，昴將自己的不爭氣和淚水一併流光。

然後發誓。

「——我一定會讓妳恢復的，雷姆。一定。」

昴朝她這麼說。

走在妳前方，妳所著迷的男人，會讓妳看到他成為頂尖英雄的樣子。

如果是這樣，自己才走到一半。

「我一定……妳的英雄一定會去接妳的。——等著吧。」

那是對自己起誓，也是對名為命運的敵人宣戰。

對擋在菜月・昴面前，順從惡意為所欲為，污染絕對不容侵犯之物的人，給予迎頭痛擊吧。

不是由其他人，而是由菜月・昴本人。

「一定。——我一定會的!!」

從零開始的時間裡，不考慮欠缺重要的人以及雷姆的狀況。

所以一定要拿回來。

失去的每一天，曾和妳走在一起的時間，未來走在一起的時間。

再一次，把妳的手拉到我身旁——

《完》

後記

祝賀！第三章終於完結！好長！

嗨，大家好，總是承蒙關照，我是長月達平／鼠色貓。

從Ｒｅ：Ｚｅｒｏ第四集開始的第三章〈再訪王都篇〉終於完結（註２）！

應該是沒有從後記開始看的讀者，不過作者不知自重，就算在後記都會稀鬆平常地講正文的內容，所以還沒看過的人請在這邊往右轉！

那麼，假設大家都向右轉過了，就進入正文的內容囉。

本作品《Ｒｅ：從零開始的異世界生活》這個故事，是因為我想寫從第四集開始的第三章內容而開始創作的作品。關於這點我在第三集還第四集，第五集或是第六集就講過了，不過書籍能出到這裡真是叫人感激涕零。

其實，到這第三章結束為止發生了很多事。像是改編成漫畫，動畫完結時幾乎是同時描繪完

※註２：這裡的第三章指的是ＷＥＢ版連載當時的章節區分。

同樣的場面。——這可是難能可貴的體驗。

託此之福，動畫的品質精細完美，我也收到很多「我是從動畫知道Ｒｅ：Ｚｅｒｏ」的訊息。即使動畫完結，今後Ｒｅ：Ｚｅｒｏ這作品仍會以書籍形式繼續下去。在打倒強敵「怠惰」之後緊接著現身的強敵！尚未解開和明朗化的諸多謎團！還有重複再會與別離的菜月・昴的故事！

若今後也能讓您繼續享受、追隨這個故事，是我的幸福。

哎呀，作者塞進了特大的懸念式結尾，就是為了讓人引頸期盼下一集第十集的到來啦！動畫沒描述的「在那之後」的部分，大家看了有什麼感想呢，我等各位的信喔！

好了好了，那麼跟完成的笑臉一同進入慣例的感謝話！

責任編輯Ｉ大人，本作在網路小說時代最吸精的要素第三章，終於來到完結。這完全要歸功於Ｉ大人的盡心盡力。往後會接著特別惱人的劇情，但之後也要互相幫忙度過難關，還請多多指教！

負責插畫的大塚老師，現在才說太慢了，但動畫裡的角色們真的都很華麗耀眼。我可以肯定地說因為有大塚老師的角色設計，動畫才這麼受歡迎！下一章，登場的角色又會增加，但這是作者最期待的事！我會引頸期盼！

其他還有ＭＦ文庫Ｊ編輯部、漫畫版的マツセダイチ老師和楓月誠老師，設計師草野老師，

各家書店和行銷人員，真的承蒙大家照顧了！

還有容我借用這裡，向傾注心力在Ｒｅ：Ｚｅｒｏ動畫的各位表達感謝。監督渡邊政治先生。擔綱動畫製作的ＷＨＩＴＥ ＦＯＸ公司。吉川綱樹先生。田中翔Ｐ。腳本的橫谷昌宏先生，中村能子小姐，梅原英司先生。角色設計的坂井久太先生。音樂的末廣健一郎先生，ＯＰ＆ＥＤ的鈴木このみ小姐和ＭＹＴＨ＆ＲＯＩＤ——請讓我向多到這兒寫不完的諸多人士獻上由衷感謝。

當然，我對飾演角色的配音員們也有道不盡的感謝。謝謝你們！

而最後，要向捧起這本書、陪伴故事走到這兒的讀者們給予最大等級的感謝。

即使動畫之夢實現，這次要努力讓下一個新夢想實現——從今以後，不管是小說、漫畫還是動畫，都還請各位多多支持！

那麼期待在下一集——全新開始的第四章與您見面！

謝謝！

２０１６年８月　長月達平《動畫完結，不過Ｒｅ：Ｚｅｒｏ才到中間，才正要展開！》

◎菜月・昴一家的人設

※因為住在卡拉拉基所以穿和服

「愛蜜莉雅大人，終於……第三章結束了。您辛苦了。」

「嗯，是啊。真的非～常非常辛苦。」

「不過，昴非常帥氣又了不起，好可愛。」

「我也深有同感！我也得加油，不可以輸給昴。」

「是，說的好。那麼為此就代替昴幹勁十足地來做下集預告吧！」

「知道了！我看看，首先是Re：ZERO第三章的內容在這本第九集結束。因此，第四章將會在第十集開始，而且緊接著在下個月發售喔！」

「第九集的故事剛好接上動畫結局，對想接著看故事發展的讀者而言真是親切。很貼心呢。」

「動畫品質也非常棒。該動畫的藍光『低非低』，每個月發行一集，還附有原作者全新撰寫的特典小說！似乎是很勤勞的人呢。」

「裡頭的故事在網路和實體書小說中都沒有描寫，只能在特典看到，因此一定要看喔。會有愛蜜莉雅大人的過去，雖然丟臉但也有觸及雷姆與姊姊過去的故事。似乎也有其他王選陣營的人的前傳故事，真是叫人期待呢。」

「再來是……對！很重要的事！《Re：從零開始的異世界生活》要推出遊戲了！詳情還不能說就是了……」

「跟動畫和小說不同，昴很活躍……要買一百套。」

「不只昴，我想我跟雷姆，還有拉姆在裡頭都很活躍。好期待喔。」

「是，雷姆也很期待姊姊的活躍。要買兩百套。」

「呵呵。真是的，買那麼多的話房間不就會塞得滿滿的嗎。」

「就是有這麼期待呀。——愛蜜莉雅大人，差不多了。」

「嗯，明白。那麼，下集預告到此結束。第十集再見囉。」

「是，在第十集見。——昴和姊姊就麻煩您了，愛蜜莉雅大人。」

Re:從零開始的異世界生活 9

原書名：Re:ゼロから始める異世界生活 9

作者：長月達平
插畫：大塚真一郎
譯者：黃盈琪

2017年2月25日　初版一刷發行

發行人：黃詠雪
總編輯：洪宗賢　　副總編輯：王筱雲
責任編輯：黃小如　責任美編：李潔茹

國際版權：劉瀞月

出版者：青文出版社股份有限公司
住　址：10442台北市長安東路一段36號3樓
電　話：（02）2541-4234
傳　真：（02）2541-4080
網　址：www.ching-win.com.tw

法律顧問：敦維法律事務所 郭睦萱律師

製　版：嘉陽印刷事業有限公司
印　刷：立言彩色印刷有限公司

國家圖書館出版品預行編目資料

Re：從零開始的異世界生活 / 長月達平作；黃盈琪翻譯.
-- 初版. -- 臺北市：青文, 2016.04-
冊；　公分

譯自：Re：ゼロから始める異世界生活
ISBN 978-986-356-376-1(第7冊：平裝). --
ISBN 978-986-356-389-1(第8冊：平裝). --
ISBN 978-986-356-404-1(第9冊：平裝)

861.57　　　　105003289

親愛的讀者：

感謝您購買青文出版社的輕小說！為了提供更優質的服務，我們期待收到您的意見。煩請詳填本資料卡，傳真至02-2541-4080或彌封並貼妥郵票後擲入郵筒寄出，您將有機會獲 得青文『最新出版的輕小說』以及新書出版資訊喔！

姓名：＿＿＿＿＿＿＿＿＿＿ 性別：□ 男 □ 女

年齡：□ 18歲以下 □ 19～25歲 □ 26～35歲 □ 36歲以上

電話：＿＿＿＿＿＿＿＿＿＿ 手機：＿＿＿＿＿＿＿＿＿＿

地址：＿＿＿＿＿＿＿＿＿＿＿＿＿＿＿＿＿＿＿＿

E-mail：＿＿＿＿＿＿＿＿＿＿＿＿＿＿＿＿＿＿＿＿

職業：□ 學生 □ 公務員 □ 教育 □ 傳播 □ 出版 □ 服務 □ 軍警 □ 金融 □ 貿易

□ 設計 □ 科技 □ 自由 □ 其他 ＿＿＿＿＿＿＿＿＿＿

喜愛的書籍類型：（可複選）

□ 奇幻冒險 □ 犯罪推理 □ 電玩小說 □ 純愛系列 □ 動漫畫改編 □ 電影原著改編

□ 歷史 □ 科幻 □ BL □ GL □ 其他：＿＿＿＿＿＿＿＿＿＿

購買書名：＿＿＿＿＿＿＿＿＿＿＿＿＿＿＿＿＿＿＿＿

購自：□ 書店，在＿＿＿＿＿＿縣/市 □ 漫畫店，在＿＿＿＿＿＿縣/市

□ 青文網路書店 □ 網路 □ 劃撥 □ 其他：＿＿＿＿＿＿＿＿＿＿

從何處得知此輕小說？

□ 青文網路書店 □ 青文輕小說blog □ 網路 □ 店頭海報 □ 在書店看到 □ 書展/漫博會

□ 報章雜誌（報紙/雜誌名稱：＿＿＿＿＿＿＿＿＿＿＿＿＿＿＿）

□ 朋友推薦 □ 其他：＿＿＿＿＿＿＿＿＿＿

為何購買此書？（可複選）

□ 喜愛作者 □ 喜愛插畫家 □ 喜愛此系列書籍 □ 買過日文版 □ 看過內容簡介而產生興趣

□ 贈品活動 □ 朋友推薦 □ 其他：＿＿＿＿＿＿＿＿＿＿

對本書的意見：

封面設計：□ 優良 □ 普通 □ 不好 翻譯品質：□ 優良 □ 普通 □ 不好

小說內容：□ 優良 □ 普通 □ 不好 整體質感：□ 優良 □ 普通 □ 不好

內容編排：□ 優良 □ 普通 □ 不好

讀者服務信箱： mk@ching-win.com.tw

青文網路書店： http://www.ching-win.com.tw

3.5元郵票

10442
台北市長安東路一段36號3樓

青文出版社
CHING WIN PUBLISHING CO.,LTD

輕小說編輯部 收

意見或感想：

若有任何問題請至青文網路書店發問

青文網路書店：http://www.ching-win.com.tw

★請用膠帶黏貼後投入郵筒內（請勿用釘書機、膠水或將回函完全封死、黏死）